나민채 판타지 장편 소설

하

THE HARC

크

3

하크 3
나민채 판타지 장편 소설

초판 1쇄 찍은 날 § 2001년 11월 25일
초판 1쇄 펴낸 날 § 2001년 12월 5일

지은이 § 나민채
펴낸이 § 서경석

편집장 § 문혜영
편집책임 § 권민정
편집 § 장상수 · 박영주 · 김희정 · 권민정
마케팅 § 정필 · 강양원 · 김규진

펴낸곳 § 도서출판 청어람
등록번호 § 제1081-1-89호
등록일자 § 1999. 5. 31
어람번호 § 제1-0165호

주소 § 경기도 부천시 원미구 심곡1동 350-1 남성B/D 3F (우) 420-011
전화 § 032-656-4452 팩스 § 032-656-4453
e-mail § eoram99@chollian.net

ⓒ 나민채, 2001

값 7,500원

ISBN 89-5505-182-4 (SET)
ISBN 89-5505-185-9 04810

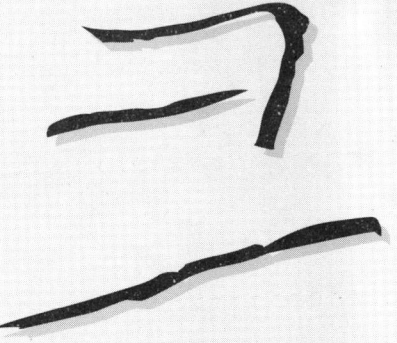

나민채 판타지 장편 소설

THE HARC

3

사람의 모습은

도서출판
청어람

CONTENTS

제21장

케이몬 전투

　인간들은 많은 병력에도 불구하고 이 좁은 산길 때문에 우리 형제를 거의 10명 정도밖에 상대하지 못했으며, 점점 목이 베이고 심장을 찔리며 죽어갔다. 비명을 질러대는 병사를 보면서 인간 기사들이 뭐라고 외쳤지만, 이미 후방부에 위치해 있는 기사들은 앞으로 나서지 못하고 있었다.

　나는 밟고 있던 시체를 발로 툭 차 옆으로 굴려 버리고는 나를 향해 달려드는 인간 병사의 복부를 발로 걷어찼다. 검을 놓쳐 버리고 뒤로 엎어지는 인간 병사에 의해 인간 군대의 진형은 점점 뒤로 후퇴를 거듭했다.

　"멍청한 인간들. 너희들이 이 산으로 올라온 것은 죽으러 온 것이나 다름없다. 저기 뒤를 봐라. 아무리 봐도 평범한 산길이지? 크르르… 곧 너희들은 절벽에 떨어져 머리가 터져 죽을걸? 크르르르……."

엎어진 인간 병사의 목을 찍어 베어버리고는 입가에 엷은 미소를 지었다. 형제들의 사기는 온 세상을 뒤덮고도 남을 만했다. 모두들 한번 인간들을 향해 도끼질을 할 때마다 입가에 미소가 띠어졌고 단백질 덩어리가 푹 베어지는 촉감이 느껴질 땐 자연스럽게 웃음소리가 흘러나오고 있었다.

주위엔 생명을 잃고 쓰러져 있는 인간의 시체로 가득했다. 충분히 인간들을 절벽으로 밀어 떨어뜨려 몰살시키지 않아도 철갑 전사들의 도끼만으로도 승리를 얻을 수 있을 것만 같았다. 하지만 수백이 되는 인원인지라 죽여도 죽여도 끝이 없고, 늘어만 가는 시체는 산을 더럽히고 있었다. 시체에서 나오는 뻘건 피들은 싱그러운 초록빛 식물들을 물들이고 있었고 한 움큼의 핏덩어리들이 모여 강을 만들었다. 우리 형제들이 인간들을 점점 세이몬의 절벽 쪽으로 밀어붙이며 피로 만들어진 강을 밟을 때마다 피는 주위로 튀면서 대지로 스며들었다.

인간의 따뜻한 피의 감촉이 나의 발바닥에서 느껴진다. 인간들의 뻘건 피가 나의 발을 더럽혔지만 그럴수록 나의 입가에 지어져 있는 미소는 더욱더 커져만 갔다.

나는 미친 듯이 도끼를 좌우로 휘두르면서 인간들을 세이몬의 절벽 쪽으로 밀어붙였다. 아직까지 인간의 기사는 우리 형제들과 전투를 벌이지 않고 멀리서 애만 태우고 있었다. 하지만 아직까지 많은 병력이 남아 있기에 투구 사이로 보이는 인간 기사의 눈에 당황의 빛은 나타나지 않고 있었다. 큰 소리로 자신의 병사들을 향해 힘을 돋워주고 있는 인간 기사들의 발 뒤로 내가 환각 마법을 사용한 곳이란 흔적으로 남긴 길다란 선이 그려져 있었다.

흐흐, 멍청한 기사들. 너희들 발 바로 뒤가 절벽이라는 것을 안다면 그런 태평한 얼굴을 할 수 있을까?

"형제들이여, 마지막이오! 더욱 힘을 내시오!"

"크르르르르르……."

나의 말에 형제들은 거친 파도처럼 인간 병사들을 공격해 나갔다. 형제들의 도끼에 찍혀 고통을 맛보고 있는 인간 병사가 내지르는 비명 외에 다른 종류의 비명 소리가 들려왔다.

"으아아아… 아아아악!"

"커… 어어… 어억! 뭐야! 사, 살려줘~"

드디어 시작인가? 모두들 날개가 녹아버려 떨어지는 이카루스(그리스 신화의 인물)의 심정을 절실히 느껴봐라.

평범하기만 한 숲 속의 이미지는 흐릿하게 흔들리더니 그 속으로 한 명씩 한 명씩 인간 기사들은 비명만 남긴 채 사라져 갔다. 갑자기 공간의 이미지가 흔들리자 병사들은 물론 기사들까지 당황하며 호기심에 가까이 다가가는 무식한 기사들이 있는가 하면, 그에 반해 두려움에 뒷걸음치는 기사들도 있었다.

하지만 결과는 하나였다. 뒷걸음질을 치든 앞으로 나가든 밀어대는 우리 형제들의 공격에 하나둘씩 이미지 속으로 빨려 들어가 모두들 비명 소리만을 남긴 채 희미하게 보이는 끝을 향해 떨어지고 있었다.

"뭐야? 이건… 가짜다! 이 산은 가짜야! 뭐야, 이게 지금 꿈은 아닌가? 꿈이 아니냐고ㅇㅇㅇㅇㅇㅇ~ 으아아악~!!"

흐려진 절벽의 환각에 밀리고 있던 인간 기사는 소리를 내질렀다. 주위에도 이 인간 병사와 같은 소리가 들렸다. 인간 기사 수십 명은 모두 후방에 있었던지라 모두들 절벽으로 떨어져 죽고 없었다. 이제 남은 것은 수백의 인간 병사들뿐이었다.

시원하다 못해 서늘하기까지 한 바람이 나의 귀를 스치고 지나갔다. 형제들의 얼굴에서 떠나지 않는 미소를 본 인간 병사들은 많은 인원임에도 불구하고 사기가 꺾여 하나둘씩 절벽으로 사라지고 있었다.

그렇게 많기만 했던 인간 병사들도 이제는 눈에 띄게 줄었다. 몸에 있는 작은 상처 따위는 훌훌 털어버리면 그만이었다.

"형제들이여, 이제 그만 앞으로 나가시오! High Illusion Cancel!"

인간들의 피의 향기에 물들어 버린 거친 입술에서 흘러나온 음성이 모든 형제들의 행동을 멈추게 하였다. 연속적으로 떨어지기 때문에 흔들리고 있던 공간의 이미지도 나의 낮은 음성에 의해 원래의 모습인 세이몬의 절벽으로 나타났다.

"아! 헉! 이것은……!"

아직까지 살아남은 인간들은 갑자기 환한 빛이 새어 나오는 암흑을 향해 몸을 돌렸다. 인간들은 갑자기 흐트러진 이미지에서 절벽이 나오자 우리들이 도끼를 겨누고 있다는 것도 잊어버렸는지 질겁을 하며 그 자리에 주저앉고 말았다. 어떤 이의 아랫도리에선 축축한 액체가 흘러나오고 있었다.

"으아아아아악! 밑을… 밑에… 밑… 절벽이다……."

절벽 밑을 힐끔 내려다보던 인간 한 명은 전투 의욕을 완전히 상실한 채 눈물을 흘렸다. 대략 살아남은 20명 정도의 인간들은 그 자리에 주저앉아 우리가 어떻게 행동하든 말든 썩은 동태 눈깔로 절벽 밑을 바라만 보고 있었다.

절벽 밑에는 쓰레기차가 엄청난 양의 쓰레기를 버리고 지나간 듯 수백 명의 인간들의 시체로 가득했다. 덮치고 덮쳐 인간 침대 쿠션 때문에 살아남은 듯한 인간들은 손을 꼼지락거리며 신음 소리를 내었다. 떨어져서 살아남았다고 하더라도 수많은 인간들에 깔려 죽으리라. 세이몬의 절벽, 그곳은 이미 인간 매립장으로 변해 있었다.

"떨어져라! 인간!"

모든 것을 포기한 자만이 가질 수 있는 눈빛을 띤 인간들의 엉덩이를 힘차게 걷어차며 절벽 밑으로 떨어뜨렸다. 인간은 비명을 지르며 이미 떨어져 살아서 꼼지락거리는 인간의 위로 떨어졌다.

수십 수백 명이 질서란 찾아볼 수 없게 덮쳐져 살아 있던 자는 자신을 깔아뭉개는 수백의 무게 때문에 죽게 되고 맨 밑바닥에 있는 인간들은 머리가 터져 그 피로 주위가 흥건했다.

헛구역질도 나오지 않는다. 죄책감도 느껴지지 않는다. 제기랄, 이게 나란 말인가? 같은 종족이었던 인간들을 무참히 쓰레기처럼 처박아 놓고선 입가에 미소를 짓고 있는 게 나다. 어치피 진정한 오크가 되고 싶지만 난 인간의 본성을 가졌다. 인간이라면 당연하다! 제길… 이 세계에 떨어지기 전 일본군의 참행이라는 전시관에 갔던 기억이 얼핏 났다. 일본군들이 수십 명의 한국 독립군을 작두로 처형하고 잘려진 한국 독립군 얼굴을 들고선 활짝 웃던 사진이, 또 다른 사진으로는 베트콩의 심장을 길다란 일본 검으로 찌르고 나머지 한 손으론 잘려진 베트콩 얼굴의 머리카락을 잡고 웃고 있던 모습의 사진이었다. 그 당시 나는 어떻게 인간을 죽이고도 저렇게 환한 미소를 지을 수가 있을까 정말 이해가 되지 않았다. 인간으로서 어떻게 같은 종족의 잘려진 얼굴을 잔인하게도 순수한 웃음을 머금으면서 잡을 수 있을까? 하지만 이제는 이해한다. 전쟁을 통해서 무엇보다도 순수하고 밝았던 일본군의 미소……. 모든 것은 감춰졌던 본성이었다는 것을……."

전투를 포기한 나머지 인간들은 우리 형제들에 의해 절벽 밑으로 떨어졌다. 떨어져 죽은 인간들의 시체가 하나의 산을 만들고 있었다. 산을 이루고 있는 대지는 단백질 덩어리 인간들의 시체요, 산을 뒤덮고 있는 나무의 새빨갛고 노란 것은 인간들의 피와 오물이었다. 인간들의 시체를 확인한 나는 태양보다 밝은 미소를 띠며 형제들을 향해 몸을 돌렸다. 그리곤 말했다.

"형제들이여, 이번 전투에서도 우리들은 또 영광의 승리를 얻었소!"

"우아아아아아~!"

죽은 시체들의 정적과 겨우 살아남은 병사들의 신음 소리가 가득한 절벽 밑과는 달리 이곳은 우리 형제들의 함성 소리로 떠내려갈 것 같았다. 전투의 승리란 기쁨에 취해 좌우로 도끼를 휘둘러 대는 형제들.

기쁘다. 전사자, 부상자 하나 없이 전투에서 승리하였고, 그 많던 인간들을 손쉽게 무찔렀다. 나의 계획이 완벽히 들어맞았고 인간들은 나의 손아귀에서 벗어나지 못했다. 하하하, 멍청한 인간들.

나 역시 형제들과 같이 전투에서 승리한 기쁨을 이기지 못해 도끼를 쳐들었다. 도끼에선 아직도 굳지 않은 피들이 대지로 뚝뚝 떨어졌다. 허리보다 굵은 커다란 나무가 시야에 들어왔다. 나는 그대로 달려가 가슴을 뚫고 뛰쳐나온 기쁨을 실어 나무를 찍었다. 그대로 나무를 통과해 버리고 나온 도끼에서 흐른 피들이 나무 기둥을 타고 땅으로 흡수되어 갔다.

"앗! 이대로 수백의 인간들을 가만히 두었다가는 썩어 엄청난 냄새와 함께 각종 질병과 전염병을 가져올 것이다. 우리 형제는 물론 마을 아이들까지 위험해지겠군."

불현듯 마을 아이들과 우리 형제들의 친근한 얼굴이 떠올랐다. 절벽 밑을 한번 내려다보고선 고개를 끄덕이며 오른손에 대지의 힘을 모았다. 땅의 기운을 느끼고 땅의 기운을 받아들이면서 오른손은 대지를 향했다.

"High Earth!"

대지를 향해 뻗어 나가는 땅의 기운은 수백의 인간들 밑으로 커다란 구멍을 만들었다. 인간들의 시체는 아무런 저항 없이 꾸역꾸역 구멍 밑으로 쏠려 내려갔고, 그 위로 얇은 흙먼지만 일었다. 그 구멍은 차츰차츰 커져 갔다. 땅 밑으로 인간들의 시체가 모조리 사라지고 남은 것이라곤 핏자국이 튀긴 곳까지 꺼져 버린 땅에서 들려오는 엄청난 광음뿐이었다.

우리 하라만도 형제들은 갑자기 들려온 커다란 굉음에 놀라긴 했지만 내가 잘 설명하자 역시 샤코로움이시라면서 고개를 끄덕였다.

"샤아오여, 그런데 마을 아이들은?"

"아, 산 정상을 넘어 산 뒤편에 모두 모여 있습니다."

산 뒤편이라… 그곳이라면 안전했겠군. 다행이야.

"샤아오여, 형제들을 데리고 모두 마을로 돌아가시오. 이번 전투는 부상자나 전사자가 단 한 명도 없었소. 수백 명의 인간들을 상대하고도 말이오. 형제들이여! 이 모두가 우리들이 승리의 종족이란 것을 증명하는 것이오! 우리는 승리의 영광을 위해 사는 자랑스러운 전사요! 우리에게 대항하는 자들은 저렇게 땅에 묻혀 이 세상에서 사라질 것이오! 크르르르……."

나는 승리의 기쁨에 광란의 광장이 되어 있는 이 오솔길에서 벗어나 산 정상으로 올라갔다. 산 정상을 타고 밑으로 내려가는 게 훨씬 빠른 속도를 내었다. 오늘 하루 종일 마법을 난사하고 전투가 대승으로 끝나 긴장감이 풀리자 피곤이 다가오는가 했지만 세린과 그 외의 마을 아이들을 생각하니 절로 힘이 났다.

뭐라고 말할까? 이 아저씨가 나쁜 아저씨들을 모두 혼내줬다고 할까? 이 아저씨는 대단해서 나쁜 아저씨들이 모두 도망쳤다고 할까? 그러는 게 좋겠군. 순수한 아이들에게 '나쁜 아저씨들을 베어버린 다음 절벽 밑으로 밀어 죽였단다, 아이들아' 라고 말하는 건 말도 안 되지.

산을 내려가는 도중 밑에선 연기가 조금씩 피어 오르고 있었다. 작은 규모의 연기인 것을 보니 아마 밥을 짓고 있는 중인가 보다. 알맞게 구워져 모락모락 김이 나는 따뜻한 고기를 상상하니 머저리같이 침이 자꾸 나와 나를 귀찮게 만들었다.

꼬르르르륵……

배에선 밥을 달라고 울어대고 입에서도 밥을 달라고 연신 나를 졸라댔다. 배가 터질 만큼 먹은 다음 푹 쉬는 것도 좋겠지. 우리 형제들은 내려가서 식사 예절을 잘 지킬 수 있을까? 뭐, 할 수 있겠지. 불을 다루는 법도 이제 완전히 배웠으니 말이야. 아, 어서 마을 아이들이 있는 곳으로 가서 이 고픈 배를 채웠으면 좋겠구나.

산에서 내려가면 내려갈수록 구수한 냄새가 나의 코를 자극했다. 나는 냄새를 맡으며 걸음에 더욱더 박차를 가했다. 산에서 완전히 내려가자 저쪽 평원에서 연기가 피어 오르고 있었고 밝은 횃불이 주위를 밝히고 있었다.

"아저씨~ 얘들아~ 돼지 아저씨 왔어~ 와~ 아저씨~"

횃불 앞에서 쪼그려 앉아 있던 세린이 나를 첫 번째로 발견한 후에게 뛰어 들어왔다. 바람에 나풀거리는 길게 딴 두 갈래의 파란색 머리카락과 어린아이 특유의 천진난만한 그 순수한 웃음은 나를 기쁘게 만들었다. 나도 평소보다 빠른 걸음으로 달려오는 세린을 향해 걸어갔다. 나의 가슴을 향해 날아든 세린의 몸을 껴안아 한 바퀴 돌리고서는 땅에 내려놓았다. 세린의 눈물이 눈동자를 촉촉이 적시고 있었다.

"아저씨, 왜 이제야 왔어! 흑흑… 세린이 얼마나 기다렸다고! 아저씨는 나쁜 아저씨야. 흑흑, 아저씨, 나뻐!"

겨우 몇 시간 떨어져 있었던 것뿐인데. 세린의 토끼 같은 눈동자에선 연신 보석 같은 눈물이 흘러나왔다. 다독거리면서 내 가슴을 치는 세린의 머릿결을 쓰다듬고 있을 때 마을 아이들도 어느새 내 곁으로 다가와 내 등에 매달리는가 하면 한편 나의 몸에 묻은 피를 자세히 보는 아이들도 있었다.

아! 피… 아이들이 보기엔 안 좋겠군.

"Water!"

시원한 물줄기가 나의 몸을 감싸며 몸을 더럽히고 있던 굳은 인간의 피와 흙먼지 등이 씻겨 내려갔다. 나의 손에서 나오는 물줄기에 신기한 아이들은 '꺄하하하~ 물이다, 물! 와~' 하며 내가 씻는 동안 물장난을 치면서 서로를 보며 웃었다.

"돼지 아저씨는 정말 나쁜 아저씨야. 세린이 얼마나 기다렸는지도 모르고 이제야 온 거야? 엄마는 나쁜 아저씨가 와서 돼지 아저씨가 혼내주고 있다고 했는데… 아저씨, 나쁜 아저씨 혼내주고 왔어?"

"마법사님, 나쁜 아저씨들을 무찔러 주고 오셨나요? 네? 네? 마법사님의 엄청난 마법으로요? 어떤 마법을 사용하셨는데요? 불? 물? 바람?

땅? 아무튼 대단한 마법이었죠? 엄청났죠? 네? 네? 네? 말씀 좀 해주세요~"

어린애답지 않게 말투가 조숙한 세갈이 말했다. 린도는 나를 보고 놀라 도망치다가 크게 다쳐 내가 힐링을 해준 후부터 친해진 아이이다. 어린아이 주제에 허리까지 길게 기른 은색의 머리카락과 여자 아이로 착각할 만큼 어여쁜 외모도 그렇지만, 평소에 '마법사님, 마법사님' 하면서 나의 뒤를 졸졸 따라다니는 게 무척이나 귀엽다. 그렇지만 시끄럽적하게 떠들어대는 통에 귀가 간지러운 게 꼭 벌레가 들어간 것만 같았다.

"린도, 이 아저씨는 말이다, 나쁜 아저씨들을 물론 혼내주고 왔지. 불, 물, 바람, 땅 계열의 마법이 아니라 환영 계통이었지. 세갈은 잘 모를 거야. 그리고 세린아, 이 아저씨를 걱정해 줘서 고맙다. 그런 세린을 위해서 선물을 주지. 모두 뒤로 좀 물러나 봐. 자, 선물이다. Fire Line! and explosion!"

나의 손에서 하늘을 향해 쭉쭉 뻗어 오른 불의 줄기가 어린아이들의 시선을 빼앗았다. 불의 줄기는 곧 나의 손에서 끊긴 후 공중에서 폭발하여 눈을 찡그릴 만큼 환한 빛을 뿜었다. 어린아이들은 와~ 하면서 박수를 치기 시작했고, 세린 역시 흐르던 눈물을 그치고 팔로 눈물 자국을 훔치면서 화려하게 터진 불기둥을 보며 웃고 있었다.

화려한 불꽃 쇼가 끝나자 세린과 린도를 양 어깨에 태우고 마을 아이들의 손을 잡으며 성인 인간들이 모여 있는 곳으로 다가갔다. 나를 맞이한 것은 마을 장로 3명이었다. 나와 친분이 있는 수염이 긴 장로와 그 외에 별로 마주치지 않았던 대머리장로와 비쩍 마른 장로였다.

"얘들아, 엄마가 기다리잖아. 모두 엄마에게 가. 한숨 푹 자고 내일

같이 산으로 사냥하러 가는 게 어때?"

"와~ 돼지 아저씨 최고!"

"그럼 내일 보자!"

"응! 돼지 아저씨!"

마을 아이들은 모두 소리를 지르며 좋아했고, 자신의 엄마 곁으로 뛰어가기 시작했다. 세린과 린도는 내 곁에서 우물쭈물하면서 가기를 꺼려했지만 내가 미소를 지으면서 살며시 그들의 엄마를 향해 손가락을 가리키자 세린과 린도의 엄마는 자신의 딸과 아들을 큰 소리로 불렀다.

"세린아~ 잘 시간이다! 어서 와! 오크 씨 귀찮게 하지 말고!"

"린도! 너 역시 마찬가지야! 어서 뛰어오지 못해!"

내가 세린과 린도를 엄마가 있는 쪽을 향해 살짝 밀자 세린과 린도는 나를 한번 쳐다본 후 자신의 엄마를 향해 뛰어갔다.

"그럼, 돼지 아저씨! 내일 봐~"

"마법사님~! 내일 봐요! 내일은 나쁜 아저씨들 물리친 이야기 해주세요!"

마을 아이들이 모두 사라지자 내 입가에 지어져 있던 미소는 사라졌다. 그리고 흰 수염의 마을 장로를 쳐다보았다.

"오크여, 성기사단은 어떻게 하였는가?"

"훗, 그깟 성기사단 정도야 우리 하라만도 전사들에겐 상대가 되지 않는다. 성기사단 수백 명을 우리 하라만도 전사들은 한 명의 희생도 없이 모두 전사시켰다. 크르르……."

마을 장로들은 나를 믿지 못하겠다는 표정으로 쳐다보았다. 하지만 흰 수염의 장로는 조용히 고개를 끄덕이며 말을 이었다.

"그렇군. 그럼, 우리들은 마을로 돌아가도 되겠는가?"

"그렇다, 장로. 그나저나 몇 가지 물어볼 게 있다. 이 세계는 어떻게 구성되어 있는 것이지? 이곳은 어디이고 몇 개의 나라가 있는 건가?"

"아직까지 모르고 있었나, 오크여? 신기하군. 그렇게 현명한 당신이 이 세계에 대해서 잘 모른다는 것이. 이 세계를 통틀어 말하자면 북대륙 베시리오스와 남대륙 페리넨으로 나뉜다. 지금 우리가 밟고 있는 이 땅은 남대륙 페리넨이지. 남대륙 토박이인 나는 잘 모르겠으나 북대륙 베시리오스는 남대륙보다 몇 배나 크다더군. 그리고 소중대 나라 모두 합쳐 30여 개가 넘는다네. 이 남대륙 페리넨 대륙엔 딱 2개의 나라가 존재할 뿐이야."

"크리오틴을 믿는 크리샨과 파스틴을 믿는 파스리오 말인가? 지금 이곳은 크리샨의 영토겠군. 지금 두 나라는 종교전쟁 중이고?"

"잘 아는군, 오크여. 그렇다. 지금은 제3차 가이프 전쟁 중이다. 제1차 가이프 전쟁은 60년 동안 지속되었고, 제2차 가이프 전쟁은 73년이나 지속되었다. 이번 전쟁이 발발한 것은 채 1년도 되지 않아 이 전쟁이 언제 끝날지는 아무도 예측하지 못한다. 우리 크리샨 제국과 파스틴 제국은 서로의 성지라 여기는 가이프 강을 중심으로 전쟁 중이다. 후퇴했던 성기사들이 다시 마을에 왔던 것은 이상하게도 파스틴 제국의 단테스란 유명한 신의 기사가 메텐 성으로 후퇴를 해서였겠지. 그리고 오크인 당신네 형제들이 이곳을 지키고 있다는 말을 듣고 온 거겠지. 아무래도 파스틴 제국을 상대하는 것보단 오크인 당신네 형제들을 상대하는 게 편할 거라 생각했기 때문일 거야."

"웃기는군. 우리 형제들을 깔보다니. 지금 우리 형제 한 명 한 명 모두들 인간 기사들과 비겼으면 비겼지 그보다 지지 않을 실력을 지니고 있다. 또 60명의 철갑 전사들을 중점으로 전투를 벌이는 우리 하라만도 전사들은 언제나 승리만을 얻고 있다. 우리들이 인간들에게 상처 하나 입지 않고 승리한 것은 이번뿐만이 아니다."

나의 이야기는 이렇게 시작되었다. 하룻밤이 다 가도록 나의 전투담을 들은 장로들은 아! 아! 하면서 듣고 있었다.

"오크! 그렇다면 한순간 수십 명의 기사단이 몰살당한 그 유명한 사건인 헤루누 사건을 일으킨 게 당신네들이고, 이단 행위를 하는 드워프를 처단하러 간 제비츠 전투 역시 당신들이……."

대머리가 유난히 돋보이는 장로가 말했다. 그 장로의 삐쭉 올라간 눈꼬리가 맘에 들지 않았다. 겨우 허약한 늙은 인간 주제에 나를 쳐다보는 그 눈초리가 신경에 거슬렸지만 멀리서 나를 바라보고 있는 아이들을 봐서라도 꾹 참았다.

"그렇다, 장로. 이번 전투 역시 이 남대륙 역사에 한 획을 그을 것이다. 세이몬의 절벽 전투에서 수백의 인간들이 한 번에 전사했고 우리 형제들은 한 명도 피해를 입지 않았다. 이제야 알겠는가, 우리 오크들의 힘을?"

"그렇지만 오크, 나는 너희를 인정하지 못한다! 그리고 너를… 너를……!"

"너를? 그 다음은 무엇인가?"

대머리장로는 얼굴이 상기된 채 나를 노려보면서 말을 더듬었다. 분위기가 이상해지자 흰 수염의 장로가 대머리장로와 나 사이에 끼어들면서 대머리장로를 뒤로 밀었다.

제기랄! 저 대머리장로는 무엇이 문제지? 내가 이 마을 사람들에게 피해준 적이 있나? 없다! 오히려 마을 사람들을 보호해 주었고, 그들을 위해 우리 형제들의 희생이 뒤따랐을 뿐이다. 괘씸한 놈이군. 무엇 때문에 나에게 나쁜 감정을 가지고 있지?

나머지 다른 장로가 대머리장로를 어디론가 데리고 가는 모습을 확인한 흰 수염의 장로가 입을 열었다.

"미안하오, 오크여. 저 장로는 원래 그런 분이 아닌데 갑자기 당신네들이 와서 그런가 보오. 이해하시구려. 어렸을 적 당신네 오크들에 의해 저 장로의 아버지는 목숨을 잃었다오. 그래서 오크라면 질색을 하오. 미안하오, 내가 대신 사과하겠소."

"장로, 이것은 알아둬라. 우리 형제 역시 당신네 인간들에 의해 많은 죽임을 당했다. 모든 걸 인간중심적인 사고로 살아가지 마라. 이 세상에 아직 얼마나 많은 종족들이 존재하는지는 모르지만 수많은 종족들이 이 세상에서 살아가고 있다. 인간들만이 살고 있는 게 아니지. 하긴, 자신들만을 생각하는 이기적인 게 바로 당신네 인간들이니."

"불쾌했다면 정말 미안하오, 오크여. 하지만 오크, 당신도 이해할 것이라 믿소. 분명 당신들도 우리 인간들에게 당신네 형제들을 잃었을 때 우리 인간들이 증오스러웠을 것이오. 그러니 이해하시구려."

"알겠다. 당신을 봐서 이번만은 참겠다. 하지만 그 장로보고 방금 전에 내가 말했던 거와 똑같이 말해 줘라. 그리고 내일 아침 마을로 와라. 이제 마을은 안전하니 말이다."

나는 그렇게 말한 후 기분이 무척 상해 배가 고픈 것도 잊고 다시 산을 올랐다. 하지만 나를 불러대는 아이들을 향해 미소를 짓는 것은 잊지 않았다.

작은 산이라서 3시간 정도밖에 걸리지 않았다.

우리 하라만도 마을은 쑥대밭이 되어 있었다. 그 망할 성기사단이란 것들이 우리 마을을 이렇게 만든 것이다. 하지만 우리 하라만도 형제들은 모두들 승리의 기쁨에 취해 들떠 서로 그 전투담을 이야기하면서 밤을 지새고 있었다. 한구석에서는 이전 전투에서 팔다리가 잘린 형제들이 부러운 듯 그 전투담을 듣고 있었다.

"샤코로움이시여, 오셨습니까?"

묵묵히 앉아서 먼 하늘만 바라보고 있던 샤아오가 나를 발견하고 내 곁으로 뛰어왔다.

"네. 덕분에 잘 다녀왔습니다, 샤아오여."

샤아오와 간단한 말을 주고받은 후 몰려오는 피곤을 이기지 못해 가까운 풀밭 위에 누웠다. 그 대머리장로 때문에 기분이 상하긴 했지만 전체적으로 오늘은 매우 흥겨운 날이었다.

그 대머리장로 따윈 잊어버리자. 제길, 우리 형제들이 그 마을을 위해 얼마나 많은 피를 흘렸었는데, 오크란 이유로 나를 인정하지 못하겠다니. 에잇! 그 딴 인간 잊어버리면 그만이다. 아이들의 장로만 아니면 벌써…….

날씨가 조금은 싸늘했지만 주위에서 시끌벅적한 형제들의 소리가 내 몸을 감싸 따뜻하게 만들어주었다.

이제 조금은 한가해지겠군. 마을 재건은 샤아오에게 맡기면 되겠고… 아무튼 참 미안하군, 이전 전투에서 팔다리가 잘린 형제들에겐 말이야. 팔다리를 다시 재생시키기 위해선 키론의 뿔과 트롤의 피가 필요하다고 했나? 그래, 내일이다.

형제들이여, 조금만 참으시오.

팔다리가 잘린 형제들이 부러운 듯한 얼굴로 전투담을 듣던 모습이 떠올랐다. 그들의 모습을 머리 속에서 지워 버리고 살며시 눈을 감았다. 주위에선 형제들의 시끌벅적한 소리가 들려왔으니 점점 감이 멀어져 갔다. 편안함이 나의 몸을 감싸자 점점 꿈의 세계로 다가갔다.

제22장

으크! 인간 모습으로 변하다

제22장

오크! 인간의 모습으로 변하다

세이몬 절벽의 전투가 끝난 다음날부턴 하루하루가 바쁘게 돌아갔다. 성기사단 녀석들이 나를 추격할 때 우리 하라만도 마을을 완전히 박살 내고 간지라 온전한 것이라곤 이 근육질의 몸뿐이었다.

형제들은 전투로 인해 피곤해하고 있었고 날씨 또한 좋지 못했다. 나는 마법 재료 찾는 것을 당분간 미룬 후 우리 형제들이 마을을 재건할 동안 숙식을 해결할 장소를 찾았다. 마을과 산 주위를 두리번거리고 있던 나를 본 흰 수염의 장로 덕분에 마을 중앙에 위치해 있는 커다란 마을 광장과 그 주위의 가옥들을 빌릴 수 있게 되었다. 주위의 가옥들은 총각들이 살던 곳이었는데 모두 전쟁에서 죽어 빈집이었다.

마을 재건은 언제나처럼 체력이 회복되자 재빠르게 이루어졌다. 여자 오크들은 과일을 채집하러 나갔고 아이 오크들은 마을 아이들과 산속으로 사냥 놀이를 하러 갔다. 삼 일째가 되는 날 마을의 형태는 어느 정도 갖춰져 모두들 미소를 띠고 흥겹게 일을 하며 재건되는 마을의 모습에 뿌듯해했다.

　마을 사람들도 이번 전투로 인해서 우리 오크들을 바라보는 시각을 달리한 모양이다. 이전 같으면 식량을 가져다 주더라도 쓰레기를 보듯 하는 사람들이 많았으나 이제는 눈에 띄게 줄고 오히려 살아남은 인간 청년 몇 명은 나에게 찾아와 다음번 전투에선 자신도 끼어달라고까지 말했다.

　이제 우리 형제들도 간단한 인간들의 인사말 정도는 할 수 있을 정도에 이르러 간혹 마을 청년들과 얘기를 나눌 정도까지 되었다.

　마을 재건은 일주일도 채 안 되어 완전히 복구되었다.

　많은 오크 종족을 만나보지 못해서 잘 모르겠지만 적어도 우리 하라 만도 오크 족은 인간들이 살아가는 데 꼭 필요한 의식주 중에서 의와 주에 그리 필요성을 못 느끼고 있었다.

　인간들보다 몇 배 두꺼운 피부 층에 웬만한 가시들은 박히지도 않았고, 지독한 추위가 아닌 이상 단지 시원할 뿐이다라고 생각될 뿐이었다. 우리 형제들에게 집이란 것은 단지 자기 영역 표시 같은 의례적인 것이기 때문에 비만 새지 않을 정도면 완성이라 칭한다.

　세이몬의 절벽 전투가 일어나기 전과 같이 훈련과 사냥, 낚시가 반복되는 평범한 일상이 막 시작되려 할 때쯤 나는 팔다리가 잘려 나가 언제나 뭔가 쓸쓸한 미소만 짓고 있는 형제들을 위해 길을 나서기로 결심했다. 길을 나서기 전에 가장 먼저 할 일은 마을의 장로를 찾아가는 일이었다.

　"오크여, 마을이 완전히 재건되었다 하였소?"

"그렇다, 장로. 나는 이제 우리 형제들의 팔다리를 재생시키기 위해 이 마을을 잠시 떠나 있을 것이다. 키론과 트롤이라 하는 종족을 본 적이 있는가?"

"키론이라 하면 남해에서 살고 있는 종족이 아니오? 지나가는 상선들을 습격하여 인간들을 잡아먹고 물품은 어딘가에 저장시켜 놓는다는 포악한 종족이라고 들었소. 또한 트롤은 이 남대륙 곳곳에 서식하고 있는 종족으로 생명력이 강하여 웬만한 기사들은 트롤을 상대하기 힘들다고 하오. 한데 오크여, 갑자기 왜 키론과 트롤이라는 강력하고 포악한 종족들의 이야기를 꺼내시오?"

장로가 기억이 나지 않는지 눈알을 위로 굴리며 말하자 이마엔 지렁이 같은 두꺼운 주름들이 생겨났다.

"팔과 다리를 재생시키기 위해선 키론의 뿔과 트롤의 피가 필요하다. 그래서 이렇게 장로, 당신을 찾아온 것이지. 내가 그 두 종족을 찾아 나서기 위해선 지도가 필요하다. 이 남대륙 페리넨의 지도 말이다. 그리고 나침반이란 게 있는가?"

"팔과 다리를 재생시킬 수 있다니… 그게 가능하오? 도저히 믿기지 않소, 오크여. 그리고 나침반? 그게 무엇이오? 잘 모르겠소. 지도라면 우리 집에 있지만 말이오. 또 필요한 게 없소? 여행을 하려면 식량과 무기, 그리고 의약품 등 사소한 것까지 챙겨가야 하오. 당신이 인간들의 눈에 발견되기라도 하면 인간들은 당신을 공격할 거요. 그리고 수많은 종족들이 서식하고 있는 지역에 발을 들여놓으면 그들 역시 당신에게 적대감을 표현할 것이오. 나는 여행에 별로 찬성하고 싶지 않소. 당신은 당신 형제들의 우두머리가 아니오? 형제들을 책임져야 하지 않소? 아! 지도는 여기 있소."

장로는 자신의 책상 서랍으로 가서 뒤적거리기 시작하더니 곧 길다란 종이 하나를 꺼냈다. 두루마리처럼 둘둘 말아져 있는 종이를 펴니 세로는 머리에서 내 허리만큼이고 가로는 내가 두 팔을 쫙 뻗어 겨우 닿을 수 있는 길이였다. 그 종이 맨 위엔 '남대륙 페르넨'이라 쓰여 있었고, 그 옆엔 세덴력 680년 작성이라는 작은 글씨가 쓰여져 있었다.

"여기가 우리 레프넨 시요."

장로가 가리킨 곳은 커다란 산맥에서 조그만하게 딸려 나온 산맥에 둘러싸인 곳이었다. 장로가 말한 대로라면 키론이 서식하고 있는 남해란 곳은 그런대로 가까운 거리였다. 그런데 이 레프넨 시에서 한 뼘 정도 밑에 커다란 점이 찍혀 있는 게 눈에 띄었다. 레프넨 시가 작은 점이란 것을 생각해 볼 때 그 큰 점은 레프넨 시보다 몇 배나 큰 도시라 생각된다.

"장로, 당분간은 마을은 평온할 것이다. 적어도 1년 간은 말이지. 크리샨과 파스리오는 이 레프센 시 말고도 많은 곳에서 전쟁 중일 것이다. 이 지도를 보면 이 레프센 시는 군사적 요충지가 되지 못하기 때문에 이미 후퇴한 크리샨의 군대는 메텐 성을 지나 저쪽 데론 시로 떠났을 것이다. 장로, 당신이 보아도 그렇지? 그리고 파스리오 군대는 모두 우리 형제들에게 몰살당해 실종으로 처리됐을 것이다. 정보통에 의해 우리 오크의 존재가 들통났다 하더라도 인간들은 이제 우리의 강력한 힘을 보았으니 더 이상 우리를 적으로 만들 생각은 않을 것이고, 더군다나 크리샨 군대를 상대하느라 벅찰 것이다. 나는 남대륙 가장 남쪽의 항구인 이 헤시라온 항구로 향하면서 도중에 트롤의 피를 얻고 항구에서 키론을 찾을 것이다. 그리고 우리 형제들은 내가 없더라도 모두들 잘해 나간다. 단지 걱정되는 것은 인간, 당신들과 문화가 달라 마찰이 일어날지 그것이 걱정될 뿐이다."

"그런 건 걱정하지 마시오. 우리 마을에 다리와 팔이 잘린 안타까운 이웃들이 있소. 그 형제들의 팔과 다리를 재생시킬 수 있겠소? 오크여, 그렇게만 된다면 그대가 원하는 것은 뭐든지 들어주겠소."

장로의 기대 반 불신 반 섞인 눈동자에 어렴풋이 맺힌 눈물을 볼 수가 있었다. 자신의 경우가 아닌 데도 장로의 그런 반응에 나는 장로에게 뭔가 사연이 있겠지 하고 생각했지만 이유는 묻지 않았다.

"당연하다, 장로여. 내가 이번에 키론과 트롤을 찾으면서 능력이 되는 한도 내로 많은 양을 가져올 것이다. 키론의 뿔과 트롤의 피를 마법으로 조합한다면 다리와 팔이 재생되고 깊이 파인 상처 또한 낫게 되니 전투가 끝난 후 치명상을 입은 형제들에겐 효과적이다. 한데 장로여, 당신의 이웃들의 팔과 다리를 재생시킨다면 무엇이든 들어주겠다고 하였는가? 그렇다면 다시 말하지만 우리 형제들을 잘 대해줘라. 그리고 내가 돌아가는 날까지 마을 아이들에게 무슨 일이 생기지 않게 당신이 책임져라!"

"고맙다, 오크여. 그렇게만 된다면 하늘의 별도 따 오라면 따 올 것이오. 그대는 참으로 신기한 오크구려. 남대륙에서 몇 되지 않는 마법사 중의 한 명이 당신이오. 그리고 우리 인간들보다 현명한 게 당신이오. 왠지 당신은… 아니오, 그런데 인간들이 사는 곳을 피하면서 여행을 한다면 시간이 꽤 오래 걸릴 텐데?"

"그럴 것이다. 나는 이곳의 지리를 잘 몰라 그냥 남쪽으로 향하면 되는 줄 알았는데 그게 아니군. 이 커다란 점은 무엇인가?"

나는 레프넨 시에서 한 뼘 정도 밑에 있는 커다란 점을 가리키며 물었다.

"그곳은 크베르라 하는 우리 크리오틴의 수도요. 한데 지금은 한참 종교전쟁 중이라 그쪽 방면의 산맥은 경계가 험할 텐데 어떻게 갈 생각이오, 오크여?"

"산맥을 돌아가면 이 수도를 통과하는 것보다 엄청난 시간이 들겠군. 아무래도 이 수도를 통과해야 할 것 같소."

"아니, 어떻게……?"

장로가 말했다.

"인간의 모습을 하고 지나가면 아무도 나를 알아챌 사람이 없을 것이다."

정확히는 인간의 모습을 하는 게 아니다. 단지 오크인 나의 육체가 다른 이들에겐 인간의 육체로 보일 뿐. 환각 마법을 써 나의 모습을 인간의 모습처럼 보이게 만드는 것은 4클레스인 나에게 쉬운 일이다. 단지 나보다 높은 클레스의 마법사는 내가 환각 마법을 쓰고 있음을 알아챌 수 있겠지만, 나보다 높은 클레스의 마법사가 얼마나 존재할까?

"인간의 모습을 할 수 있단 말이오, 오크여?!"

장로는 믿기지 않는 듯 조그만 눈을 커다랗게 뜨며 물었다. 억양이 한순간 올라가는 통에 깜짝 놀라긴 했지만 나는 살며시 고개를 끄덕이면서 환각 마법의 운용 법칙을 떠올렸다. 저번 세이몬의 절벽에서는 혼돈의 기운을 조금밖에 넣지 않은 터라 이미지에 다른 물체가 닿으면 흔들렸다. 그러나 이번에는 많은 양의 혼돈의 기운을 몸 곳곳으로 보냈다.

"High Illusion."

나의 몸 곳곳에 보내진 혼돈의 기운이 몸 밖으로 분출되면서 밤처럼 캄캄한 어둠이 나를 덮었다. 그 순간 나는 이전 세계의 나의 모습을 생각했다. 내 기억 속의 나의 모습은 언제나 단정하게 맨 갈색 넥타이에 정장 차림, 그리고 한 손에는 커다란 가방을 든 모습이었다. 또한 이목구비가 뚜렷하고 날카로운 눈매를 지닌 나의 얼굴에선 항상 어색한 웃음이 떠날 줄을 몰랐다. 적어도 학자였다는 나의 잠재의식 덕분인지 눈을 뜨자 나의 모습은 이 세계의 학자들과 비슷한 옷차림을 하고 있었고, 그들만의 특징인 허리까지 닿는 길다란 생머리를 하고 있었다.

"오… 오… 오… 과연……"

장로는 말을 잇지 못하고 의자에 주저앉아 나의 모습을 바라보고만 있었다. 나 또한 거울에 비친 인간 모습에 이질감을 느꼈다. 강가에 비친 오크인 내 모습은 어디론가 사라지고 다른 인간 하나가 덜렁 서 있는 것 같았다. 나지만 내가 아닌 듯한 느낌. 도시 문명에 찌들어 싸늘하고 이기적인 날카로운 눈빛이 그런 나의 온몸을 훑어보고 있다.

제기랄… 기분이 왜 이렇지? 이건 원래의 내 모습인데… 한데 정말로 이것이 원래의 내 모습인가? 정말로?

이건 내 모습이라고! 그러니 이런 기분이 되어선 안 돼! 제기랄! 거울!

나는 살며시 나의 등에 매어둔 도끼를 꺼내 들었다. 거울 속의 간사한 미소를 짓던 인간도 도끼를 꺼내 들었다.

제기랄… 네가 도끼를 들면 어쩔 거냐!

나는 날카로운 눈매에 간사한 미소를 띠고 있는 거울 속의 인간을 향해 도끼를 내던졌다. 거울은 산산조각이 나 방 곳곳으로 튀었고 장로는 깜짝 놀라 어찌할 바를 몰라 했다.

"오크여, 왜 갑자기……?"

"헉… 헉… 장로여, 미안하다. 그만 적응이 되지 않아서……"

한순간 흥분한지라 가슴을 찢을 듯 요동 쳤던 심장은 한참 동안이나 나의 숨을 거칠게 만들었다.

　방 안은 깨진 거울 조각으로 가득 찼고 장로는 조심스레 거울 조각들을 치우기 시작했다. 나 역시 내가 저질러 버린 일이니 도울 생각으로 조금 커다란 거울 조각을 들었다. 눈 정도만한 크기의 거울 조각에선 싸늘한 나의 눈이 비춰졌고, 나는 황급히 그 조각을 쓰레기통을 향해 던졌다.

　"오크여, 정말 당신은 오크가 맞는가? 전설에나 나오는 드래곤은 인간의 모습으로 몸을 바꿀 수 있다고 들었는데 당신은…… . 아무튼 인간 마을로 통과해서 간다면 용병 길드에 가는 것이 좋을 것이오. 트롤이란 종족은 찾기는 쉬운 것 같지만 혼자로서는 어려울 것 같소. 용병 길드에 가입하고 트롤에 관련된 임무를 받는다면 일석이조의 효과로 트롤에 대한 상세한 정보와 서식처까지 얻을 수 있을 것이오. 키론 또한 그럴 것이오."

　막 거울의 작은 유리 조각까지 방 안에서 없어질 때쯤 장로가 입을 열었다.

　"용병 길드라…… ."

　싸늘한 인간의 모습에 흥분에 휩싸여 헉헉거리던 거친 숨소리도 이제는 안정되었고 상기되었던 얼굴도 평소 때의 안색으로 돌아왔다. 내 등 뒤에 있는 Hand Axe 두 자루는 이 세계의 학자들이 입는 기다란 로브에 가려져 자세히 보아야 어렴풋이 형태가 드러날 듯했다.

　"그럼 장로여, 조만간 돌아오겠다."

　흠… 우리 형제들에겐 안 가봐도 되겠지. 내가 없어도 알아서 잘들 하겠지? 다만 인간들과 마찰이 일어나지 않으면 좋겠는데. 세린과 린도, 그리고 많은 마을 아이들을 만나지 않아도 될까? 만나보고 가고 싶은데…….

장로의 집에서 나와 마을을 빠져나가기 위해 한참을 걷고 있었다. 그때 마을 곳곳에서 무언가를 열심히 하고 있는 여인네의 시선과 내 옆을 지나쳐 걷는 여인들의 시선들이 나의 몸에 꽂혔다.

제길… 나를 왜 뚫어지도록 쳐다보는 거지?

마을 여인들이 나를 보고서는 서로 뭐라고 속닥거리고 있었다. 한쪽에서는 끊임없이 수다가 지속되었고 한쪽에서는 내가 길모퉁이를 돌아 사라질 때까지 나를 쳐다보고 있었다. 나는 여인들의 시선을 피하기 위해 좀 더 발걸음에 힘을 쏟았다.

"와~ 얘, 저 사람 봤어? 근사하지 않아? 모든 걸 꿰뚫어 버릴 듯한 카리스마있는 날카로운 눈매 하며 허리까지 닿는 검은색 머리, 거기다가 상처 하나 없는 하얀 피부와 저 조화로운 턱 선까지. 무척 지적이지 않니? 바람에 휘날리는 검은색 로브… 완전히 반해 버린 것 같아!"

"얘! 어딜 쳐다보니? 내가 점찍었어. 그만 쳐다보라니까! 내가 점찍었단 말야. 그나저나 저분은 누구실까? 처음 보는 분인데다 학자 같은데? 얘, 침 삼키지 마. 한데 어딜 저렇게 급히 가시는 거지?"

"네가 점을 찍긴, 내가 먼저 발견했어! 한데 요즘 돼지 같은 오크들만 보다가 저렇게 멋진 학자 분을 보니 참 기분 좋다. 그지?"

"당연하지! 호호호호!"

"호호호."

막 모퉁이를 돌려는 순간 여인들의 수다 소리가 들려왔다. 여인들의 수다 소리는 소름 돋는 듯한 웃음으로 마무리 지어졌다. 그 여인들이 말하는 멋진 학자가 누구인지 찾아보기 위해 주위를 두리번거렸으나 주위에 있는 남자라곤 나밖에 없었다. 나보고 멋있다는 듯했으나 그리 기분은 좋지 않았다. 돼지 같은 오크들이… 확실히 우리 오크들의 외모가 돼지 같긴 하지만 본질만큼은 인간들보다도 훨씬 착하다.

그리고 인간들이 오크들을 못생겼다고 멸시하듯 오크 형제들도 인간들을 못생겼다며 꺼림칙하게 여긴다. 또한 돼지 같은 오크들이라고 한다면 인간들은 진화하다가 신에게 버림받아 온갖 탐욕과 악을 담은, 폐기 처분되기 일보 직전의 원숭이에 불과하지 않은가?

나의 기분은 점점 더 나빠져 화풀이라도 할 겸 침을 뱉었다.

"퉤! 제기랄……."

그렇게 투덜거리며 모퉁이를 돌자 무척 반가운 모습이 눈에 들어왔다. 하늘하늘 바람에 휘날리는 두 갈래로 딴 쪽빛 하늘색 머리카락과 곧 눈물이라도 흘릴 듯한 촉촉한 커다란 눈동자, 그리고 주먹만한 깨물어주고 싶은 얼굴. 나의 귀여운 꼬마 숙녀 세린이었다. 인간 여자들에 의해 나빠졌던 나의 감정은 세린을 보자 어느새 반가움과 기쁨으로 바뀌어 있었다.

"세린~"

나는 평소 때와 마찬가지로 세린을 불렀다. 세린 옆에선 세린을 좋아하여 졸졸 따라다니는 린도가 붙어 있었다. 하지만 그 둘은 내가 부르자 나를 바라만 볼 뿐 다가오지 않았다.

웬일이지? 왜 달려오지 않는 거야?

"아저씨, 누구세요?"

내가 가까이 다가가자 세린은 고개를 들어 나를 쳐다보면서 의아한 듯 물었다. 나는 처음엔 세린의 말이 이해가 되지 않았다. 하지만 가만히 생각하니 Illusion 마법으로 인해 오크인 나의 몸은 인간의 이미지로 뒤덮여 있음을 깨달았다.

"세린아, 나는 말이지……."

내가 세린에게 설명해 주려 할 때 여자 아이들보다도 목소리 톤이 높아 조류의 울음소리 같은 린도가 내 대신 대답했다.

"세린, 이분은 학자님이셔. 맞죠, 학자님? 저는 린도라고 해요. 대현자 클레이스님이라고 알죠? 저는 그분처럼 대현자가 될 거예요. 저는 저~쪽에 사는 마법사님의 애제자예요. 아참! 여기 있는 애는요, 디칼트 페리오네스(남대륙 고산 지역에만 핀다는 희귀한 꽃. 오색 빛깔의 잎으로 유명하며 그 향기는 은은하고 왕족들만이 이 꽃의 향기를 맘껏 누릴 수가 있다) 보다도 신비롭고, 공주님보다도 아름답고, 우리 엄마보다도 사랑스러운 세린이라고 해요. 아참! 그런데 학자님은 어떻게 세린의 이름을 알고 있죠?"

오랜만에 들어보는 이름 클레이스. 나는 린도의 말에 잠시 클레이스가 죽어가면서 나에게 마법 지식을 전해주던 것이 생각났다. 입에서 피를 흘리며 뼈가 끊어지는 듯한 고통을 겪음에도 불구하고 나에게 편안한 미소를 보여주던 클레이스. 제기랄……. 클레이스만 생각하면 아련한 애틋함과 외로움이 찾아왔다.

하지만 표정이 수시로 바뀌는 린도의 얼굴을 보자 클레이스의 생각을 떨쳐 버릴 수 있었다. 그런데… 린도, 참으로 재미있는 아이구나. 내 애제자라고? 하핫!

"그게 말이다……."

'나는 너희들이 좋아하는 돼지 아저씨다. 그리고 지금은 마법을 써서 이렇게 보이는 것뿐이고' 라고 말해 주고 싶었지만 나의 말은 린도의 말에 또다시 막혔다.

"아! 제가 맞춰볼게요. 아저씨는 크리샨 제7왕자 아슈린님의 신부감을 찾으러 온 거죠? 아니면 세린의 아름다움을 연구하러 왔거나요. 그것도 아니면 아저씨는 세린을 보고 한눈에 반해 세린에게 청혼하려는 거죠? 안 돼요! 세린은 나중에 제 부인이 될 거란 말이에요. 안 돼요! 학자님, 알았죠?"

린도의 표정에는 걱정스러움이 가득했다. 정말로 내가 세린을 부인으로 맞을 것처럼 생각하는 린도의 행동은 어린아이 특유의 순수함이었다. 나는 가볍게 린도의 머리를 쓰다듬어 주고서 나에 대해서 설명해 주려 했지만 이번에는 세린에 의해 막혔다.

"흥! 린도! 누가 네 부인이 된다는 거야? 나는 우리 돼지 아저씨랑 결혼할 거야."

그 말에 린도는 기가 꺾인 듯 고개를 푹 숙였다. 여기서 내가 '세린아, 나는 네가 말하는 돼지 아저씨야'라고 했다가는 세린의 성격상 쑥스러워 저 언덕 쪽으로 도망칠 것이 뻔했다.

"얘들아, 나는 세린의 아름다움을 연구하러 온 것도 아니고, 아슈린님의 신부감을 찾으러 온 것도 아니고… 음… 또 뭐가 있었더라, 린도?"

"세린에게 청혼하러 왔다구요!"

"그래그래… 그런 게 아니라, 나는 단지 장로님에게 뵐 일이 있어서 온 것이란다. 내 친구도 만날 겸. 친구가 너희들 이야기를 해서 잘 알지. 착하고 이쁜 우리 세린과 멋지고 용감한 우리 린도라고 귀가 닳도록 들었어. 내 친구는 잠시 이곳에서 떠나 있을 거란다. 세린과 린도에게 이쁜 선물을 주고 싶다면서 나에게는 비밀로 하라고 했지만 도저히 너희들을 보니 비밀로 할 수가 없구나."

"정말요?"

세린과 린도는 맞추기라도 한 듯 동시에 입을 열었다. 나는 조용히 웃으면서 고개를 끄덕였고 손을 흔들면서 마을 입구 쪽으로 천천히 걸어갔다. 세린과 린도는 나의 뒤를 졸졸 따라와서는 '안녕히 가세요' 라고 인사를 한 후 하하호호 웃으면서 마을 안쪽으로 뛰어 들어갔다.

아이들이 좋아하는 모습을 보니 나도 기분이 무척이나 좋았다. 왜일까? 왜 이렇게 아이들에겐 약해지는 걸까? 잠을 자기 전에도 생각해 보았고, 심지어 꿈에서까지 고민해 보았다.

인간은 배신을 한다. 인간은 처음 보는 인간에게 다가갈 때면 장미처럼 겉으론 화려한 웃음으로 다가가지만 의심과 불신이란 가시를 품고 있다. 아무리 친했던 사이라도 자신의 이익을 위해서라면 예전 종교 재판 사건 때와 같이 배신을 한다.

개는 자신에게 식량과 정을 주는 주인을 절대 배신하지 않는다. 주면 준 대로 은혜를 기억하는 동물들보다도 못한 게 인간이다. 하지만 인간의 아이들은 천진난만한 웃음과 의심없는 깨끗함으로 다가온다.

그리고 정을 주면 그들도 나를 좋아해 준다. 돼지인 나의 외모조차 경멸하지 않고 좋아해 준다. 내가 아이들에게 약해짐은 부인할 수 없는 나의 인간적 본성이 아이들의 순수함을 원하고 있음이 아닐까?

마을을 떠나기 전에 마을 입구 쪽을 다시 한 번 쳐다보니 건물 뒤쪽에서 마을 여인들이 나를 바라보고 있었다. 내가 자신들을 쳐다보자 여인들은 황급히 딴청을 피우기 시작했다. 나는 피식 웃으면서 남쪽으로 남쪽으로 향했다.

산길은 외로웠다. 부엉이는 외로운 나를 향해 부엉부엉 노래를 불러줬고, 늑대의 사나운 눈빛 수십 개가 주위에서 나를 둘러쌌다. 하지만 내가 크르르~ 하고 크게 웃어주자 모두 주위로 흩어져 도망쳐 버렸다. 떠오르는 태양을 맞은 건 수도 크베르를 향해 길을 걷다가 냇물을 만났을 때였다.

나는 냇물에 가서 두 손으로 한 움큼의 물을 받다가 얼굴을 적셨다. 냇물에는 한 인간이 얼굴을 치켜 올리며 나를 쳐다보고 있었다. 싸늘한 분위기를 풍기는 인간, 그건 바로 나였다. 나는 한 번 물을 쳐주고 몸을 돌렸다.

한 번도 쉬지 않고 걸은 지 꼬박 하루 반나절이 지나갔다. 지도에 표시된 대로라면 이 산맥만 넘으면 수도 크베르가 나올 것이다.

산 정상에서 첫 번째로 보인 건 수풀에 가려져 겨우 보이는 작은 초소 하나와 그 앞에서 주위를 두리번거리며 경계를 하고 있는 크리샨의 병사였다. 병사는 자신의 키보다도 더 긴 창을 옆에 세우고 산을 올라오는 나를 지켜보고 있었다. 병사는 대략 6명 정도가 모여 있었는데, 대장급 병사로 보이는 자가 산 정상을 올라온 나를 맞았다.

"저희들은 크리샨 제국 제145 외곽 경비병들입니다. 어떻게 오셨습니까?"

"수도 크베르에 들어가려 한다."

나는 허리와 어깨를 꼿꼿이 세우고 경비대장을 내려다보며 거만한 어투로 말했다. 이 세계는 아직도 신분 제도가 존재하는 곳으로 귀족이라면 모든 것이 통과였다. 나의 옷차림이나 나의 어투는 귀족의 그것을 그대로 나타내고 있었다.

"신분증을 보여주십시오."

경비대장이 말했다.

신분증이라… 어떤 이름이 좋을까? 하크? 아니다… 너무 오크 식 발음이 거세 들통 날 염려가 있다. … '소나기'라는 뜻의 하레인이 발음하기 좋겠군. 귀족이라면 성을 가져야 하니 '디 세트'로 성을 짓고.

"이 비천한 것들! 너희들이 지금 나에게 감히 명을 하는 것이냐? 겨우 평민 주제에?! 나를 몰라보느냐? 7왕자 아슈린님의 교육을 맡고 있는 이 디 세트 하레인님을?!"

"아, 아닙니다, 디 세트 하레인님!"

관자놀이와 목에 힘줄을 세우며 격양된 억양으로 내모는 나의 음성에 한순간 분위기는 경직되었다. 대장과 나머지 병사들을 포함하여 총 6명은 엉거주춤 무릎을 꿇으며 감히 고개를 쳐들지 못했다.

고개를 쳐들지 못하고 모두들 기가 죽은 모습을 보니 나는 우쭐대며 코를 더욱더 쳐들었다. 이전 세계에서 보던 옛 중세 영화의 귀족이란 것들이 평민과 천민들에게 화를 내며 명을 하는 이유를 알 것 같았다. 이들의 이런 행동은 나에게 오크들에게 신으로 추앙받는 것과는 다른 느낌을 받게 만들었다.

"디 세트 하레인님, 그, 그래도 저희들은 이 외곽을 맡고 있습니다. 모두 제국의 안정을 위해서입니다… 그러니 신분증을……."

"아직도 명을 하겠느냐? 이 미천한 것들! 잘 봐라!"

나는 뭐 대신할 것이 있나 주머니를 뒤적거렸다. 마침 손에 이전 드워프들에게 얻은 후 까마득하게 잊어먹었던 루샤로(드워프 종족 각 수장에게 300년 만에 하나 나오는 신비의 원석)의 딱딱한 느낌이 전해져 왔다.

"Illusion."

나는 인간 병사들이 듣지 못하도록 아주 낮은 목소리로 중얼거렸다. 주머니 속에선 혼돈의 기운이 루샤로를 휘감았고, 나는 눈을 감았다.

'디 세트 하레인. 크리샨 제국'이라는 글자가 쓰여 있는 황금빛 명패와 그 위에 커다란 다이아몬드 4개가 치장되어 있는 모습을 생각했다. 그것으로도 부족할 것 같아 그럴싸한 국왕의 인장이 명패 뒷면에 찍힌 모습을 떠올렸다.

Illusion 마법의 운용이 완전히 끝나고 나자 주머니에서 루샤로를 꺼냈다. 루샤로는 보석으로 치장된 명패로 바뀌어 있었고, 그것을 본 경비대장과 병사들은 눈이 휘둥그레져 명패를 바라보기에 바빴다.

황금으로 손 한 뼘만한 크기의 명패를 만들기만 해도 비싼 데 거기다가 커다란 다이아몬드가 4개나 사방으로 박혀 있으니 그럴 만도 했다. 평민으로선 평생에 한 번 볼 수 있을까 말까 하는 그런 값비싼 것이었다.

"이 미천한 것들! 자, 보거라! 명패다! 국왕께서 친해 내려주신 귀중한 것이다!"

나는 경비대장 앞으로 명패를 내밀었다. 경비대장은 떨리는 손으로 명패를 받아 들고서 이리저리 돌려보고는 감탄사를 뿜어냈다. 이 크리샨의 신분증이 뭔지는 모르나 값비싸게 생긴 이것을 보면서 경비대장과 경비병들은 정말로 믿어버린 모양인지 덜덜 떨리는 목소리로 말하며 명패를 다시 나에게 내밀었다.

"여, 여기 있습니다, 디 세트 하레인님. 지나가셔도 좋습니다."

나는 경비대장의 말에 입꼬리가 살짝 올라갔다. 그리고 방금 전에 느꼈던 기분을 다시 한 번 느끼기 위해 일부러 화가 난 척하며 억양을 더욱 높였다.

"이것들아! 너희들 때문에 이 명패가 얼마나 더러워졌는 줄 아느냐? 경비병! 단지 난 보여줬을 뿐인데 누가 너에게 가져가서 그 더러운 손으로 더럽히라고 했느냐! 너희들은 아주 커다란 죄를 지었다! 모두 죽고 싶은 게냐!"

나는 무릎을 꿇고 있는 경비대장의 머리를 발로 힘껏 찼다. 오크의 힘이 실린 나의 발길질에 경비대장은 충격이 큰 듯 피를 흘리며 멀리 나가떨어졌고, 나머지 병사들은 겁에 질려 벌벌 떨면서 이제는 완전히 땅에 엎드려 있었다.

나는 나의 입에서 흘러나오는 웃음을 막을 수 없었다. 기분이 무척 좋았다. 오크가 아닌 인간들에게 이런 대접을 받는 기분. 평생 귀족으로 남아 이런 기분을 느끼고 싶었다. 나는 미소를 띠며 쓰러진 경비대장을 향해 침을 뱉고서 명패로 변한 루샤로를 다시 주머니 속에 넣었다.

"하하하하! 하하하하!"

나는 커다란 웃음소리와 함께 산을 내려갔다. 뒤통수가 찜찜한 게 그 병사들이 나에게 욕을 하고 있을 것이 분명했다.

멍청한 인간들!

"Illusion Cancel."

주머니 속의 명패는 밝은 빛을 방출하더니 다시 루샤로로 변했다. 통쾌하고 무엇인지 모를 이 폭발적인 감정을 지닌 채 산을 내려가는 나의 발걸음은 비호처럼 빨랐다. 순식간에 산을 내려간 나는 평원의 시원한 바람을 느끼면서 남쪽으로 달렸다.

그렇게 달려가자 차츰 시야에 들어오는 것이 있었다. 아주 거대한 성문과 성벽, 그리고 그 주위로 흐르는 거대한 강물. 아직은 좀 멀리 떨어진 곳이었지만 나는 점점 흥분을 하기 시작했다.

지금까지 이렇게 커다란 성을 본 적이 없었다. 이 세계에 들어와서 본 것이라곤 전부 작은 마을과 작은 성이 다였다. 꿈에서나 나올 듯한 이런 거대한 성은 달리는 나의 다리에 힘을 북돋아주었다.

제3차 가이프 전쟁 중이라고 들었으나 수도에 가까워질수록 수도 크베르에서 들려오는 사람들의 소리는 점점 커져 갔다. 커다란 성문을 지키고 있는 경비병들 역시 10명이나 되었고, 성벽 위에는 수십 명의 경비병들이 성벽을 따라 걸으며 주위를 감시하고 있었다.

성 주위로 잘 다져진 열 개 남짓한 길이 나타났다. 어떤 길에는 마차의 흔적이 남겨져 있었고, 또 어떤 길에는 수십 명의 사람들이 말에 커다란 짐을 싣고 성 밖을 나서고 있었다. 말 주위에는 기다란 장검을 들고 있는 우람한 육체를 소유한 남정네들이 힘차게 걷고 있었다.

중앙 길에는 코끼리보다 더 뚱뚱한 사내가 고급 옷으로 땅바닥을 질질 끌며 남정네들의 호위를 받으며 마차를 타고 오고 있었다.

나는 잠시 멈춰 서서 구경을 하다가 이내 발걸음을 옮겨 성문 앞으로 다가갔다. 그리고 성안으로 들어가려고 하자 4개의 기다란 창이 나의 앞을 가로막았다.

"신분증을 보여주시오."

제23장

요크! 베드팍스를 만나다

성문의 경비병들 역시 산 초소의 경비병들과 마찬가지로 주머니에서 꺼낸 명패를 보자마자 내가 들어가는 것을 막지 않았다.

성안은 과연 한 나라의 수도라고 할 수 있을 만큼 커다란 나무들과 알록달록 화려한 꽃과 수수한 꽃이 조화가 이루어 거리에 심어져 있었다. 무릎까지 내려오는 분홍색 치마를 입고 있는 소녀는 바람에 나풀거리는 치마를 한 손으로 잡고 한 손으론 주전자를 들어 꽃에 물을 주고 있었다.

건물들은 엄청 많았다. 심지어 5층까지 되는 건물이 있을 정도였다. 건물 벽에 걸려 있는 문패에는 가지각색의 문장들이 그려져 있었고, 홍보를 위한 게시판 역시 건물을 지키는 경비병같이 위치해 있었다.

음식점 거리가 있는 곳은 낮임에도 불구하고 엄청난 사람으로 북적댔다. 자신의 가게에 와서 음식을 먹으라고 하는 주인 아줌마, 아저씨의 익살스러운 말재치와 함께 고민하면서 주위를 두리번거리는 사람들의 행동이 마치 짜놓은 것만 같았다. 약한 바람이 나를 향해 불어오자 달콤하고 구수한 냄새가 나를 휘감아왔다.

음식의 냄새로 꽉 차 있는 거리와는 다르게 저쪽 거리에선 은은한 하프 소리와 함께 아름다운 소녀의 목소리가 들려왔다. 가지각색의 사람들이 소녀의 음악 소리를 듣기 위해 둥그렇게 원을 그리며 모여 있었고, 소녀의 노랫소리가 끝날 때마다 박수를 쳐댔다.

음식과 노래가 사람을 끌었다면 다른 한쪽에선 폭행과 멸시가 사람들을 끌었다. 은색 단발머리와 어울리게 흰색 옷을 맞춰 입은 소녀가 보였다. 대략 18세에서 20세 내외로 주위엔 간단한 파란 흉갑을 입고 있는 호위병 6명 정도가 소녀를 감싸고 있었다.

금색 팔찌를 주렁주렁 매달고 있는 소녀의 가느다란 팔이 올라가자 금색 팔찌가 뼈다귀같이 비쩍 마른 소녀의 팔을 타고 팔굽을 지났다. 소녀의 팔이 힘차게 내려오면서 어떤 이의 뺨을 내려쳤다. 소녀보다도 훨씬 어려 조카뻘 정도로 보이는 작은 꼬맹이가 소녀에게 뺨을 맞고서는 빨개진 뺨을 비비며 소녀를 노려보았다.

어린 소년의 행색은 남루하여 팔굽과 발굽은 다 헤어져 있었고 군데군데 묻은 알 수 없는 검댕과 파란 물, 며칠은 마구간에서 뒹군 듯한 흐트러진 머리는 소년의 눈을 덮고 있었다.

"이 더러운 것! 감히 어디에 손을 대느냐! 죽고 싶은 거냐!"

유리가 깨질 듯한 높은 음성이 소녀의 입에서 튀어나왔다.

"아, 아가씨… 진정하십시오. 한낱 천민을 상대하시는 것만으로도 아가씨의 성스러움에 금이 갑니다."

차마 소녀의 몸을 건들지 못하고 소녀의 주위에서 걱정스러운 눈빛을 띠며 호위병들이 말했다.

"이 천민이 나의 몸에 부딪치지 않았느냐?! 에스테르 왕자님이 내 생일날 선물해 주셔서 한 번도 입지 않고 이번에 처음 입었는데, 저 천민 때문에 더러워졌지 않았느냐! 천민 주제에! 눈이 있는 것이냐! 그것 도 눈이라고 달고 다니는 것이냐?! 호오라~ 그것도 눈이라고 나를 노려본다 이거지? 그 쓸모없는 눈, 내가 뽑아주겠다! 모두들 잘 보거라! 천민이 귀족에게 대항하면 어떻게 된다는 것을!"

소녀를 말리는 호위병을 좌우로 밀어낸 후 소녀는 엎어져 있는 어린 소년에게 다가갔다. 소녀는 엎어져 있는 소년의 목을 움켜잡고는 한 손으로 소년의 눈을 파헤쳤다. 차마 눈을 빼내진 못하겠는지 소녀는 눈을 찡그리며 소년의 눈에서 손가락을 빼냈다.

"아아악!"

길게 자란 소녀의 손톱에선 소년의 눈에서 묻은 피들이 뚝뚝 떨어졌다. 소녀의 잔인한 행각을 쳐다보던 사람들은 모두 눈을 돌린 채 애써 그 모습을 외면했다. 어떤 소녀들은 까아아악! 하는 비명을 내지르며 주위로 흩어졌고, 호위병들은 소녀의 행위에 화들짝 놀라며 소녀를 말리기 시작했다. 나는 소녀의 행위를 보면서 살짝 웃음을 띠었다. 나도 저 기분을 알고 있지…….

"이… 천민! 내 드레스가 더러워졌잖아!"

소년의 눈이 터지면서 주위로 뿌려진 피가 소녀의 드레스에 묻어 하얀 드레스는 빨간 피로 얼룩졌다. 소년은 고통의 신음 소리를 내지르며 땅바닥에서 구르고 있었다. 은발의 소녀는 자신의 드레스에 피가 묻음에 더 화가 났는지 한참을 소년을 짓밟은 후에야 화가 풀려 호위병들에게 이것저것을 시키기 시작했다.

"이 천민을 내다 버려라! 그리고 기분이 더러워졌다. 옷을 바꿔 입고 가야겠다."

소녀의 발에 짓밟혀 터져 죽은 금붕어처럼 거리에 쓰러져 있는 소년을 호위병들이 둘러메고는 거리 끝으로 사라졌다. 은발의 소녀는 소년이 사라지는 것을 보자 흥! 하고 콧방귀를 뀌며 나머지 호위병들을 데리고 북쪽을 향해 걷기 시작했다.

소년과 소녀가 가버린 이 장소에 남은 것이라곤 소년의 피와 구경꾼 수십 명뿐이었다. 구경꾼들이 떠드는 소리가 소년의 비명 소리를 대신하고 있었다.

"쯧쯧쯧, 애꿎은 소년만 희생 양이 됐지."

"그러게 말이야. 저 소년만 안됐어. 그 날카로운 손톱으로 눈을 찔러 버리다니… 설마설마 했는데 정말로 찔러 버렸어."

"그래, 생긴 건 꼭 공주님처럼 이쁘게 생겨가지고 어떻게 인간으로서 저렇게 잔인할 수가 있나? 저러니 레드팍스라고 불리지. 자네들도 모두 말조심해. 저년이 우리 말을 들으면 우리도 저 꼬마아이처럼 될걸? 나도 소문으로만 들었지 정말로 보긴 처음이야. 자기 아빠보다도 더 악랄하군 그래."

세 남자가 중얼거리듯 낮은 소리로 대화를 하였으나 충분히 들리고도 남았다. 이 남자들 말고도 은발 소녀의 행위를 본 사람들 모두 천민 소년을 동정하고 소녀를 욕했다.

레드팍스라… 붉은 여우란 뜻이군. 어울리는 별명이야.

나는 더 이상 볼 것이 없어지자 사람들을 밀어 헤치며 앞으로 나갔다. 장로가 말한 대로 용병 길드를 찾기 위해 주위를 두리번거렸으나 수십 명의 사람들과 알 수 없는 문장들이 그려져 있는 간판만 눈에 띄었다. 용병 길드가 어디에 있는지 알 수가 없어 사람의 시끌벅적한 소리가 들려오는 곳을 향해 무작정 걸었다. 낡지는 않았지만 그래도 오래된 듯 보이는 2층의 건물로 1층의 입구에서부터 시끌벅적한 소리가 들려왔다. 나는 용병 길드의 위치를 묻기 위해 문을 열고 들어갔다.

밝지 않은 램프의 빛이 주위를 비추고 있었고 후끈한 열기와 귀가 떠나가도록 시끄러운 소리가 나의 귓속을 파고들었다. 커다란 탁자 몇 개가 중앙에 위치해 있었고 작은 탁자들은 벽을 따라서 붙어 있었다. 수십 명의 사내들이 커다란 맥주잔을 손에 잡고서는 각각 탁자 앞에 있는 의자에 앉아 자기들만의 대화를 즐기고 있었다.

개구리의 입같이 두툼한 사내들의 입에선 한 주먹만큼의 침이 주위로 튀겼다. 모든 탁자 위에는 팔뚝만한 커다란 맥주잔이 올려져 있었고 근육질의 사내들은 한 번도 쉬지 않고 맥주를 들이켰다.

"우어어어어~ 으아아악!"

"넘어가라! 으아아아~악!"

두 명의 사내가 시끄러운 기합 소리와 함께 커다란 탁자에서 팔씨름을 하고 있었고, 그 주위로 20명가량 되는 사내들이 두 명의 사내 이름인 듯한 단어를 연신 불러대며 손을 흔들어대는 통에 각기 손에 들려 있는 맥주컵에선 맥주가 사방으로 튀기고 있었다.

20명의 사내 모두는 우락부락한 근육으로 뒤덮여 있는 거대한 몸집의 소유자였다. 팔씨름을 하는 두 사내 모두 산같이 커다란 팔 근육에 힘줄이 돋아 모두 온 힘을 다하는 통에 탁자가 쪼개질 듯했다. 주점의 밝지 않은 불빛은 주점에서 술을 마시고 팔씨름을 즐기는 사내들에게서 뿜어지는 열기에 의해 더욱 밝게만 느껴졌다.

가끔씩 여자들이 보이기도 했는데, 모두들 몸에 딱 달라붙고 가슴이 깊이 파여 몸매가 드러나는 뇌쇄적인 옷을 입고서 그 커다란 가슴을 출렁이고 힙을 씰룩거리면서 주문을 받고 있었다. 주문을 받고 있는 여자의 엉덩이를 커다란 손바닥으로 살짝 치면서 짓궂은 장난을 하던 사내가 커다랗게 웃었고, 곧 주위의 사람들도 커다랗게 웃기 시작했다.

여자도 살짝 웃으면서 남자의 뺨을 세게 때렸다. 그래도 사내와 주위 사람들은 뭐가 좋은지 웃기만 했다.

쿵!

갑자기 무언가가 떨어지는 소리가 나서 그곳을 돌아보니 커다란 탁자가 반절로 부서지고 팔씨름을 하고 있던 사내 중 한 명이 져서 땅바닥에 쓰러져 있었다.

"베데르! 적어도 이 파이톤님하고 겨루려면 10년쯤 타이(소의 일종) 젖이나 먹고 힘이나 기른 뒤에 다시 와라. 누구 더 덤빌 사람 없어? 하하하하!"

"오! 파이톤, 대단한데! 과연 15년 동안 용병질을 괜히 한 게 아니군."

"파이톤! 파이톤! 파이톤!"

사람들이 승자인 파이톤의 이름을 불러대자 쓰러져 있던 사내는 벌떡 일어나 문 주위에서 서성이고 있는 나의 곁을 지나 문을 발로 차고서는 밖으로 나가 버렸다.

"오~ 거기 누구신가? 귀족 나으리 아니신가?"

사내가 나가고 나자 구레나룻과 턱수염이 이어지고 살이 쪄 터질 것 같은 볼을 소유한 파이톤이 자신의 근육을 어루만지며 나에게 말했다. 파이톤의 말은 엄연히 비꼬는 말임에 틀림이 없었다.

하긴 내가 귀족 따위는 아니지만 내 모습이 꼭 귀족처럼 보이니까 어쩔 수 없지. 그렇지만 저따위에게 그렇게 비아냥거림을 들으니 기분이 무척 더러웠다. 15년 간이나 용병질을 해왔다고? 잘됐군.

"귀족 나으리가 웬일이신가? 이 천한 곳에도 다 들어오시고. 하하하!"

파이톤이 계속 기분 나쁜 웃음소리를 내자 주위의 다른 사내들도 파이톤을 따라 웃기 시작했다. 그러자 순식간에 주점 안의 백 명이 넘는 듯한 사내와 여자들의 시선이 문 앞에 서 있는 나를 향했다. 분명 나를 존경한다든가 하는 종류의 눈빛이 아니었다. 나는 그들의 눈빛이 마음에 들지 않았다.

"아! 나으리, 오셨습니까? 이 누추한 곳까지 어떻게 오셨습니까, 호위병도 없이?"

흰색 티에 어울리지 않게 검은색 나비 넥타이를 멘 뚱뚱한 몸매의 사내가 내 앞에 달려왔다. 주인은 허리를 90도보다 더하게 굽히면서 내가 말하기를 기다리고 있었다.

"저 사내에게 볼일이 있어서 왔다."

나는 손가락으로 파이톤을 가리키며 말했다. 주인은 이어서 무엇을 주문하겠느냐, 어떤 식을 원하느냐, 언제까지 있겠느냐, 문제가 있으면 언제든지 말하라라는 등 여러 가지 말을 늘어놓은 후에야 내 눈앞에서 사라졌다.

"호오~ 귀족 나으리, 이 미천한 몸에게 무슨 볼일이 있다고 하십니까? 하하하하!"

"하하하하… 하하하!"

파이톤이 나를 비웃을 때마다 주위의 사내들도 반복된 기계처럼 웃어댔다. 그들의 그런 행위는 점점 나의 분노를 샀으나 나는 이 수도에서 일을 벌이긴 싫어 꾹 참으며 파이톤을 노려봤다.

"호~ 노려보시니 참 무섭사와요. 그렇게 보지 마시옵소서. 하하하하!"

"죽고 싶은가, 인간?"

나는 더 이상 인내를 할 수 없어 등 뒤의 핸드 엑스로 손을 가져갔다. 막 핸드 엑스를 잡고 파이톤을 향해 던지려고 생각할 때였다.

"하하, 팔씨름을 해서 이 미천한 몸을 이기면 죽어주지요. 하늘의 자손이자 우리 평민과 천민의 영웅이신 귀족님. 하하하하하! 우리 평민 따위는 당연히 귀족님께서 팔씨름으로 이기시겠죠? 그렇지 않은가? 미천한 평민들아~ 하하하하!"

"맞아. 파이톤 말이 백번이고 맞지!"

근육질의 사내들은 모두 한통속이 되어 파이톤의 편에 섰다. 파이톤과 비슷한 눈빛과 웃음소리하며 표정까지 모두 다 파이톤의 그것과 같았다.

"네까짓 인간 따위가 나를 이길 수 있을 것 같은가?"

"오… 얘들아, 들었지? 귀족님께서 나를 인간으로 보신단다. 이 천민을 인간으로 보신단다. 크하하하하! 나 오늘 출세했네. 인간도 아닌 천민, 아니, 동물인 내가 동물에서 인간으로도 변해보고. 크하하하! 귀족님, 참 성격 화끈하시구만그려. 어서 이리로 오시죠. 하하하, 오실 때 그 팔이 보이지 않는 기다란 로브나 걷어붙이고 오는 게 어떻습니까? 대.단.하.신.귀.족.님?"

"하하하하… 하하하… 하하하… 하하하하하!"

사내들의 웃음소리가 이 세상을 흔들고도 남을 정도의 크기로 변해 나의 뇌신경 구석구석을 자극했다. 나는 아무 말 없이 로브 자락을 걷어붙이고 파이톤에게 다가갔다. 근육질의 사내들은 다시 커다란 탁자를 파이톤과 내 사이에 가져와 놓고서는 둥그렇게 우리를 둘러쌌다.

내가 팔을 올리자 파이톤의 입가에 걸린 재수없는 미소는 더욱더 길게 올라가 비웃음을 띠었다. 내가 봐도 나의 팔은 마른 뼈다귀에 몇 점의 살만 붙은 것 같았다. 근육이란 하나도 없고 여자의 팔같이 흰 피부가 연약하게 보였다. 하지만 이것은 이전 세계의 나의 이미지일 뿐 지금의 나의 육체는 지금 저 인간들보다 더 우람한 근육을 소유하고 있는 오크의 육체이다. 저들이 저렇게 커다란 근육을 가지고 있다고 해도 그건 허깨비에 불과하다.

턱.

파이톤의 쇠 파이프 같은 두꺼운 팔이 탁자 위로 올라가자 곧 주위의 함성 소리가 더욱 커져 갔다. 파이톤과 마찬가지로 팔을 올리자 보름달보다도 더 큰 손바닥이 나의 손바닥을 감쌌다.

"파이톤, 내가 심판을 보겠네. 허허허허, 참으로 신기한 광경이야."

파이톤의 의도로 시작된 팔씨름이 시작되기 전인 지금 나의 손을 꽉 잡았다. 만약 지금 보이는 나의 손이 정말 나의 손이라면 파이톤의 압력에 의해 손 마디마디가 끊기는 고통을 맛보았을 게 틀림없다. 그러나 지금은……

이것은 단지 이미지일 뿐이지, 어리석은 인간.

"귀족 나으리, 대단하십니다그려."

오히려 반대로 압력을 받은 파이톤은 식은땀을 흘렸고, 힘이 들어간 팔은 부르르 떨렸다.

"시~작!"

심판을 보겠다던 사내의 굵은 톤의 목소리가 주점 안을 메웠고, 곧 사람들은 파이톤의 이름을 부르며 응원하기 시작했다. 하지만 사람들은 시간이 지나면서 점점 웅성거리기 시작했다. 파이톤의 근육이 팽창하여 부푼 풍선 같았고 돋은 힘줄들은 곧 터질 것만 같았기 때문이다. 그에 반해 이미지뿐인 나의 팔은 전혀 변화가 없었다. 파이톤의 힘은 다른 인간의 힘보다 센 건 사실이었다. 오크인 내가 자칫 방심했다가 질 뻔한 상황까지 몰렸다가 이내 온 힘을 다해 그의 손을 서서히 넘어뜨려 갔다.

"으… 으……."

"설마 파이톤이 지는 건 아니겠지? 저런 책벌레 같은 귀족에게 말이야."

"설마… 설마……."

파이톤의 손이 점점 패배의 길로 기울기 시작하자 사람들의 그 커다란 함성 소리도 들리지 않았다. 사내들은 모두 숨을 죽인 채 침을 꿀꺽 삼키면서 파이톤과 나의 시합을 보고 있었다.

"마지막이다."

나는 마지막 아껴놓은 힘을 한 번에 방출시켜 반대 편으로 파이톤의 손을 꺾어버렸다. 이전에 파이톤에게 져서 쓰러진 사내처럼 파이톤의 손은 탁자를 통과해 버리고 그대로 바닥에 쓰러져 버렸다. 오크와 인간의 팔씨름에서 어떤 인간이 오크를 이기겠는가?

"손… 손……."

파이톤은 바닥에서 왼팔로 오른팔을 감싸며 신음 소리를 내었다. 주위 사람들은 이 상황이 믿기지 않는 듯 쓰러진 파이톤을 보면서 아무말도 하지 못했다. 주점에 시간이 멈춘 것같이 한순간 정적이 흐르더니 이내 커다란 함성 소리가 정적을 깨뜨렸다.

"크리샨 제국에서 알아주는 용병 파이톤이 이렇게 무참히 깨져 버리다니!"

"와아~ 와아~! 귀족님이 파이톤을 깨뜨렸다!!"

나는 그깟 함성 소리에 신경을 쓰지 않고 로브 속에 감춰뒀던 핸드 엑스를 꺼냈다. 그리고선 쓰러진 파이톤의 배 위에 올라가 핸드 엑스의 날을 파이톤의 목에 갖다 대었다.

"이제 죽어줘야겠지? 죽어라!"

"귀족이 저런 오크들이나 쓰는 도끼를?! 그리고… 저런 민첩한 몸놀림은?!"

나의 날카로운 날에 당황한 기색이 역력한 파이톤의 얼굴이 반사되어 비춰졌고, 주위의 사내들은 한순간 동작을 멈춘 채 나의 날카로운 도끼를 쳐다보고 있었다.

"잠, 잠깐!"

막 손에 힘을 줘 그대로 목을 댕강 베어버리려는 순간 파이톤이 외쳤다.

"잠깐만요, 귀족 나으리! 귀족 나으리께선 이 미천한 저에게 용무가 있다고 하지 않으셨습니까? 미천한 저의 생명 하나 없어지는 건 아깝지 않지만, 이대로 절 죽이시면 하늘 같은 귀족 나으리의 용무가 못 이뤄질까 걱정됩니다!"

말도 잘하는군. 하긴 그렇지.

파이톤의 그 하늘을 찌를 듯한 기세는 어디론가 사라져 버렸다. 단지 삶을 유지하기 위해 변명을 하고 있는 한 단백질 덩어리가 남아 있을 뿐이었다.

나는 파이톤의 목에서 도끼를 거둬들였다. 파이톤의 목은 도끼의 날에 조금 스쳤는지 반 뼘 정도 되는 가느다란 상처에서 선혈이 조금씩 흘러나왔다.

"그런가? 하긴, 나는 분명 너에게 용건이 있지. 너는 15년 동안 용병을 했다고? 그럼 나를 용병 길드에 데려다다오."

"하하하핫… 그런 어처구니없는… 아, 아닙니다. 당연히 모셔다 드리고 말고요. 나으리, 그럼 저를 살려주시는 겁니까? …저를 따라오시죠."

나의 노려봄에 파이톤이 쓰러진 자신의 육중한 몸을 일으키면서 말했다. 파이톤은 몸에 묻은 먼지를 툭툭 털고 주점의 문밖으로 나갔다. 하지만 터벅터벅 걸으면서 힘차게 내뻗는 다리와 심하게 흔들리는 어깨는 불만을 표시하고 있었다.

"귀족님, 대단하십니다. 전 귀족님 같은 분을 처음 봅니다. 이 근방에서 파이톤을 이길 수 있는 자는 아무도 없었는데… 어떻게 하면 그 몸에서… 아닙니다. 어떻게 하면 그렇게 힘이 세질 수 있습니까? 아무튼 대단하십니다, 귀족님. 그럼, 다음에 저의 주점에 들러주시면 최상의 서비스를 다하겠습니다."

문을 밀고 나가려는 내 뒤로 주점 주인의 말이 들려왔다. 주점 안의 사내들은 내가 나가려 하자 커다랗게 함성을 지르면서 '귀족님 만세!'라고 외쳤다. 한편 주문을 받는 여자는 '파이톤이… 지다니' 하면서 중얼거렸고, 어떤 사내는 아직도 믿기지 않는다는 듯 쪼개진 탁자에서 시선이 떠나질 못했다.

"아! 귀족님, 절 따라오시죠. 제가 안내하겠습니다."

파이톤의 처음 비아냥거리던 말투는 없어졌고 허리는 굽신거려졌다. 그렇지만 찡그린 눈은 아직도 자신이 졌음을 실감하지 못한 듯 부어오른 오른팔을 쳐다보고 있었다.

그를 따라 15분 정도 걸어가자 4층 정도 되는 건물 앞에 도착했다. 산 같은 몸의 소유자들이 건물에 들어갔다 나왔다 하면서 건물 앞을 분주하게 만들었다. 건물의 벽에 붙은 간판에는 둥그런 원 3개가 겹쳐 있는 문장이 그려져 있었고, 그 위에는 '크리샨 용병 길드 조합' 이라고 쓰여져 있었다.

"여기입니다, 귀족님. 이 미천한 몸은 이만 가도 됩니까?"

"멍청한 놈, 어서 안으로 들어가라!"

"네… 쳇! 이런 씨……."

파이톤은 욕지거리를 하려다 나를 힐끔 돌아보고는 안으로 성큼성큼 들어갔다. 건물 안으로 들어가자마자 보이는 많은 근육질의 인간들보다도 신경이 쓰이는 건 어디선가부터 들려오는 종이를 찢는 듯한 음성이었다.

그 음성은 귀에 무척 익었다. 음성을 따라가 보니 이번에는 새빨간, 화려한 드레스로 치장한 소녀가 자신의 호위병의 따귀를 때리고 있었다. 내가 맨 처음에 도시에 왔을 때 보았던 소녀였다. 아마… 레드팍스라 불린댔지? 호위병 6명 모두 소녀에게 따귀를 맞았는지 볼이 익은 사과처럼 되어 있었다.

"너희들! 내가 하는 일에 자꾸 나서면 모두 죽여 버리는 수가 있어! 이 개자식들!"

차마 은발의 아름다운 소녀에게서 나올 수 없는 말이었다.

"아, 아가씨, 나이시스 대공께서 각별히 주의를 주시지 않으셨습니까?"

"우리 아빠? 상관없어. 나는 이제 다 컸단 말이야. 나는 에스테르 왕자님이 가신 남쪽 제리그일 항구로 가야 해. 에스테르님 없이는 못 산단 말이야. 너희들, 내가 하는 일을 막는다면 전부 이렇게 해주겠어!"

소녀의 기다란 손톱은 가장 가까운 호위병에게로 달려들었다. 성난 호랑이의 발톱같이 날카롭고 창처럼 기다란 손톱은 어느새 호위병의 눈에 박혀 눈 속을 휘저었다.

"으아아악!"

어린 소년에게 했던 짓과 똑같은 행위였다. 차이점이 있다면 눈 속을 휘젓다가 뺀 손톱 끝에 호위병의 눈알 하나가 여러 가지 시신경을 축 늘어뜨린 채 딸려 나왔다는 것이다. 소녀는 얼굴을 찡그리면서 손톱에 꽂힌 눈알을 뽑아 쓰러진 호위병에게 던졌다.

나는 소녀의 그런 행위에 맘속으로 박수를 쳐주며 고개를 끄덕였다.

정말로 인간의 잔인한 본성을 나타내는 소녀로군. 흥미로워.

소녀의 행동은 인간의 본성을 가진 자라면 누구나 할 수 있는 행동이었다. 다만 약한 인간들은 지배를 당하는 입장이라서 겉으로 드러내지 못할 뿐이지 강한 입장이 된다면 그 소녀보다 더하리라. 오히려 눈알이 아니라 심장을 파헤치면서 커다랗게 웃을지도……

호위병은 소년의 전철을 밟았다. 피를 흘리는 눈을 쥐어 잡고 신음 소리만 내다가 다른 호위병들에 의해 밖으로 실려 나갔다.

"하하하."

파이톤 역시 이 소녀를 알고 있는 듯했다. 소녀는 파이톤의 웃음소리를 듣지 못한 모양인지, 아니면 화를 내기에도 바쁜 모양인지 파이톤에게 시선 한 번 주지 않았다. 커다란 비명 소리에 몰려든 사내들도 '쳇! 레드팍스잖아? 또 한 명이 당했군'이라고 내뱉고서는 각자 왔던 길을 되돌아갔다.

소녀의 손에는 기다란 장검이 들려 있었다. 허풍으로 하는 소리가 아니라고 증명하듯 하늘 높이 장검을 치켜 올렸고 호위병들은 겁에 질려 죄송하다고만 연신 내뱉었다.

"그럼 나를 막지 마, 이 미천한 것들아! 그리고 아빠한테 이번 일을 말했다가는 모두 죽을 줄 알어!"

"하지만 아가씨……."

"닥쳐!"

소녀는 그렇게 내뱉고는 나의 곁을 지나가다가 어깨에 걸린 모양인지 몸이 휘청거렸다. 넘어질 뻔한 몸에 겨우 중심을 잡고 고개를 획 돌리면서 그녀는 한마디를 내뱉었다.

"어떤 개자식이…… 아… 아… 아… 학자……."

이 레드폭스라 불리는 소녀 역시 이미지에 둘러싸인 나의 모습을 보고 바로 당황하기 시작했다. 호위병들 몇 명도 내 곁으로 와서 어깨를 털어주면서 죄송하다고 사과했다.

"쳇! 학자군. 난 또 평민인 줄 알았잖아."

"그렇다면, 평민이 아니었다면 나에게 욕을 했을 것인가?"

"그런 게 아니라… 아! 그런데 너는 딱 보기에도 귀족 같은데 이런 미천한 곳에 왜 왔냐? 난 우리 에스테르 왕자님을 찾기 위해 남쪽 항구 제리그일에 가기 위해 이곳에 온 것인데."

나는 이런 시건방진 소녀를 보고 피식 웃어주었다. 이런 종류의 인간을 만난 건 무척 오래간만이었다. 세상이 자기중심으로 돌아간다고 믿는 일반 인간들보다도 그 중세가 심한 이런 인간. 그래도 귀족인 학자 앞이라고 내숭 떠는 것보다는 훨씬 낫군.

"아가씨, 저희들은 아가씨의 호위를 맡기 위해 고용되었습니다. 대공님께서 이번 일을 아신다면 절대 용서하지 않으실 겁니다."

"이것들이 아직도! 아예 입을 잘라 버려야겠군!"

소녀는 호위병의 입을 정말로 자를 듯 기다란 장검을 호위병 입으로 가져갔다. 나는 그대로 호위병의 입이 떨어질 줄 알았으나 소녀는 잠시 생각하더니 칼을 허리에 있는 검집에 끼워 넣고서는 내 곁으로 달려와 호위병을 향해 말했다.

"이 학자가 나하고 같이 갈 거다. 그럼 되지 않느냐? 학자, 그렇지?"

소녀가 날카로운 검을 슬쩍 꺼내는 시늉을 하며 나에게 말했다. 나는 소녀의 행동이 무척이나 재미있고 흥미로워 피식 웃어주며 주머니에 있는 명패 이미지로 뒤덮인 루샤로를 꺼내 소녀의 호위병에게 보여주었다.

"나는 제7왕자 이슈린님의 교육을 맡고 있는 디 세트 하레인이라고 한다. 나 역시 이 숙녀 분과 같은 방향인 제리그일 쪽으로 간다. 이 숙녀 분을 내가 호위해 주지. 나로도 부족하면 여기 있는 파이톤이 같이 갈 것이다. 그래도 부족한가?"

"앗! 귀족님, 언제 제가 같이 간다고 했습니까?"

파이톤은 가만히 우리들의 대화를 듣고 있다가 자신의 이름이 나오자 나에게 따지듯 물었다.

"죽고 싶은가? 너는 주점에서부터 이미 죽은 목숨이다. 또다시 죽고 싶다면 입을 한번 더 놀려보거라. 그럼 이 도끼로 얼굴을 찍어 네 뇌수를 맛보겠다."

나의 도끼는 어느새 파이톤의 이마 바로 앞에 위치해 있었다. 파이톤은 눈동자를 위로 올려 이마 위에 있는 도끼날을 쳐다보았다. 파이톤은 뭉개진 메주처럼 인상을 찡그리며 떨리는 목소리로 대답했다.

"아, 알겠습니다. 대!단!하!신! 귀족 나으리!"

"어떤가, 호위병? 이 숙녀를 내가 미천한 너 대신 호위해 주겠다. 호위병, 너 역시 나의 말을 거역한다면 이 도끼는 그대로 너의 입에 처박힐 것이다."

나는 파이톤의 이마를 향했던 도끼를 거둬들이고 다른 손에 잡혀 있는 도끼로 호위병을 가리키며 말했다.

"아, 알겠습니다. 그럼 하레인님만 믿겠습니다. 대공님께는 그렇게 전해드리겠습니다. 그럼 저희들은 이만 물러가겠습니다."

소녀의 기다란 장검이 무서웠는지, 아니면 정말로 나를 믿고 갔는지는 모르겠지만 6명에서 5명으로 준 호위병들은 좋은 기회라고 말하는 듯한 야릇한 표정을 짓고서는 용병 길드 문을 나섰다.

레드팍스라 불리는 소녀가 내게 다가와서 아주 환한 미소를 띠며 말했다. 소녀의 미소는 검은 바다에 둥둥 떠 있는 커다란 보름달보다도 환했으며 칠흑 같은 검은 안개로 뒤덮인 바다를 밝히는 등대의 불빛보다도 밝았다.

"학자, 당신 좋은 사람이군. 나중에 우리 아빠한테 말해 좋은 자리 하나 주라고 하겠어. 아! 7왕자 아슈린님의 선생님이라고 했던가? 그러면 학자로선 최고의 지위군. 학자, 그럼 어서 가지. 난 어서 우리 에스테르 왕자님을 찾아야 하거든."

은발의 소녀는 나를 재촉했고, 소녀의 그런 모습에 주위의 용병들은 고개를 한 번씩 끄덕이거나 얼굴을 힐끔 쳐다보고는 흩어져 갔다. 레드팍스에게 등을 지고서 어디론가 가는 호위병들과 용병들의 마음속엔 한결같이 '잔인한 년' 이라는 말이 새겨져 있었다. 침과 함께 버려짐으로써 그 단어는 레드팍스의 귀에 들어가지 않았지만.

160cm 정도 되는 키 덕분에 레드팍스는 나를 올려다보아야 했다. 레드팍스의 눈에 비친 검은 로브를 입은 내 모습을 외면한 채 나는 레드팍스에게 말했다.

"나는 제리그일 쪽으로 향하는 도중에 트롤을 잡아야 한다. 그래도 따라갈 것인가, 소녀여?"

"호호호호, 소녀라니… 말을 참 재미있게 하네, 학자? 재미있는 학자군. 호호. 뭐, 상관없어. 우선 빨리 이 도시를 벗어나자고. 호호호."

레드팍스는 기다란 손톱으로 입을 가린 채 웃어댔다.

"귀족님, 잠깐… 저를 좀……."

의자에 걸터앉아 있던 파이톤이 내게 다가와서 뜸을 들이다가 말했다. 파이톤이 힘을 줘 내 옷자락을 잡아끄는 통에 어쩔 수 없이 시선을 그쪽으로 줘야 했다.

"이거 놓아라, 천민. 왜 그러느냐?"

귀족 놀음이란 게 참 재미있다. 우선 귀족인 나에게 천민과 평민은 전부 장난감이었다. 노역의 의무만 주어진 것들은 귀족이 욕을 하면 하는 대로, 발길질을 하면 하는 대로 받아들이고 재수없었다며 한탄을 할 수밖에 없는 입장이다. 평민과 천민들에겐 내가 하늘이고 신이다. 나의 말에 복종을 해야만 하는 허약한 동물이 바로 천민과 평민이다. 나는 입꼬리에 미소를 건 채 파이톤을 쳐다보았다.

"귀족님, 어찌할 생각이십니까? 저런 잔인한 레드팍스, 아니, 존귀한 공녀님을 어떻게 데리고 다닐 생각이시기에 호위병들에게 그런 말을 지껄… 아니, 그런 말을 하셨습니까? 그리고 트롤은……."

파이톤은 허둥댔다. 중간 마디마디 말이 끊기는 것은 이 파이톤이 존댓말에 그리 익숙하지 않은 탓이리라. 불안한 듯 안정되지 못하는 눈동자와 평상시보다 커진 눈은 파이톤의 현재 감정을 나타냈다.

"뭐, 어떤가. 흥미롭지 않은가?"

"그거야 그렇지만… 하하, 귀족님은 알 수 없는 분이시군요. 그 허약하게 생긴 팔에서 엄청난 괴력이 나오는가 하면 검은 로브 속에 오크나 쓰는 핸드 엑스가 나오다니… 누가 상상이나 하겠습니까? 또, 하하… 레드팍스… 하하……."

처음엔 당황한 기색이 역력하던 파이톤의 표정에 차츰 미소가 걸리기 시작했다. 파이톤과 내가 레드팍스를 보면서 미소를 짓고 있자니 레드팍스는 무슨 일인가 하고 우리에게로 다가왔다.

"학자, 왜 날 보며 웃는 거지? 기분 나쁘게. 그만 웃지 못하겠어? 이런 개자식들! 야! 너! 그만 웃어! 더 웃었다가는 눈을 뽑아버리겠어!"

달려오는 속도에 휘날리는 은발만큼이나 재빠른 말이었다. 소녀는 진심으로 파이톤의 눈을 파버릴 듯 손가락에 힘을 줘 파이톤의 얼굴을 찌를 듯한 행동을 취했고, 파이톤은 깜짝 놀라 뒤로 황급히 피했다. 정말 재미있는 행동만 하는 이 소녀를 바라보는 내 표정에 미소가 사라질 리 없었다.

"학자, 그만 웃으라고! 나 화나면 학자든 뭐든 안 가려!"

"하하, 정말 흥미로워."

"뭐야?! 학자! 정말 죽고 싶은 게냐? 다시 말하지만 난 귀족이든 뭐든 안 가린다고! 어디 가는 거야!"

나는 소녀의 말을 무시한 채 파이톤과 함께 용병 길드의 마스터에게 다가갔다. 파이톤의 용병 15년 경력이 말해 주듯 내 요구에 마스터에게서 하나씩 하나씩 정보를 얻었다. 파이톤이 마스터에게 귓속말로 뭐라고 하자 마스터는 뒷문을 열고 들어가 한 움큼의 서류를 가지고 나왔다.

상당히 낡아 퀴퀴한 냄새를 뿜어대는 서류가 있는가 하면 작성된 지 얼마 되지 않은 듯 빳빳한 서류도 있었다. 파이톤은 서류를 뒤척였다.

"귀족님, 여기 있습니다. 그런데 왜 트롤에 대한 것을……?"

파이톤이 전해준 서류에는 서식지와 성격, 특성, 생김새 등등 트롤에 대한 모든 것들이 적혀 있었다. 3미터 정도 되는 키에 무엇이든 먹을 수 있는 커다란 위를 가졌고, 칼에 베인 검상 정도는 손쉽게 재생력으로 말끔히 치유가 된다는 것이다. 트롤을 죽이기 위해선 처음부터 목을 한 번에 베어버리던가 생명의 상징인 심장을 도려내 죽여 버리는 수밖에 없다.

"마스터, 그레그일 쪽으로 향하는 도중 트롤에 관련된 일은 없는가?"

내가 입을 열자 나를 뚫어지게 쳐다보고 있던 마스터는 당황하여 흠칫 놀랐다. 마스터는 책상 밑의 서류 몇 장을 꺼내더니 재빠른 손놀림과 함께 빠른 안구 운동으로 훑어 내려갔다.

"마침 있군요. 그런데 왜 트롤에 관련된 일을……?"

"무슨 말이 이렇게 많은 거냐! 하라면 하라는 대로 할 것이지!"

왠지 그냥 화를 내고 싶어 감정을 숨기지 않고 그대로 드러냈다.

"예, 예, 그레그일 쪽으로 가는 방면에 세리하센 시를 둘러싸고 있는 데칸 산맥에서 서식 중인 트롤 퇴치 일입니다. 평소엔 1년에 한두 번 습격했던 트롤이 요즘엔 한 달에 한두 번씩 내려오는 통에 마을이 상당히 혼란해져 있다고 합니다. 가이프 전쟁 때문에 기사단을 파견도 할 수 없어서 세리하센 시는 마을 청년으로만 그때그때 임시방편으로 대응하고 있는 실정입니다. 거기 있는 서류를 보시면 알겠지만, 데칸 산맥에 서식 중인 트롤은 대략 20~30마리 정도는 될 것으로 보입니다. 상급 일이라서 그런지 보수는 많군요."

"보수는 상관없다. 잘됐군. 그래, 그 일을 내가 맡지."

"예?"

마스터보다 더 당황한 건 파이톤이었다. 파이톤은 나와 마스터의 대화에 끼어들어 주먹을 불끈 쥔 채 말했다.

"그거 정말이십니까? 트롤 퇴치를 맡겠다니요! 크리샨 기사단들도 꺼려하는 일입니다. 어떻게 그런 위험한 일을 귀족님께서 하시려고 그러십니까? 트롤을 잘 모르시나 본데, 트롤은……."

"그만 지껄여라, 파이톤. 나를 가르치려 들 셈이냐?"

조금 전에 트롤에 대한 정보도 읽었고 나는 이 파이톤보다 힘이나 지력이나 모든 면에서 월등하다. 이런 무식한 놈이 나를 가르치려 들다니. 멍청한 인간 주제에!

"평민! 지금 귀족을 어찌 보고 그런 소리를 하는 거냐? 학자, 이 평민 눈을 파버릴까? 야! 천민! 남자라면 학자 같은 배포가 있어야지. 허우대만 멀쩡해 가지고. 학자, 참 맘에 들어. 조금 전에 나에게 무례하게 굴었던 건 용서해 줄게. 다만 그레그일에 적어도 두 달 이내에는 도착해야 해."

어느새 우리들 곁으로 다가와 대화를 듣고 있던 소녀는 내가 파이톤에게 성을 내자 덩달아 화를 내며 나의 편에 서주었다. 훗! 정말 재미있는 소녀야.

"…아… 아……."

용병 길드 마스터는 소녀를 알아본 후부터 겁에 질려 말을 잊지 못했다. 나는 눈치를 채고 소녀를 '편안히'라는 말과 함께 멀리 의자에 앉혔다. 그제야 마스터는 다시 입을 열었다.

"정말 하실 생각이시라면 경력이 화려한 용병 수십 명은 데리고 가야 할 것입니다. 보수는 상관없다고 하셨지만 아서야 할 것 같군요. 1잔(Jan) 50간(Gan)입니다. 이 일을 맡으시겠습니까?"

화폐 개념이 없는 나에겐 1잔 50간이란 것이 어느 정도의 가치가 있는지 모른다. 그리고 나에겐 돈이란 게 필요없었다. 돈은 인간의 악마성을 드러내는 원인 중의 하나로, 오크인 나에게는 전혀 필요가 없었다. 하지만 왠지 모르게 이 1잔 50간이란 화폐 가치를 알고 싶었다. 하지만 나의 위신도 있고 해서 주위에 물어볼 수는 없었다. 화폐 가치도 모른다고 하면 모두들 어떻게 생각할 것인가?

"그렇다."

나는 당연하다는 듯이 고개를 끄덕였다. 마스터는 나와 반대로 고개를 갸우뚱거렸고 서류에 뭐라고 작성하기 시작했다. 일종의 계약서였다.

"보수는 그레그일의 용병 길드에 가서 받으시면 될 것입니다. 살아서 가신다면……."

마스터의 말꼬리가 흐려지는 것 따위는 신경 쓰지 않았다.

"귀.족.님. 이번 일에 얼마나 많은 용병을 모집할 겁니까?"

파이톤은 나름대로 목소리를 낮춘다고 한 모양이나 원래 커다란 목소리는 마스터와 나의 귀를 간지럽혔다. 나는 귀를 홀홀 털고는 대답했다.

"모집은 없다."

"예… 에?"

파이톤은 수긍하는 듯 고개를 끄덕이다가 갑자기 고개를 쳐들며 말꼬리를 올렸다.

"귀!족!님! 귀족님… 귀족님… 트롤은 그렇게 만만한 종족이 아닙니다. 귀족님의 힘과 민첩함은 인정하지만 귀족님 혼자서만 20마리나 되는 트롤을 퇴치한다는 것은……."

"나 혼자가 아니지. 너도 가지. 그리고 저기 있는 저 소녀도."

"그럼 귀족님, 15년 간의 용병 생활로 볼 때 저희들은 전멸하고 맙니다."

전멸이라니. 난 그때 페스트 스텝을 쓰거나 점프를 해서 도.망.치면 된다. 정 안 될 때는 Extra의 힘을 분출하면 되니까 그리 신경 쓰이지 않는다. 파이톤과 레드팍스, 너희들이 죽든 말든 나하고는 별 상관이 없지. 어차피 너희들이 죽는다면 더러운 쓰레기 하나 청소된 걸로 칠 테니까. 난 최대한 트롤의 피를 챙기기만 하면 된다.

"그럼 더욱더 잘됐군."

"예?"

이제는 포기했다는 듯이 파이톤은 무거운 어깨를 들썩이면서 의자로 가서 앉았다. 어깨가 상당히 들썩이는 것으로 보아 성을 참고 있는 모양이다. 나는 마스터에게 계약 서류를 받아 주머니 속에 잘 접어 넣고는 파이톤에게 다가갔다.

"저런 개자식, 트롤을 뭘로 아는 거지? 상급 용병도 트롤을 맨투맨으로 상대해 이기기 힘든데. 제기랄! 저런 개자식 같은 귀족은 오냐오냐 하는 지어미 젖이나 빨면서 자랐을 게 틀림없어. 그래, 적당히 전멸당할 것 같으면 그때 도망치면 되겠지. 그래서 저 귀족 놈 명패랑 저기 레드팍스가 가지고 있는 소지품은 나중에 챙겨야겠어. 하하… 하하…

어? 어어억!"

쿵!

내가 다가오는 줄도 모르고 땅만 보면서 씩씩거리며 중얼거리던 파이톤이었다. 나는 그런 파이톤의 얼굴을 힘껏 걷어찼다. 의자와 함께 파이톤은 용병 길드 벽에 부딪쳤고, 입과 코에서는 피가 흘러 벽을 더럽혔다.

어차피 지어미 젖이나 빨면서 자랐을 거라는 말은 괴변일 뿐이니 신경 쓰이지 않았으나 도망간다는 말에 한순간 분노가 치밀어 올랐다. 전쟁터에서 전우를 버리고 도망간다는 것이 얼마나 치졸한 짓인가. 도망간다는 말만 하지 않았어도 저렇게 벽에 처박혀 피를 흘리진 않았을 텐데. 정말 인간답군. 전우를 버리고 도망칠 생각부터 하다니. 형제들이 보고 싶구나. 저런 인간 따위는! 저런 인간 따위는!

"도망친다고?"

코와 입에서 흐르는 피를 훔치고 있는 파이톤을 향해 뛰어들어 주먹으로 복부를 때렸다. 푹 들어가면서 근육의 딱딱함이 손에 느껴졌다.

"허억!"

근처에 있던 3~4명의 사람들은 나의 주먹을 맞고 날아간 파이톤의 육체에 부딪혔다. 사람들은 파이톤에게 깔렸고, 심지어 곁에 있던 탁자는 부서졌다.

"무슨 일이야, 학자?"

얼굴에 은은한 미소를 띠며 레드팍스가 다가왔다. 소녀는 쓰러져 입에서 피를 흘리고 있는 파이톤을 보면서 말했다. 어느새 마스터가 가까이 와서 쓰러진 파이톤을 일으켰다. 파이톤은 정신이 없는지 머리를 좌우로 흔들며 입가의 피를 닦고서는 마스터의 부축을 받아 푹신한 의자에 앉았다.

"죄송합니다, 귀!족!님! 당신은 엄청 위대해서 이 천!민!이 잘못했군요! 손수 그 아름다운 손길도 주시고 정말 고맙습니다! 뭘 보는 거야?! 무슨 볼거리 났냐, 이 개자식들아~! 모두 죽기 싫으면 어서 꺼져! 쳇! 염병할!"

소녀가 호위병의 눈을 뺄 때보다도 많은 사람들이 몰려 있었다. 주위의 사내들은 사막의 먼지바람처럼 웅성거렸다. 파이톤이 자신을 보고 있는 사내들을 향해 성을 내자 사내들은 눈을 내리깔며 주위로 흩어졌다. 파이톤의 눈은 나를 바라보고 있었다. 눈알이 튀어나올 정도로 눈을 부릅뜬 파이톤은 무척이나 상기되어 있었다.

"하하, 통쾌하군. 저 잘난 파이톤이 저렇게 처박히는 꼴을 보다니 말이야. 오늘 재수 좋은 하루군."

한 사내가 밖으로 빠져나가면서 혼잣말로 중얼거리는 소리가 들렸다. 평소에 행실이 그리 좋지 않았나? 모두들 나를 원망하는 것이 아니라 파이톤이 맞아 저렇게 피를 흘리고 있는 게 신나는 듯했다.

"파이톤, 그렇게 계속 처박혀 있을 거냐? 어서 일어나지 못하느냐! 난 바쁘다. 어서 가야 한다."

"맞아, 천민! 어서 일어나! 지금 안 일어나면 눈알을 파버린다! 호호, 호호호!"

파이톤과 레드팍스라 불리는 소녀는 나를 따라 용병 길드에서 나섰다.

이제는 여행 준비를 해야 했다. 우선 식량을 사기 위해선 돈이 필요했다. 하지만 지금 내 수중에 있는 것이라곤 도끼 두 자루와 루샤로, 그리고 지도뿐이었다.

나는 내 옆에서 파이톤과 비교될 정도로 환한 미소를 띠면서 총총대는 걸음으로 날뛰는 소녀 쪽을 보았다. 빨간 치마에 가려져 잘 보이진 않았지만 어느 정도 두둑한, 축 늘어진 빨간 주머니가 달랑달랑거리며 매달려 있는 모습이 보였다. 하지만 그때 무엇이 그리 좋은지 콧노래까지 부르면서 이곳저곳을 뛰어다니던 레드팍스의 허리에서 뭔가가 툭 하고 떨어졌다. 빨간 주머니였다. 길에 떡하니 빨간 주머니가 있는 모습이 애처롭게 느껴졌다.

파이톤도 어느새 나를 앞서 가느라 주머니가 떨어진 것을 눈치 채지 못한 모양이다. 나는 가까이 가서 그 주머니를 주워 들었다. 어느 정도 육중한 무게감이 느껴지는 주머니를 어떻게 허리에 차고 있었는지 의문이 들 정도였다.

아무도 내가 이 주머니를 주운 줄 몰랐다. 나는 주위를 두리번거렸다. 역시나 아무도 눈치 채지 못했다. 레드팍스는 들뜬 기분으로 주위를 둘러보느라 그랬고 파이톤은 어깨를 축 느려뜨린 채 가끔씩 애꿎은 돌멩이만 차댔다.

"소……!"

나는 레드팍스를 부르려다 잠깐 멈췄다. 여기서 내가 이 지갑을 가진다면 아무도 모를 것이고, 또 저 소녀는 이런 것쯤이야 많을 테니 없어져도 별 상관 없을 듯하다는 생각이 나의 머리를 지배했다. 잠시 망설였다. 이것을 돌려줘야 할지, 주지 말아야 할지……. 등을 돌려 주머니를 살짝 열어보니 황금 동전들이 가득하여 그 숫자를 셀 수가 없을 정도였다.

황금이다! 황금! 마력(魔力)을 지니고 있다고 하여 옛날부터 숭배되던 황금. 측량 화폐로써 상당한 위력을 가지고 있던 금에 대한 인간의 욕망은 중세에 와서는 연금술(鍊金術)로써 화학 문명을 발달시켰고, 수많은 철학과 사상의 어머니가 되었었다.

그런 황금이 내 눈앞에 쉴 새 없이 조그마한 동전의 모습을 띠며 존재하고 있다. 나의 손은 악마의 주문에 걸린 것처럼 금 하나를 쓰다듬더니 이내 눈이 재빨라졌다. 파이톤과 레드팍스를 다시 한 번 쳐다보았다. 여전히 그들은 나에게 신경을 쓰지 않고 주위를 두리번거리고 있었다. 나의 손은 자동적으로 움직였다. 무엇보다도 신속하게 무엇보다도 정확하게. 야릇한 미소를 띠며 주머니를 뒷주머니 속으로 넣으려할 때였다.

"학자, 안 오고 뭐 해?"

나는 나를 부르는 레드팍스의 목소리에 숨기고 있던 주머니를 얼떨결에 앞으로 내밀었다.

"아! …이 주머니… 때문에……."

"주머니? 앗!"

레드팍스는 내가 들고 있던 주머니를 발견하고서는 자신의 허리춤에 있던 주머니를 더듬었다. 당연히 레드팍스는 주머니의 촉감을 느낄 수 없었겠지. 레드팍스가 내게 묻기 전에 내가 먼저 선수를 쳐 입을 열었다.

"여기 있다, 소녀. 방금 떨어졌다."

아쉬운 손은 조금 떨렸다. 손은 자신의 곁에서 금이 떠나가는 것을 알고 울부짖으며 이리저리 떨고 있는 것 같았다. 아쉬웠다, 이렇게 금을 돌려준다는 것이. 비록 저 소녀의 것이라곤 하지만 한번 주운 사람이 임자가 아닌가?

"그랬어? 학자, 고마워~"

레드팍스가 한쪽 눈을 감으며 내게 윙크를 했다. 하늘의 태양은 그런 우리들을 굽어보고 있었다. 우리들의 행동을 보기가 싫증나 화를 내듯 빨갛게 서쪽으로 서쪽으로 기울고 있었다. 어느새 해는 우리를 외면하고 자신의 가족 품으로 돌아가고 밤의 제왕이 나타났다. 밤의 제왕은 언제나 해가 진 뒤에 나타난다. 많은 보석들을 등에 짊어지고서 말이다.

제24장

요기! 트롤을 퇴치하다

제24장

오크! 트롤을 퇴치하다

트롤 퇴치 일을 맡고 세리하센 시의 데칸 산맥을 가기 위해 우리는 도로가 나 있는 곳까지 레드팍스의 권유로 마차를 타고 갔다. 파이톤은 레드팍스에게 떠밀려 마부의 옆에 앉으면서 하늘을 향해 뭐라고 소리를 질러댔고, 나와 레드팍스가 마차 속에서 하는 일이라곤 포장이 잘 되지 않은 길에서 나오는 덜컹거림을 느끼며 리듬에 맞춰 잠을 자는 것이었다.

마차에서 내려 산을 오르기 시작한 때는 10일이 지난 후였다. 가이프 전쟁 덕에 길이 봉쇄되어 남쪽으로 내려가기 위해선 산을 오를 수밖에 없었다. 당연히 레드팍스는 공녀인 자신이 봉쇄당하는 이런 일을 참지 않았다.

해서 남쪽 도로를 봉쇄하고 있는 경비병 2명의 눈알을 뽑은 다음에 그 길을 지나쳤다. 도로가 끊긴 것은 그로부터 3일이 지난 후였다. 그들이 가고 있는 곳은 데칸 산맥에 들어서기 위한 낮은 산맥으로 하드겐이라 불리는 커다란 활엽수들이 무성한 곳이었다.

"아~ 힘들어! 학자, 힘들단 말이야! 어디까지 이렇게 걸어야 하냐고! 이럴 줄 알았으면 노에 몇 명을 사다가 인력거(人力車)를 타고 올라왔을 거 아니야?"

레드팍스는 반복되는 산길에 나에게 불평불만을 표시했다. 과연 파이톤이 지닌 근육과 용병으로서의 15년이란 경력은 헛것이 아니었다. 오랜 시간 동안 산을 오르고 내리는데도 숨 한번 몰아쉬지 않았다.

"데칸 산맥은 언제 도착하는 거야? 아~ 내 드레스가 더럽혀졌잖아? 학자, 책임져! 너 때문에 이렇게 내 드레스가 다 더럽혀졌잖아!"

거의 한 시간 정도 되는 꾸준한 불평불만과 함께 레드팍스는 못 가겠다는 듯이 커다란 바위가 나오자 그곳에 걸터앉으며 말했다. 불평불만을 귀에 박히도록 들은지라 소녀의 입이 열리지 않아도 나의 귀엔 환청이 들려왔다.

환청은 내 귓속 이곳저곳을 찌르면서 나의 성질을 돋우고 있었다. 마침내 내 가슴 깊이 쌓여 있던 스트레스가 목구멍으로 뛰쳐나왔다.

"그만 해라, 소녀! 계속 그러면 목을 베어버리는 수가 있어!"

나를 보며 황당해하며 놀라는 것은 생글생글 웃고 있는 레드팍스가 아니라 내 옆에서 자신의 단검을 쳐다보고 있던 파이톤이었다.

"학자, 학자는 참 말도 재미있게 하네? 화를 내는 거야? 호호호호, 학자란 것들은 모두 화를 내지 않고 언제나 차분한 말로 자신이 최고인 양 내 앞에서 아양 떠는데. 그래서 싫었는데. 호호호, 학자! 나한테 화낸 거지? 와아~ 아마 학자란 것에게 화를 받은 건 내가 처음일 거야! 으싸! 그럼 어디 일어나 볼까? 호호호호!"

레드팍스는 무엇이 그리 좋은지 온몸을 흔들어대며 웃어댔다. 레드팍스의 웃음이 들릴 때마다 내 몸을 조이고 있던 나사들이 하나둘씩 빠지는 듯한 느낌이 들었다. 웃음을 지팡이로 하여 일어난 레드팍스는 어느새 내 옆으로 와선 나를 보며 생글생글 웃어댔다. 레드팍스는 은발이 살며시 닿은 가느다란 어깨에 힘을 주고 있었다. 이럴 때 보면 사람 눈알을 죄책감도 없이 빼버리는 소녀 같지가 않았다.

"귀족님, 여기서부터 데칸 산맥입니다."

한동안 아무 말 없이 주먹을 불끈 쥔 채 산을 오르고 있던 파이톤이 드디어 입을 열었다.

"그러냐? 훗, 용병 길드에서 받은 정보대로라면 여기 산 중턱에 트롤의 서식지가 있겠군. 어서 가지."

"트롤이라고? 학자, 지금 트롤에게 가는 거야? 장난으로 하는 말 아니었어?"

레드팍스의 은빛 단발과 조화되는 투명한 눈동자가 나를 쳐다보았다.

"그렇다, 소녀. 우리는 지금 트롤을 죽이러 가는 거다!"

"정말이야? 호호호… 학자, 난 학자를 따라오길 참 잘했다고 생각하고 있어. 책에서만 읽었던 트롤을 정말로 볼 수도 있고, 또 거기다가 죽일 수도 있다니! 학자, 정말 맘에 들어. 내가 꼭 에스테르 왕자님을 찾고 집에 돌아가면 아빠한테 한 자리 내주라고 할게. 야! 천민! 용병이라고 했던가? 이름이 파이톤이지? 천민 주제에 이름도 있고, 개자식 주제에 그깟 눈으로 날 한 번이라도 쳐다본다면 그냥 이 자리에서 죽어 버리겠어. 요즘 천민들은 정말 겁대가리를 상실했다니까! 그렇지 않아, 학자?"

파이톤은 이상하다는 눈빛으로 나와 레드팍스를 번갈아 쳐다보고 있었다. 레드팍스의 날카로운 손톱은 또다시 파이톤의 눈앞으로 다가갔다. 벌써 몇 번째인지 모른다. 파이톤과 레드팍스가 동행한 지 14일이 되는 지금까지 이렇게 파이톤의 얼굴에 레드팍스의 손톱이 향하고 있던 적은 셀 수가 없을 정도로 많았다. 파이톤을 노려보는 레드팍스의 눈은 쓰레기를 쳐다보는 것같이 심하게 찡그려졌고 장난감을 대하듯 호기심에 가득 차 있었다. 입 끝에 걸린 미소도 그것을 말하고 있었다. 나를 바라볼 때와의 눈빛과 완전히 다른 종류의 눈빛이었다.

파이톤은 지금 레드팍스의 커다란 짐을 지고 가는 중이었다. 코끼리 등처럼 넓적한 가방이 등에 딱 달라붙어 있어 파이톤은 무게 중심을 더욱더 앞으로 옮겼다. 아마 그 커다란 레드팍스의 짐이 파이톤의 눈을 보호하고 있는 것이리라.

"위대하신 귀!족!님!들께 한말씀 하겠습니다. 귀!족!님!들은 그… 크리오틴… 님이라고 했던가? 아무튼 그 크리오틴님의 보호를 받고 있지만 저 같은 천민은 그렇지가 않습니다! 안 그렇습니까? 아주 존귀하시고 아주 선량하셔서 사람 눈을 빼는 짓 따위는 하지 않으실 공녀님? 대륙 최고의 명성을 떨치고 있는 공녀님?"

"그렇지. 호호호, 나의 미모는 온 세상에 명성을 떨치고 있지. 그렇지만 나에겐 에스테르 왕자님뿐이야. 그. 런. 데. 개자식아! 그깟 눈으로 날 쳐다보지 말라고 했지!"

"아무튼 말씀입니다, 귀!족!님들. 트롤을 우습게 알지 마십쇼. 언젠가 제 동료가 트롤의 목을 베었는데 두꺼워서 반절 정도밖에 베지 못했습니다. 그래서 트롤은 목이 반절로 꺾여 대롱대롱하면서 울부짖었습니다. 저희들은 그게 끝인 줄 알았으나 곧 트롤의 목은 원상 복귀되고 여기저기 베였던 검상들도 모두 사라져 다시 우리들에게 달려들었습니다. 베어도 베어도 끝이 없고, 결국에 그 동료는 트롤에게 난자당해 먹혀 버리고 말았습니다. 아마 제가 보기엔 우리들 역시 제 동료처럼 트롤의 무리에게 먹혀 버리지 않을까 싶습니다. 더군다나 트롤이 한두 마리도 아니고 20여 마리나 된다고 하지 않습니까? 그렇지 않습니까, 존귀하신 공녀님?"

파이톤의 눈빛은 진지했고 입술은 조금씩 떨리고 있었다. 트롤의 서식지에 가까워질수록 그는 조금씩 식은땀을 흘리고 있었다. 피곤해서가 아니었다. 무언가가 파이톤의 발을 잡고 파이톤을 더욱더 힘들게 만드는 것이 틀림없다. 동료의 죽음 때문일까?

"호호호, 그럴 땐 너를 미끼로 던지고 우린 도망가면 그만이지. 너 같은 천민 따위야 넘쳐서 아예 범람할 지경이니까. 너 같은 개자식은 먹혀도 상관없어. 다만 네가 먹혀 버린다면 이 학자가 너 대신 짐을 들어야 하니까 힘들 거야. 그렇지, 학자? 호호호호."

나는 대답하지 않았다. 대답할 가치가 없는 질문 따위는 그냥 대답하지 않는 게 상책이다. 내가 대답을 하지 않자 떠들떠들했던 분위기는 사라지고 서늘한 기운만 감돌았다. 산 저쪽에서 커다랗게 포효하는 소리가 산 전체에 울려 퍼졌다. 파이톤은 순간 걸음을 멈칫하고 포효 소리가 들리는 곳을 쳐다보면서 한숨을 내쉬었다.

산길을 따라서 걸었다. 아무 말도 없었다. 오로지 걷는 것에 힘을 썼다. 레드팍스가 불만을 표시하려 할 때쯤 산 밑으로 오밀조밀 마을이 보였다. 시라고 불리기에는 작은 규모의 마을이었으나 황토색 계통으로 통일한 마을의 이미지는 왠지 따뜻한 고향의 맛이었다.

"귀족님, 저곳이 세리하센 시입니다."

"세리하센 시에 들르기 전에 트롤을 퇴치하러 가지."

내가 그렇게 말하자 레드팍스와 파이톤은 동시에 나를 노려봤다. 그리고 레드팍스는 입을 열었다.

"학자! 너, 미쳤냐? 나는 지금 무척 피곤하다고. 가서 씻고 좀 푹 잔 다음에 트롤을 볼 거라고. 빨리 세리하센 시로 가자."

레드팍스는 나의 말을 완전히 무시한 채 세리하센 시로 내려가는 산 길을 따라 걷기 시작했다. 파이톤은 어떻게 할지 몰라 우물쩍거리다가 들고 있는 짐 때문인지 레드팍스 뒤를 따라갔다. 하지만 나는 전혀 피곤하지도 않았고, 트롤의 피를 구해 최대한 빨리 우리 형제들이 기다리는 하라만도 마을로 돌아가는 게 급했다.

"소녀, 네 마음대로 해라."

나는 그렇게 말한 뒤 콧바람을 한번 내쉬고는 산 중턱을 향해 걸음을 옮겼다. 솔직히 레드팍스와 파이톤 따위는 지금 내게 필요하지 않다. 처음 나를 붙잡던 레드팍스에게서 느껴지는 흥미는 14일이 지난 지금 어디론가 가버렸고, 파이톤은 단지 레드팍스의 시중이나 들게 하려고 같이 동행한 것뿐이었다.

가려면 가라. 이제 너희들은 필요없으니. 오히려 잘된 일일지도. 저 레드팍스의 불평불만을 듣지 않아도 좋으니 말이다. 자기 멋대로인 레드팍스, 어서 가버려라!

나는 뒤도 돌아보지 않은 채 산 중턱을 향해 걸었다. 레드팍스와 파이톤의 모습은 이제는 보이지도 않는다. 내 옆을 스쳐 지나가는 작은 벌레들의 모습이 눈에 띄었다. 여러 마리의 벌레들이 모여 자신들의 몸보다 훨씬 커다란 먹이를 지고 이동하는 모습에 우리 오크 형제들의 얼굴이 떠올랐다.

기다리시오, 형제들이여.

저 수풀 사이로 번뜩이는 눈동자 몇 개가 보인다. 온몸을 조여오는 날카로운 눈빛의 주인은 바로 늑대 떼였다. 이 동물들이 모두 협동하여 나를 공격하려 하는군. 동물들도 협동을 아는데 저 소녀는 왜 자기 멋대로인지……

살짝 죽음의 기운을 그들에게 뿌리자 늑대들의 날카로운 눈빛은 어둠 사이로 하나둘씩 사라졌다. 산 중턱에 다가갈수록 쿵쿵거리고 크르르르거리는 소리가 들려왔다. 우리 형제들의 웃음소리와 상당히 비슷한 소리였지만 그 크기와 굵기가 형제들의 그것과 차이가 심했다.

좀 더 그 소리를 향해 다가서자 어둠 사이로 그들의 모습이 드러나기 시작했다. 초록 식물의 색을 뺀 묽은 초록색의 피부를 가진 3미터 정도 되는 세 마리의 거대 종족.

이전 하라만도 형제들처럼 비계 덩어리도 아니고 몸은 탄탄한 근육으로 이루어져 있어 달빛이 어스름거리는 팔과 다리의 근육은 탐스럽기만 했다. 몸에는 털이 하나도 없어 머리카락은 존재하지도 않았다. 왠지 우리 형제들의 모습과도 비슷해 보였지만 얼굴은 더욱더 크고 눈과 코 주위의 구조가 우리 형제들과 달랐다.

우리 형제들의 모습보다 100배 이상이나 흉측하군.

그들 3마리가 뭉쳐서 걸을 때마다 그들에게 밟히는 많은 식물들은 그대로 눌려 죽어버렸고, 그들을 가로막는 나무 같은 큰 식물들은 그들의 클럽(Club)에 의해 옆으로 쓰러졌다. 그들이 가지고 있는 클럽에는 군데군데 동물들의 살점이 묻어 있었고 갈색의 반점은 굳은 피의 흔적들로 보였다. 커다란 나무토막에 큰 가시들을 박아놓은 듯한 클럽은 그들의 손에서 공중을 휘저으며 쉬이이익거리는 재빠른 몸놀림을 자랑했다.

"@#%@% @#%@% @%!!@#!@# 크르르르……."

트롤 3마리가 나를 발견하고는 뭐라고 그들끼리 대화를 했다. 징그러운 파충류의 울음소리 같은 그들의 음성이 나의 신경을 자극했다.

"Interpret(통역)."

나의 마법은 그들의 대화 내용의 의미를 뇌에 전달했다.

"인간이다. 그런데 오크 냄새가 난다. 이상하다."

"나도 그렇다. 죽이자!"

그들은 우리 오크 형제들처럼 언어가 그리 발달되지 않았는지 의미가 확실히 전달되지 않았다. 다만 그들이 커다란 클럽을 치켜든 채 땅을 울리면서 달려오고 있는 것이 나를 죽이기 위함인 것 같았다.

우습군. 누가 누구를 죽이나 보자. 너희 같은 야만 종족은 마법을 쓸 필요도 없다.

핸드 엑스 두 자루를 양손으로 빼 들고 쿵쿵거리며 달려오는 트롤을 향해 나 역시 달려갔다. 녹색 종족의 모습이 점점 가까워지면서 그들의 흉악한 모습에 눈을 찌푸렸다. 이들도 과연 우리들처럼 빨간 피를 가졌을까?

가까워지니 달빛에 비친 그들의 그림자는 벌써 나의 온몸을 덮고도 남았다. 세 마리가 동시에 쳐 올린 클럽은 나의 머리를 쪼개듯 내리찍어 왔다. 하지만 그들의 몸 동작은 내게 훤히 보여 피하는 것은 식은 죽 먹기였다.

오른쪽으로 몸을 이동시키자 3개의 클럽이 내가 있던 자리인 애꿎은 땅을 내려쳤다. 땅에 박혀 있던 커다란 바위는 하나의 클럽을 맞고 산

산조각이 나 주위로 흩어졌고, 또 하나의 클럽 역시 반절로 부러져 산비탈을 따라 굴러 떨어지기 시작했다.

클럽이 반절로 부러져도 트롤은 무기에 연연하지 않았다. 그대로 반절로 쪼개진 클럽을 들고 2마리의 트롤과 함께 크르르거리는 웃음소리를 내며 다시 허리와 머리를 찍으려 시도했다. 나는 허리를 찍으려는 것을 살며시 고개를 숙여 피하고 동시에 머리를 찍어 내리려는 것은 오히려 그 트롤의 몸으로 파고들어 그 트롤의 배에 내 도끼를 박고 빠져나왔다.

인간보다는 조금 단단하지만 그래도 푹 박히는 느낌이 상당히 좋았다.

도끼가 푹 박히자 피가 나의 얼굴을 덮쳤다.

트롤의 피 역시 빨간색으로, 인간의 피와 다른 점이 있다면 살아 움직이듯 끈적끈적하다는 점이다. 도끼는 트롤의 배에 그대로 박혀 있어 많은 양의 피가 계속 흘러나왔다. 트롤은 고통스러운 듯 소리를 지르며 나에게 클럽을 휘둘렀고, 나머지 트롤들도 나를 향해 클럽을 휘둘렀다. 두 개의 클럽이 나의 머리를 찍어 내리자 클럽의 움직임을 확실히 보고 있던 난 살며시 피한 뒤 두 마리의 트롤 얼굴을 각각 베어버렸다.

한 마리는 커다란 눈알이 찍혀 버려 반절로 갈라진 눈동자를 움켜쥐면서 비명 소리를 내질렀고, 다른 한 마리는 코와 입 사이를 찍혀서 흉측한 얼굴이 더욱더 흉측해져 더 이상 나를 향해 달려들지 않았다.

나는 그런 그들을 발로 걷어찬 뒤 빠져나왔다. 세 마리의 트롤은 모두 고통의 비명 소리를 지르며 그 자리에서 발광을 하기 시작했다. 별것도 아니라는 생각에 나의 입술은 비웃음을 지었다. 파이톤도 괜한 걱정을 했군. 역시 그 자식은 겁쟁이였어.

도끼 자루를 다시 쥐고 눈을 쥐고 있는 트롤을 향해 달려들려 할 때였다. 나에게 배가 찍혀 고통스러워하던 트롤의 배에서 나의 도끼가 저절로 빠지더니 수십 마리의 벌레들이 온몸을 헤치는 듯 피부가 꿈틀거렸다. 피부는 상처를 감싸 안으면서 아물어갔다. 상처가 아물어가는 속도에 나는 넋이 빠져 멍하니 그 광경을 바라만 보았다.

피부가 완전히 아물자 트롤은 크르르 하고 웃음소리를 내면서 내게 다가왔다. 눈과 코를 찍혔던 트롤 역시 이 트롤과 마찬가지로 완전히 상처가 회복되어 나를 향해 달려들기 시작했다.

너무 상처가 약했나 보군.

또다시 나는 그들의 배를 베어버리고는 쓰러진 그들을 향해 미친 듯 도끼를 휘둘러 댔다. 세 마리의 트롤은 그대로 바닥에 쓰러져 나의 도끼에 의해 상처가 하나둘씩 늘어갔다. 한동안 계속된 나의 도끼질에 트롤들의 고통 소리가 퍼져 갔고 온 산을 가득 채우기 시작했다. 푹 박히고! 빼고! 찍고! 빼고! 차고! 찍고! 몇 번이나 반복했는지조차 기억이 나지 않는다. 트롤들은 수백 수천 번이나 난자당한 시체처럼 참혹한 모습으로 바닥에 쓰러져 있다.

"크하하하하… 하하하!"

나는 온몸에 트롤의 피를 뒤집어쓰고 통쾌하게 웃어댔다. 그때였다. 트롤의 상처들이 조금 전보다 더 빠르게 아물어갔다. 그 모습을 본 나는 다시 도끼질을 시작했고, 트롤의 상처는 도끼를 찍자마자 다시 아물어갔다. 세 마리의 트롤의 상처가 회복되는 시간과 나 혼자만의 도끼질의 시간은 맞지 않아 어느덧 트롤의 상처는 모두 회복되어 있었다. 하늘에서 지상으로 떨어져 뇌수와 오물들을 토해낸 채 난자당한 것 같던 이것들은 새로운 생명을 얻은 듯 어느새 일어서기 시작했다.

"크르르르~ 죽인다!"

이런… 뭐, 이런 것들이 다 있어! 이번에는 완전히 목을 잘라 버리겠다!

또다시 똑같은 일이 반복되었다. 산만한 트롤을 도끼로 또다시 찍었고 트롤의 피는 나의 얼굴에 뿌려졌다. 피가 얼굴에 뿌려질 때면 쾌감에 미소가 지어졌지만 다시 트롤의 상처가 재생되면 나는 미친 듯 고함을 질러대며 도끼를 좌우로 휘둘렀다.

주위엔 빗나간 트롤들의 클럽을 맞고 찌그러지고 파괴되고 생명을 잃어버린 나무와 돌, 그리고 식물들로 가득했다. 그들을 더럽혔던 트롤들의 피는 어디론가 증발해 버려 찾아볼 수가 없었다.

이렇게 한 시간 이상 시간이 지나갔다. 이들의 목을 베어버려야겠다 생각하고 도끼에 힘을 쥐고 베어버리면 트롤들은 목을 자신의 팔로 막아 팔만 부러진 나뭇가지처럼 땅바닥으로 떨어졌다. 이제 와서 마법을 쓴다는 것은 자존심이 허락하지 않았다.

이런 미개 종족과의 전투에서 져서 마법으로 겨우 승리를 쟁취하는 짓 따위는 싫다. 저렇게 무식하게 육체로 때우는 식의 전투를 행하는 저딴 자식들에게 진다는 것 자체가 치욕적이다. 나는 샤코로움이다. 바로 신이란 말이다! 이딴 자식 3마리를 죽이지 못한다는 것은 말도 되지 않지!

"컥!"

막 눈앞의 트롤의 목을 향해 도끼를 찍으려 큰 동작을 취할 때였다. 등 뒤로 빠른 물건이 지나갈 때나 나는 쾌속한 속도음이 들려왔다. 왠지 불안한 기운이 등 뒤에서 느껴져 나는 불안함에 눌려 머리를 살며시 돌렸다. 하지만 고개를 돌려 그것의 정체를 보려는 순간, 이 세상을 살면서 느껴보지 못한 극한의 고통을 느끼면서 앞으로 날아가 쓰러졌다. 입에선 계속 빨간 선혈이 나오고 몸을 조그만 움직여도 등에서 느껴지는 고통에 신음 소리를 내뱉어야만 했다. 등에 손을 가져다 대보니 손의 따뜻한 기운조차 고통으로 변해 나의 입으로 튀어나왔다.

손에는 나의 뜨거운 피가 가득 묻어 있었고 도끼의 손자루 역시 나의 피로 물들어 있었다. 내가 토해낸 피가 나의 다리 밑에 우물을 만들었다. 얼마나 흘렸는지 피의 우물에 내 얼굴이 비칠 정도였다.

"크크크크."

소리가 나는 쪽으로 고개를 돌렸다. 트롤 한 마리가 나를 향해 걸어오고 있었다. 반절로 부서져 클럽이라고 할 수도 없는 막대기는 피가 잔뜩 묻은 채 트롤의 오른손에 들려 있었다. 저게 내 피인가? 저런 미개 종족한테… 내가… 제기랄! 으윽……!

"High."

떠오른 광명의 태양 빛처럼 밝은 빛이 손에서 쏟아져 나와 나는 눈을 질끈 감았다. 서서히 등에서 따뜻한 감각이 느껴진다. 마치 어머니의 따뜻한 손길 같은 따뜻한 기운이 나의 등을 감싸며 토닥였고, 나의 고통을 아는지 하얀 눈물을 흘리기 시작했다. 고통이 조금씩 조금씩 사그라들면서 일그러졌던 나의 표정은 원상 복귀되었다가 다시 일그러졌다. 잠시나마 나에게 고통을 느끼게 해주었던 저 트롤이란 미개 종족 때문이었다.

"크르르르……."

이번의 웃음의 주인공은 나였다. 나는 땅을 짚고 살며시 일어나 트롤을 쳐다봤다. 트롤은 잠시 놀란 듯 머뭇거렸으나 이내 그 커다란 몸을 이끌며 다가왔다. 나에게 고통을 느끼게 한 대가를 그대로 100배

돌려주겠다. 일개 미개 종족인 주제에 나를… 너희 같은 미개 종족 주제에!

"High Fire Force."

언제나처럼 이 마법은 나의 손을 불에 휩싸이게 만들어준다. 그리고 내게 용기를 준다. 활활 타오르는 불이 밤의 어둠을 밝히면서 상대편에게 느끼게 해주는 공포란… 내가 봐도 이렇게 강렬한데 남이 보기엔 어떻겠는가? 트롤들도 다가오다가 내 손에서 불이 치솟아오르자 멈춰서며 다가오지 않았다. 어서 오란 말이다!

도끼를 좌우로 휘둘러 보았다. 뱀의 꼬리처럼 좌우로 흔들리는 불의 꼬리가 눈앞을 스쳐 지나갔다. 나는 트롤들을 향해 천천히 걸어갔다. 내 손을 스친 나무들이 활활 타오르며 트롤들에게 도망가라고 타다닥 하며 외쳐 댔다.

"죽이자!"

나의 등을 찍었던 트롤이 자신의 동족을 향해 말했다. 그들은 클럽을 고쳐 잡고 내게 뛰어들었다. 나 역시 그들을 맞아 활짝 핀 꽃보다 환한 미소를 띠곤 나의 등을 찍었던 트롤의 머리통에 도끼를 먹여주었다. 세 마리라 몇 번 피하면서 공격을 해야 했지만, 그들의 몸은 내 손에서 뿜어져 나온 불에 의해 휩싸였다.

트롤 세 마리는 불의 먹이가 되어 차츰차츰 타 들어갔다. 트롤의 비명 소리는 기름 역할을 하는지 비명 소리가 커질 때마다 불은 더욱더 활활 타오르며 트롤의 머리부터 발끝까지 전부 먹어치우며 웃음소리를 내고 있었다.

타다닥, 타다닥, 타다닥.

트롤들은 손을 좌우로 휘두르며 주위를 뛰어다녔다. 그 통에 트롤의 몸에서 옮겨 붙은 불은 나무와 풀, 심지어 바위에 박혀 있는 작은 식물까지 태워 들어갔다. 불에 탄 나무들은 쿵! 소리를 내며 쓰러지고 재가 된 식물들은 나의 발길질에 반딧불처럼 반짝이며 주위로 흩어졌다. 트롤들의 몸을 먹으면서 웃고 있는 불길은 꺼질 줄을 몰랐다. 불에게 온몸이 먹히고 있는 트롤들의 괴기한 비명 소리만 더욱더 커져 가며 주위 산으로 메아리쳤다.

어떠냐? 죽고 싶을 정도로 고통스럽지?

나는 이것만으로도 만족하지 않았다. 트롤들은 미개 종족으로서 오크의 신인 나에게 고통까지 주었던 괘씸한 놈들이다! 이것만으론 안 된다!

"죽여줘라. 죽여줘라. 죽여줘라……."

드디어 내가 원하는 대답이 트롤의 입에서 흘러나왔다. 나의 입꼬리는 귀에게 키스했고 나의 콧방귀는 곧 흘러나올 나의 웃음소리를 예고했다.

"크르르르~ 하하하! 하하하! 안 돼! 이렇게 죽으면 내가 서운하지!"

나는 신들린 무당처럼 사방으로 발광하고 있는 트롤들에게 웃으면서 다가갔다. 나의 도끼의 날은 그런 그들을 보면서 나와 같이 통쾌하게 웃어댔다. 도끼는 하늘 높이 올라갔다. 그리고 곧 휘이익거리는 속도음을 내면서 내려왔다.

도끼는 연신 나에게 말하고 있었다. '어서! 더 고통을 주자. 어서 베어버리고 어서 찍어버리자, 하크!' 그래그래, 그래야지.

불에 휩싸여 발광하면서 좌우로 휘두르는 클럽이 신경에 쓰여 우선 클럽을 들고 있는 트롤의 오른손을 베어버렸다. 클럽을 꽉 잡고 있던 오른손은 팔굽부터 잘려 그대로 대지를 향해 대가리를 처박았다.

트롤의 몸 형상이 불에 휩싸여 잘 보이지 않는다. 하지만 트롤의 몸 형상 따위는 알아볼 필요가 없었다. 오로지 내 앞에서 나에게 고통을 주었던 트롤이 고통받고 있다는 사실에 미소가 떠나지 않는 것이다. 자르고 베고 찍고… 불에 타 들어가는 트롤을 향해 무자비하게 도끼를 휘둘러 댔다. 아무것도 생각나지 않는다. 오로지 눈앞의 트롤을 찍고 베어야만 한다는 생각만 들 뿐이다.

빨간 피가 나의 눈을 뒤덮고 온몸이 꿈틀꿈틀거리며 나를 더욱더 부추겼다. 내 주위로 이리저리 굴러다니는 트롤의 다리와 손이 보였다. 초록색이었던 것들이 모두 새까맣게 타버려 검정색으로 변질되어 버린 단백질 덩어리였다. 나는 그것들을 모두 발로 걷어차 산 밑으로 떨어뜨렸다.

"크아아아아……! 크크크크… 죽여줘라! 죽여줘라~ 크크크크……."

뭐라고 하는 거야, 단백질들아? 불에 활활 타 익혀지고 있는 단백질들이 아직까지 외치고 있다. 손과 다리가 잘려져 바둥대고 있는 단백질의 비명 소리가 가장 컸다.

두근! 두근! 두근!

그 큰 비명 소리는 나의 심장 박동을 더욱더 빠르게 만들었다.

다른 두 마리의 단백질들에게도 나의 도끼날이 박히기 시작했고, 단백질들의 팔과 다리는 금세 잘려져 바닥을 뒹굴었다. 이전 단백질의 다리와 팔을 차버린 것과 같이 이 단백질들의 것도 그대로 차버려 활활 타고 있는 불구덩이 속으로 처넣어 버렸다.

"크하하하… 하하하… 하하하……!"

나의 웃음은 끊이지 않았다. 또 도끼질도 끊이지 않았다. 단백질에 푹푹 박히는 감촉들을 계속 느끼고 싶었다.

한동안 계속된 도끼질에 단백질들에게 남은 것은 나의 도끼에 짓이겨져 얼굴이라고 할 수 없게 된 것뿐이었다. 나는 단백질의 목을 향해 그대로 도끼를 내리찍었다.

뚜둑.

단백질에게도 뼈가 있었던가? 목 반절쯤 도끼날이 들어가는가 싶더니 딱딱한 것이 걸려 도끼의 앞길을 가로막았다. 도끼는 더욱더 힘을 내었다. 도끼는 잠시 뒤로 후퇴했다가 다시 단백질의 목을 찍어 내려갔다.

툭!

단백질의 목뼈는 더 이상 도끼의 앞길을 막지 못하고 잘려져 단백질의 몸과 분리되었다. 비명을 질러대던 입도 더 이상 움직이지 않았고, 튀어나올 것만 같았던 커다란 눈도 어디론가 빠져 버렸는지 존재하지 않고 검게 타버린 새까만 얼굴 하나만 피를 흘리면서 주위를 굴러다녔다.

얼굴도 없고 팔도 없고 다리도 없는 시시한 단백질의 몸 따위는 필요도 없었다. 팔과 다리가 굴러 떨어진 산비탈을 향해 단백질의 몸을 굴려 버리고는 또 다른 단백질에게 다가갔다.

"크르르르르~"

나머지 단백질 2개 역시 팔과 다리, 그리고 얼굴까지 잘라 버리고 모두 굴려 떨어뜨린 다음 통쾌한 웃음소리를 터뜨렸다. 하지만 다른 한 편으론 안타까웠다. 나의 도끼는 여전히 단백질을 그리워하여 은은한 노래를 부르며 나를 애타게 만들었다.

"크르르르르……."

웃음은 멈추지 않았다. 주위는 불의 파도가 넘실거리는 바다가 되어 온 산이 불로 뒤덮여 있었다.

"모두 내 힘의 상징이다! 크하하하하!"

주위에 내 흥미를 끄는 것은 하나도 없었다. 오로지 타고 있는 커다란 나무와 까만 재들이 나를 반길 뿐이었다. 나는 분신과도 같은 불을 헤치고 산의 중턱으로 향했다. 많은 단백질 덩어리를 찾기 위해.

주위에 불을 뿌리면서 걸은 지 채 10분도 되지 않아서 녹색 단백질 덩어리들이 뭐라고 소리를 지르면서 내 쪽으로 달려오고 있는 것이 보였다. 단백질들이 외치는 소리는 녹색 단백질 덩어리의 커다란 발이 땅에 닿을 때마다 내는 소리에 파묻혔다.

"High Fire Arrow."

나는 도끼를 허리춤에 끼워 넣은 다음 양손으로 마법을 운용했다. 수십 개의 불화살이 공중으로 쳐든 손 위에 둥둥 떠 있으면서 녹색 단백질들의 심장을 노려보고 있었다.

"가거라!"

수십 개의 불화살은 나의 명에 따라 한 번에 트롤의 심장을 향해 날아갔다. 이번 Arrow는 불의 기운을 평소보다 많이 집어넣어서 그런지 활활 타오르면서 풍기는 열기가 평소보다 강했고 날아가는 빠르기는 비호만큼이나 되었다.

"쿠어어어억!"

빨간 선혈을 토해내면서 비명을 지르는 녹색 단백질 몇이 보인다. 몇은 심장이 뚫려 버려 그 자리에서 놀란 얼굴로 쓰러져 죽어버렸고, 몇은 심장 대신 맞아 잘린 손을 부여잡고 울부짖고 있다. 나는 심장이 뚫린 시체를 밟고 지나가 손이 잘린 녹색 단백질들의 머리통을 하나하나 찍어 내려갔다. 또다시 불에 휩싸인 단백질들은 비명 소리와 함께 신들린 무당춤을 추기 시작했다. 무당춤의 장단을 맡은 건 단백질이 타 들어가는 소리와 그것과 조화되는 단백질들의 신음 소리였다. 수십 개의 단백질들이 불에 휩싸여 발광을 하는 모습은 아주 장관이었다.

"크르르르, 죽어라."

나는 단백질 한 마리 한 마리의 목을 손수 베기 시작했다. 물론 그전에 손과 발을 잘라 버려 아무 데나 버리는 것을 잊지 않았다.

툭! 툭! 툭! 툭! 툭! 툭! 툭!

나의 도끼가 스무 번째 단백질의 머리를 잘라 버리고 더 이상 자를 것이 있나 주위를 두리번거리기 시작했다. 팔다리, 목이 잘린 곳에서 흘러나온 피로 가득하였다. 더 이상 자를 것이 없다고 확인하자 그 자리에서 주저앉았다.

강을 이루고 있는 피를 보니 왠지 이것들을 가져가야만 할 것 같은 생각이 들었다. 무슨 이유인지는 몰랐으나 신경이 쓰였다.

"Water to Congealate and Compression(피의 응고)."

나의 입에서 낮은 음성이 흘러나오자 피가 한번에 공중으로 솟구쳐 공중에서 구름처럼 둥둥 떴다. 출렁거리고 있던 피가 차츰차츰 출렁거림을 멈추면서 얼음처럼 딱딱해진 채 나의 명을 기다리고 있었다.

"Compression(압축)."

모두 하나로 모이기 시작했다. 하늘을 뒤덮으며 커다란 그림자를 만들던 피의 구름들이 주먹만한 구로 변하기까지 걸린 시간은 채 1분도 되지 않았다.

툭!

빨간 구는 내 손 위로 떨어졌다. 나는 아무 생각 없이 그것을 루샤로가 들어 있는 주머니에 넣었다. 의식을 했던 것도 아니고 또 다른 내가 하는 것만 같았다. 모든 상황은 끝이 났다. 피로 흥건한 도끼 두 자루를 등에 메고 피의 흔적이 하나도 없이 오로지 불에만 휩싸여 타 들어가는 단백질들의 모습을 구경했다.

"크하하하하… 크하하하하… 크하하하하하……!"

약한 존재들을 향한 나의 비웃음이었다. 한참을 웃어대다가 뚝 멈춘 이유는 밀려드는 잠 때문이었다. 눈꺼풀에 1톤가량의 추를 단 듯 눈꺼풀은 부릅뜨려는 나의 의식을 눌러 버린 후 눈동자를 덮었다. 정신이 멀어져 간다. 눈을 감싸던 편안하고 따뜻한 기운이 온몸으로 퍼졌다. 마지막 남아 있던 단백질의 이미지를 날려 보내자 몽롱함이 나를 덮쳤다. 눈을 뜰 수가 없었다. 아니, 뜨고 싶지도 않았다. 나는 그렇게 눈을 감았다.

"학자! 학자! 정신 들어?"

쪼개지는 머리를 부여잡고 일어나자 흐릿한 시야에 웬 여자 아이가 보였다. 빨간 드레스에 반짝이는 은발을 가진 소녀, 초롱초롱한 눈망울이 매력적인 소녀. 분홍빛 뺨에 아기보다 하얀 피부, 그리고 갸름한 턱 선이 이지적이면서 귀여움이 가득한 소녀. 하지만 왠지 어울리지 않는 긴 손톱의 소녀.

"…소녀인가?"

"앗! 정신이 들었어? 소녀라니 내 이름은 마아지라고. 세 슈가 임 마아지라고! 언제까지 소녀라고 할 거야? 잠깐… 야! 개자식아, 일루 와 봐. 학자 깼다."

레드팍스, 네 이름이 세 슈가 임 마아지라고? 그런데… 어제 어떻게 된 거지? 기억이 나질 않는다. 레드팍스, 그러니까 마아지가 파이톤을 데리고 산에서 내려갔고 나 혼자 트롤을 퇴치하러 산 중턱에 올라갔지. 거기서 트롤 세 마리를 만나고 어떤 놈한테 등을 맞은 다음 Fire Force 를 썼지. 그 다음에 불에 타 들어가는 트롤이 보였고 트롤을 향해… 나는, 나는… 제길! 기억이 나질 않는다. 그 다음에 나는 뭘 했지? 그 다음 기억이라곤 활활 타오르는 불밖에 없으니. 제기랄! 그런 미개 종족한테 등을 맞았다니! 지금 생각해도 화가 났다.

은은한 하늘색으로 도배가 되어 있는 방이었다. 천장에는 고풍적인 회화 한 점이 그려져 있었고 벽에 걸려 있는 여러 개의 장신구와 꽃들은 방의 분위기에 한몫 더했다. 화려한 흰색 커버로 뒤덮인 푹신한 침대는 나의 몸을 감싸고 있었다. 나는 나를 덮고 있는 이불을 치운 후 자리에서 일어났다.

"귀족님, 어젠 어떻게 된 겁니까?"

파이톤이 일어나려고 하는 나를 부축하면서 물었다.

"오히려 내가 묻고 싶은 말이다. 제기랄, 그놈의 트롤들 전부 죽이러 가야겠다."

"무슨 말씀을 하십니까, 귀족님? 믿지 못할 일이지만 트롤들은 어제 귀족님께서 전부 죽이지 않았습니까? 손과 발, 얼굴을 잘라 버리고 불태워 죽이셨지 않았습니까? 어떻게 그 많은 트롤을 그렇게 죽여 버릴 수가 있었습니까? 귀족님, 정말 대단하십니다. 제가 15년 동안 용병 생활을 하면서 귀족님처럼 대단한 분은 처음 봅니다."

전부 죽였다니. 어제 그 세 마리 말인가? 트롤 세 마리가 전부는 아닐 텐데. 분이 풀리지가 않는다. 이 산맥에 서식 중인 트롤 전부를 죽여야 분이 풀리겠어!

"제기랄! 그깟 세 마리! 그런데 어떻게 내가 이곳에 있는 거지?"

"하하하, 학자! 정말 웃긴다, 학자~ 어제 자기 발로 와놓고는."

마아지가 생글생글 웃으면서 얼굴을 들이밀었다. 점 하나 없는 깨끗한 피부에 다이아몬드보다 빛나는 눈동자가 살며시 웃고 있었다.

"무슨 말이지, 소녀… 아니, 마아지? 어제 일이 기억이 나지 않는다."

"기억이 안 난다니! 무엇이 안 난다는 거지, 학자?"

"그러니까… 제기랄! 필요없다. 우선 트롤들을 죽이러 가야겠어."

피곤한 몸을 일으키며 말했다. 그러자 마아지는 나의 어깨를 누르며 침대에 다시 앉혔다.

"무슨 말을 하는 거야, 학자! 어제 네가 23마리 트롤들을 전부 다 죽였잖아!"

"맞습니다, 귀족님! 어제 귀족님은 트롤들을 전부 전멸시켜 버렸습니다."

23마리라니! 나는 한 마리도 죽이지 못했다. 굳이 싸운 상대를 말하라면 세 마리의 트롤뿐인데… 제기랄! Fire Force를 쓴 뒤의 기억이 나지 않으니……

"그럼 어떻게 내가 이곳에 온 거지? 너는 어떻게 나를 만난 거지?"

"또다시 묻네? 학자, 그러니까 걸어왔다고. 음… 어제 나하고 파이톤이 학자 혼자 산 중턱으로 가길래 그냥 마을로 내려왔잖아. 그래서 좀 씻고 트롤들 눈알을 빼버리고 싶어서 산 중턱으로 올라가는데 보이는 것이라곤 팔다리, 얼굴이 따로 노는 트롤 세 마리였어. 나는 잘 모르겠지만 개자식이 놀라며 말했어. '트롤 세 마리를 어떻게… 어떻게…'. 트롤 세 마리가 그렇게 대단한 거야? 하지만 그것은 아무것도 아니었어. 좀 더 올라가니까 산 중턱이 완전히 타버려 남은 것이라곤 하나도 없었어. 나는 거기서 학자의 시체를 찾으려고 했는데 이 개자식이 뭐 자기 용병 15년 경험으로 학자의 시체는 여기 없다는군. 찾으려면 좀 더 올라가야 한대. 그래서 좀 더 올라가니까 정말 웃음밖에 안 나왔어. 트롤 수십 마리가 올라오면서 봤던 트롤처럼 새까맣게 타버려 손과 발, 그리고 얼굴까지 다 잘려져 너저분하게 널려 있더군. 그리고 나는 트롤들의 시체 한가운데서 누워 있는 학자를 발견하고 다가갔어. 그런데 학자는 지금처럼 피가 튀기거나 상처 하나 입지 않았어. 학자의 죽은 시체인 줄 알고 기대를 했는데… 실망이지 뭐야."

이 마아지의 말을 들어보면 내가 수십 마리의 트롤을 죽인 건가? 잘 됐어. 하지만 왠지 섭섭하군. 정신이 온전한 상태로 모두 죽여서 한을 풀었어야 했는데 기억이 나지 않으니… 제기랄!

"학자, 어딜 보는 거야! 뭐야~ 자기가 말해 달라고 해놓고! 그래, 그렇게 나를 쳐다봐야 내가 이야기를 해주지. 건방지게 다른 곳을 쳐다보면 어떻게 되는지 알지? 어디까지 말했더라? 개자식아! 내가 어디까지 말했지?"

"…죽은 시체인 줄 알고 기대를 했었다입니다, 공녀님."

파이톤은 입술을 꽉 깨물며 대답했다.

"그래, 개자식! 나중에 뼈다귀 하나 줄게 기다려. 그러니까 학자, 학자가 죽은 줄 알고 잔뜩 기대하고 다가갔는데 내가 다가가니까 학자가 눈을 부릅떴어. 깜짝 놀랐지 뭐야. 그래서 몇 대 때렸는데 학자가 눈이 풀린 채 먼 하늘을 바라보는 거야. 그래서 이 이쁜 목소리로 말해 줬지. '학자, 여기서 뭐 해? 어서 가야지'. 그러니까 학자는 크하하하! 하고 웃다가 크르르르! 하고 웃다가 찡그리기도 하고 정말 미친 사람 같았어. 그렇지, 개자식아?"

"…예."

"뭘 그렇게 늦게 대답하는 거야! 아무튼 내가 힘들지만 뭐, 착하니까 학자를 손수 일으켜 줬는데 학자는 여전히 크게 웃으면서 이곳에 오기까지 그렇게 웃어대다가 잠이 들었어. 그게 다야."

마아지의 이야기는 끝이 났다. 결론적으론 내가 트롤들을 다 죽이고 이곳으로 와서 잠들었다는 말이군. 그런데 내 루샤로는? 문득 생각난 루샤로를 찾기 위해 허리춤에 손을 더듬었다. 그러나 묵직한 주머니의 촉감은 느껴지지 않았다. 나는 루샤로를 잊어먹었을까 불안하여 미친 사람처럼 주위를 두리번거렸다.

"왜 그래, 학자! 뭐 찾는 거야?"

"내… 루샤로… 루샤로……."

"루샤로가 뭔데? 아! 그 명패하고 빨간 구슬이 들어 있는 주머니 말이야?"

"그래! 바로 그거야!"

마아지가 알고 있음에 나는 조금은 안심할 수 있었다. 하지만 빨간 구슬이라니. 나는 그런 것을 넣은 적이 없었는데… 마아지는 내 말을 듣더니 화려하게 금테로 둘러싸인 책장으로 가 서랍을 열고선 내 주머니를 꺼내 들고서는 나에게 전해주었다. 주머니는 루샤로가 들어 있을 때보다 더욱 무거워 축 처져 튀어나온 중년의 배 같았다.

주머니를 열어보니 명패 이미지로 뒤덮인 루샤로와 웬 빨간 구슬이 들어 있었다. 아주 아름다운 구슬이었다. 하지만 익숙한 냄새를 풍기고 있었다. 가까이 코를 대어 냄새를 맡아보니 트롤의 피 냄새였다. 이

것이 트롤의 피가 응고되고 압축되어 만들어진 피의 구슬이란 걸 알아
차린 나는 커다랗게 웃어댔다.

"크하하하하! 크하하하! 크하하하!"

"학자, 왜 그래?"

놀란 듯 토끼처럼 눈을 휘둥그레 뜨고 있는 마아지가 나를 쳐다보며
물었다. 나는 그저 아무것도 아니라고 대답하고서는 침대에서 일어나
가까운 의자로 가서 앉았다.

"그런데 귀족님, 정말로 귀족님께서 트롤 23마리를 처치하신 겁니
까? 설마… 설마……."

파이톤은 의미심장한 표정을 짓고 있다가 내가 의자에 앉은 틈을 타
서 다시 물었다.

"그래! 나를 못 믿느냐, 이 천민! 너도 트롤처럼 되고 싶으냐?"

"아, 아닙니다, 귀족님!"

파이톤의 행동이 이전보다 훨씬 많이 바뀌어져 있었다. 비아냥거리
면서 말을 툭툭 내뱉던 파이톤은 이제는 완전히 나에게 겁을 먹고 허
리를 굽신거리면서 죄송하다고 되풀이를 하고 있다. 거대한 몸을 가진
사내가 저렇게 허리를 굽신거리면서 내게 용서를 구하니 내가 어찌 용
서를 안 해줄 수 있을까? 나는 발로 파이톤의 몸을 밀어버린 다음 의자
에서 일어났다. 파이톤이 내 발에 의해 쓰러진 모습을 본 마아지는 호
호호 하고 웃었고 나 역시 마아지와 같이 크하하하 하고 웃어댔다.

파이톤은 자리에서 일어나 죄송하다는 말을 던지고선 문을 확 열고
나갔다. 개자식… 천민 주제에 자존심은 있는 건가? 하하하!

"학자, 한데 제리그일에 언제 갈 거야? 빨리 가자, 응?"

"그런데 마아지, 키론의 뿔이라고 아는가?"

물론 키론이란 종족의 피를 보면 좋긴 하지만 지금 마을에선 세린과 린도, 그리고 오크 형제들이 나를 기다리고 있을 거다. 최대한 빨리 도착하는 게 좋지 않을까?

"응? 그거 제리그일의 특산물 아니야? 키론이라면 알지. 책에서 많이 봤거든. 바다에 사는 몬스터라고 생각하면 돼. 피폰(고래의 일종)처럼 생겨가지고 거기에 손과 다리가 붙어 있다고 생각하면 될 거야. 물론 대가리 맨 앞에는 커다란 뿔이 달려 있지. 그게 제리그일의 특산물이야. 훗! 학자도 모르는 게 있나 보지? 7왕자 아슈린님의 교육을 맡고 있는 학자가 키론을 모른다니. 호호호, 호호호, 내가 학자보다 더 똑똑하지?"

특산물이라… 아무래도 사는 게 좋겠군. 제길, 하라만도 마을이 아직 강력한 군대를 가지지 못해서 내가 이렇게 불안해할 수밖에 없는 건가? 강력한 철기 군대가 필요해. 모든 하라만도 형제가 강력한 철기를 들고 마을을 보호할 힘이 필요하다고! 그깟 인간들한테 당하지 않기 위해선. 키론이란 종족을 죽여보지 못해서 안됐지만 나중에 다시 와서 죽이는 것도 나쁘진 않겠지.

"마아지, 지금 제리그일로 가자."

"지금? 우와~ 빠르면 빠를수록 좋지. 그런데 개자식은 어딜 간 거지?"

마아지는 파이톤을 찾기 위해 문을 열고 불렀다. 마아지가 부르자 멀리 식탁에서 뭔가 먹고 있던 파이톤이 천천히 걸어와선 공녀에게 물었다.

"왜 그러십니까, 공녀님?"

여전히 파이톤이 마아지를 대하는 태도는 똑같았다. 못생긴 얼굴을 들이밀면서 입술을 깨무는 저 표정. 가관이다.

"야! 이 개자식아! 갈 준비 해라. 지금 제리그일로 갈 거다!"

제리그일로 간다고 굳이 챙길 것은 없었다. 다만 파이톤이 챙겨야 할 건 마아지의 코끼리 등만한 짐 가방이었다. 오히려 파이톤의 키보다 더 큰 짐 가방을 들고 있는 모습을 보면 마치 자신의 관을 끌고 돌아다니는 것같이 보였다.

제25장

으크! 강도짓을 하다

제25장

오크! 강도질을 하다

　계단을 따라 내려가니 이 집의 주인이 우리에게 인사를 했다. 주인은 레드팍스 마아지를 보자마자 황급히 허리를 숙이고 얼굴조차 들지 못했다. 입구를 열고 나와서 고개를 돌리니 '바람이 머무는 하늘'이라는 이름의 금박이 입혀진 간판이 눈에 들어왔다. 2층 구조였으나 겉보기에도 화려한 이 건물은 상당히 고급 여관임을 알 수가 있었다.

　'바람이 머무는 하늘'에서 점점 멀어져 마을의 광장으로 다가가면서 느낀 것인데 마을은 지금 거의 축제 분위기였다. 게시판 앞에 모여 게시판을 보면서 박수를 치기도 하고, 울기도 하고, 웃기도 하는 사람들을 보고선 나 역시 흥미로워 게시판을 보았다. 트롤이 퇴치되었다는 글이었다. 나에게는 단지 콧방귀만 뀌게 했지만 마을 사람들에겐 그렇지 않은가 보다. 그런 사람들을 비웃어준 다음 마을 입구에 있는 역에 갔다.

　"야! 제리그일 쪽으로 갈 건데 마차 하나만 내놔라! 자, 여기 돈이다."

오크! 강도질을 하다　105

마아지가 마부에게 금화 두 닢을 던지며 말했다. 마부는 황공하다는 듯한 표정을 짓고선 바닥에 떨어진 금화 두 닢을 주워 주머니 속에 넣었다.

"이렇게 많이 주시다니… 편안하게 모시겠습니다, 아가씨."

마부는 거지처럼 금화를 줍고서도 얼굴엔 함박꽃 미소가 피었다. 멍청한 인간… 금 때문에 자기 자존심을 파는 건가?

마부의 말대로 4일 동안 계속 잘 포장된 길을 달리자 편안하다 못해 지루하기까지 했다. 중간중간에 작은 마을을 거치긴 했지만 그것은 단지 점심 식사를 할 때뿐이었다.

6일째 되는 날 마차가 달리다가 커다란 돌부리에 걸린 모양인지 그대로 뒤집혀 버린 사건이 벌어졌다. 마아지는 얼굴이 상기된 채 마차에서 내렸고, 길에 쓰러져 피를 잔뜩 흘리고 있는 마부를 끌어냈다.

우리들은 마차 안에 있어서 그리 다치진 않았지만 마부는 팔과 얼굴, 몸 등 모든 곳에 피를 흘리면서 신음을 내뱉고 있었다. 하지만 마아지는 쓰러져 신음을 내고 있는 마부에게 자신의 손톱을 선물했다. 기다란 손톱은 마부의 눈을 뚫고 심지어 살 끝까지 파고들었다.

눈에서 피눈물을 흘리면서 자신의 부인과 아들 이름을 부르며 고통의 비명 소리를 지르고 있는 마부를 마아지가 힘차게 몇 번 걷어찼다. 그리곤 마차에 달려 있는 단검을 꺼내 이상한 미소를 띠며 마부의 몸을 찌르려고 했다. 하지만 파이톤이 막아서는 바람에 마아지의 행동은 저지됐다.

한데 파이톤의 행동에 이제 마아지가 파이톤의 눈까지 찌르리라 예상했던 나의 생각이 무참히 짓밟혔다. 마아지는 파이톤을 향해 웃어 주고는 마부를 걷어차고선 파이톤에게 마차를 몰도록 명했다. 파이톤은 그 덕에 마차를 일으키고 3일 동안 밤을 새면서 마차를 모는 영광스런(?) 일까지 얻게 되었다.

"제리그일에 도착했습니다, 귀족님들."

파이톤은 그렇게 말한 후 바로 그 자리에서 잠이 들어버렸다. 마아지는 마차에서 내려 주위의 광경을 보며 입을 헤벌리고 다물 생각을 하질 못했다. 제리그일은 항구 도시답게 도착하자 바다 냄새를 풍겼다. 멀리 하늘에선 끼룩끼룩 갈매기 몇 마리가 하늘을 헤엄치고 있었고, 바다에선 커다란 배들이 둥둥 떠다니고 있었다.

이 배들은 목재를 견고하게 짜 맞추어서 우선 배의 골격을 만들고, 이것에 외판과 갑판을 붙인 중세시대의 배였다. 배의 양 끝이 모두 휘어 올라가고, 폭이 넓으며 갑판은 타원형이고 외판은 평평하였다.

돛이 3개 이상이나 펴져서 유유히 바다에서 떠다니고 있는 배가 있는 한편, 배 밑창에 둥그런 구멍을 뚫어 그곳에 30여 개의 노를 저어가는 배도 있었다. 배가 지나갈 때마다 한번씩 이는 파도는 부두에 부딪치면서 철썩철썩 소리를 내고 있었다.

커다란 박스를 가슴에 기대 들고 펭귄처럼 뒤뚱뒤뚱 걸어가는 뚱뚱한 남자와 수레에 많은 물품을 싣고서 배에 옮기는 작업을 하는 여러 명의 사내들도 보였다. 길다란 치마를 입은 여편네들은 부두에 모여 고기들을 손질하고 있었고 마을 꼬마 아이들은 바다에서 헤엄치면서 놀고 있었다.

푸른 하늘에 평화롭게 떠 있는 구름들도 마을을 내려다보며 웃고 있었다. 태양도 강렬하여 꼬마 아이들의 피부를 구릿빛으로 만들며 아이들과 같이 놀고 있었다.

태양에서 내리쬐는 따뜻한 햇살은 마을 구석구석을 밝혔고 태양을 받는 모든 이들의 얼굴엔 태양보다도 환한 미소가 걸려 있었다. 여편

네의 수다를 들으면서 머리를 긁적이는 사내와 엄마의 꾸지람을 피해 아이들과 도망가는 익살스러운 꼬마의 표정이 뇌리에 깊이 박혔다. 어떤 아름다운 소녀와 귀여운 강아지가 바닷가를 뛰어다니며 하하호호 웃어댔고, 나무 그늘에서 바다의 향기를 맡으면서 자는 노인들의 모습 또한 평온해 보였다.

한 작은 조각배도 보인다. 조각배에선 그물을 걷어 올리면서 많이 잡힌 고기들을 바라보면서 흐뭇한 미소를 짓고 있는 중년 남성들의 웃음소리도 끊임없이 들린다. 막 출항을 준비하는 선장의 목소리 또한 힘에 넘쳤다. 부두 한쪽은 열심히 몸을 움직이면서 땀을 흘리고 있는 사내들의 휴식터로, 맥주를 마시면서 그 시원함에 커다랗게 웃어댔다. 마을의 강아지들과 여러 동물들도 꼬리를 흔들면서 마을을 뛰어다녔다.

파도가 밀려올 때 불어오는 바닷바람이 마아지의 빨간 치마를 들췄고 마아지는 바람을 원망하는 한편 미소를 띠며 치마를 눌렀다. 인간의 마을이… 이렇게 평화로웠던가? 추악하기만 한 인간의 마을이……. 나와 마아지는 마차에서 떠날 줄을 몰랐다. 마을의 광경을 떨쳐 버리기 위해 고개를 흔들면서 발을 내디뎠다.

우선 내가 들러야 할 곳은 용병 길드로 이번 트롤 퇴치의 보수를 받아 키론의 뿔을 사고 어서 형제들에게 돌아가야 했다.

"파이톤, 일어나라!"

파이톤은 항구 특유의 따뜻한 햇살을 받기 위해 벌써 마차 위로 올라가 큰대 자로 뻗어 코까지 골며 잠을 자고 있었다. 깨우기 위해 파이톤을 좌우로 흔들었으나 깊이 잠을 자고 있는지 깨어날 기미가 보이지 않았다. 할 수 없이 마차 위에서 끌어내 바닥으로 떨어뜨리니 머리를 움켜쥐며 일어났다.

"…아이씨… 어떤 개자식이 이 파이톤님을! 앗! 귀족님!"

"나를 용병 길드로 데려다 줘."

"…예……."

파이톤은 3일 동안 잠을 자지 못해 눈이 빨갛게 충혈되어 있었다. 하지만 이 천민은 나의 친구도 아니고 단지 나의 도구일 뿐이다. 나를 용병 길드에 데려다 줘야 하는 도구.

"학자, 나는 이만 여기서 헤어져야 할 것 같은데. 난 에스테르 왕자님을 찾으러 가야 해. 그럼 나중에 봐. 어차피 왕자님 선생이라면 왕궁에서 다시 볼 수 있을 테니까. 아! 맞아. 내 짐… 어떻게 하지? 야! 개자식, 너는 나를 따라다녀라. 내 짐꾼이 돼야지."

마아지는 따뜻한 바닷바람에 휘날리는 단발을 쓰다듬으면서 말했다. 마아지의 눈을 보니 기대감으로 부풀어 올라 있었고 손은 조금씩 떨리고 있었다. 파이톤은 마아지가 자신을 부르자 다시 입술을 찡그리며 바닥으로 고개를 떨궜다.

"마아지, 지금 파이톤은 나를 용병 길드에 데리고 가야 한다."

"이거 곤란한데? 학자, 저 자식이 맘에 들었거든. 저 똥 씹은 표정 말야. 호호호호."

"안 된다. 나는 용병 길드에 가서 보수를 받아 키론의 뿔을 사야 한다."

나는 단호하게 거절하였다. 그러자 소녀는 자신의 허리춤에 있는 주머니를 떼어내 내 앞으로 내밀었다. 저번에 보았던 금화가 가득 든 주머니었다.

"그럼 용병 길드 가지 말고 이걸로 키론의 뿔을 사. 그럼, 학자! 왕궁에서 다시 보자. 학자가 정말 맘에 들어. 호호호호, 야, 개자식아. 그럼 나를 따라와라! 그럼 학자, 나는 우리 에스테르 왕자님을 찾으러 갈게."

"…안녕히 계세요, 귀족님……. 다음에 다시 뵈면 좋겠군요. 귀족님처럼 강한 귀족은 처음 보았습니다… 그럼……."

파이톤이 나에게 구해달라는 간절한 눈빛을 보내며 소녀의 손톱의 협박을 못 이겨 짐을 끌며 소녀의 뒤를 따랐다. 마아지가 걸어가면서 나를 향해 뒤를 힐끔힐끔 쳐다보자 나의 입에선 어느새 미소가 피어 오르고 있었다. 마아지와 파이톤의 모습이 멀리 골목을 돌아 사라질 때 나는 내 손에 쥐어진 가죽 주머니를 보았다. 그리고선 살며시 열었다.

한 번에 많은 금빛이 나의 눈으로 쏟아져 나는 눈을 몇 번이나 깜빡거렸다. 햇빛에 반사되어 반짝거리는 게 나의 눈을 더욱더 크게 만들었다. 주머니에 손을 넣어 금화 속을 이리저리 휘저으면서 느껴지는 금화의 감촉에 뿌듯함을 느끼고선 루샤로와 피의 구슬이 들어 있는 주머니의 반대 편에 찼다. 몇 개가 들어 있나 궁금하여 참을 수 없어서 다시 주머니를 풀고선 마차에 걸터앉아 금화를 세었다. 하나, 둘, 셋, 넷… 이것들이 전부 내 것이란 말이지?

"크르르르르……."

이건 받은 것이고 따로 트롤 퇴치에 대한 보수를 받아야지. 얼마나 많은 금화를 줄까. 보수가 많다고 했지? 핫! 지금 내가 금화를 원하는 게 아니지. 나는 충분히 내가 행한 일에 대한 보수를 받으려는 거야. 그럼, 금화 따위를 얻기 위함이 아니지. 오크들의 신인 나 샤코로움 하크가 물질 문명이 만든 금화를 원하는 게 아니지. 크르르르. 그럼 보수를 받으러 가볼까.

따뜻한 햇살의 보호 아래 포근함만이 존재하는 마을 구석구석을 돌아다니며 이전에 용병 길드에서 보았던 칼 두 자루가 교차되어 있는 문장을 찾아다녔다. 햇살이 깔려 있는 따뜻한 길을 밟으면서 주위를 두리번거렸다.

파도 소리를 듣고 바다 냄새를 맡으며 주위를 두리번거린 결과 용병 길드의 문장을 찾을 수가 있었다. 이전 수도에서처럼 커다란 건물은 아니었지만 그런대로 마을에서 큰 편에 속했다.

"어떻게 오셨습니까? 척 보니 귀족님 같으신데……."

"그렇다. 나는 7왕자 아슈린님의 교육을 맡고 있는 디 세트 하레인 이라고 한다."

"아… 귀하신 분이 어떻게 이곳에……."

간단한 티 하나를 걸친 용병 길드 마스터가 허리를 굽신거리면서 대답했다. 나는 허리를 굽신거리는 모습을 보면서 미소를 띠고 천천히 대답했다.

"이것 때문이다."

가슴속에 넣어두었던 트롤 퇴치 계약서를 꺼내서 마스터에게 전해 주었다. 마스터는 계약서를 받아 들고 천천히 읽어 내려가다가 놀라며 나를 쳐다보았다.

"데칸 산맥의 트롤을 정말로 퇴치하셨습니까……?"

마스터의 말끝이 조금은 흐려지고 있었다. 마스터는 믿지 못하겠다 는 눈빛과 함께 계약서를 다시 한 번 쳐다보았다.

"그렇다."

"트롤 퇴치를 증명하실 것을 가져오셨습니까?"

"그렇다."

나는 주머니에서 트롤의 피로 만들어진 빨간 구슬을 앞으로 내밀었다. 빨간 구슬을 받아 든 마스터는 떨리는 손으로 구슬의 냄새도 맡아

보고 요리조리 훑어보면서 고개를 들지도 못하고 나에게 다시 빨간 구슬을 돌려주었습니다.

"과연 트롤의 피로 만들어진 헤겐(피의 구슬)이군요. 이 정도면 20마리 이상의 트롤 퇴치가 증명됩니다. 그런데… 피의 구슬을 만들 정도의 실력자라면 마법사님밖에 없는데… 기사단이 용병 일을 한다는 일을 들어본 적은 없고… 마법사님 중에 용병인 분은 한 명도 없는데… 디 세트 하레인님, 어떻게 피의 구슬을 만드셨습니까? 제가 알기론 마법사님들은 용병 일을 하지 않는다고 들었는데……."

"그런 건 알 바 없고, 어서 보수나 내놔라!"

나는 무참히 마스터의 말을 무시해 버리고 곧 내게 다가올 보수를 기대하며 허리춤에 달려 있는 금화 주머니를 쓰다듬었다.

"죄송합니다, 디 세트 하레인님. 보수는 1잔 50간입니다. 어떻게 드릴까요? 지표로 드릴까요, 금화로 드릴까요?"

"금화!"

내 입은 마스터 말이 끝나기가 무섭게 열렸다. 마스터는 알았다는 말과 함께 뒤쪽의 방으로 들어가 한참 후에야 가죽 주머니를 들고 나왔다.

탁!

내 허리춤에 차 있는 가죽 주머니보다는 약간 작은 주머니였으나 탁자에 놓을 때 나는 금화가 부딪치는 소리는 경쾌했다. 주머니를 열어서 세어보니 총 30개의 금화였다.

"1잔 50간을 전해드렸습니다. 여기에 사인해 주십시오."

마스터가 새로 작성한 서류에 사인을 하고선 금화 주머니를 하늘 높이 던졌다가 다시 받아 들고선 이전에 마아지에게 받았던 금화 주머니를 탁자 위에 놓았다. 두 개의 금화 주머니를 모두 탁자에 풀자 수십 개의 금화가 쏟아져 나오면서 주위의 감탄과 시선을 끌었다.

"와~ 저것 봐, 가돈! 금화야……! 엄청나군. 과연 귀족이야."

"대단해, 대단해! 모두 이리 와서 이것 좀 봐봐!"

점점 계약하기 위해 왔던 상인들과 용병들이 주위로 몰려들었다. 멍청한 인간들… 너희들은 이 정도의 금을 만져 본 적이 없겠지.

금화가 하나씩 하니씩 주머니에 들어갈 때마다 주위의 인간들은 감탄사를 뿜으면서 아쉬워했고, 곧 그들은 나와 같이 숫자를 세기 시작했다.

"77, 78, 79 80, 81, 82, 83! 우와! 금화가 83개… 4잔 15간이나 되다니. 대단하군. 역시 귀족이야!"

4잔 15간이라… 어느 정도의 가치일까?

"그런데 저기 디 세트 하레인님."

길드 마스터였다. 길드 마스터 역시 금화를 같이 세다가 금화 세는 것이 끝나자 바로 나에게 말을 걸었다.

"왜 그러냐?"

"트롤을 도대체 어떻게 퇴치하신 겁니까? 트롤을 퇴치할 만큼의 용병이 수도에 존재했습니까? 적어도 50명은 고용했어야 할 거라 생각되는데……."

"아니다. 나 혼자 한 것이다."

"예? 어, 어떻게……!"

마스터의 얼굴에는 어이가 없다는 듯 조금은 비웃음이 걸렸다. 나와 마스터의 대화를 듣고 있던 주위의 사내들도 '허풍쟁이군. 귀족이란 게 다 그렇지' 등등 여러 말을 서슴없이 내뱉었다. 나는 모두를 죽여버리고 싶은 충동에 도끼 자루에 손이 갔지만 이내 우리 하라만도 형제들을 떠올리고 키론의 뿔을 위해 참고 무시한 채 길드를 빠져나왔다.

"안녕히 가십시오, 디 세트 하레인님. 다음에 또 와주십시오."

쩌렁쩌렁한 마스터의 커다란 목소리가 나의 뒤로 들려왔다. 키론의 뿔을 사는 것은 손쉬웠다.

부둣가로 가보니 과연 키론의 뿔을 조각하여 팔고 있는 곳이 눈길을 끌었다. 많은 사람들이 조각품을 요리조리 살펴보며 구경을 하고 있었다. 그들은 하나같이 화려한 비단옷을 입고 시종을 옆에 데리고 다녔다.

"주인장!"

"예… 예… 손님, 어서 오십시오. 앗! 귀족님, 무엇을 찾으십니까?"

"나는 이 키론의 뿔을 대량으로 사고 싶다."

"예? 키론의 뿔을요? 특이하시군요. 하긴 요즘 들어 왕궁에서 키론의 뿔을 많이 사 가시던데 귀족님도 같은 이유 때문에 사시는 겁니까? 그래서 요즘 키론의 뿔의 시세가 많이 올랐습니다. 어느 정도나 필요하십니까?"

'왕궁에서 키론의 뿔을 많이 사 간다고? 왕궁에도 왕실 마법사가 있으니 종교전쟁에서 다친 기사들을 치료하기 위해 사 가는 건가? 그건 그렇고 생각해 보자. 트롤 두 마리당 한 마리의 키론의 뿔이 필요하니 10개로군.'

"10마리 키론의 뿔이 필요하다."

"예? 10마리나 말씀이십니까? 그렇게 많은 양의 뿔을 가져다가 무엇에 쓰시려고… 그리고 그 값이라면 엄청납니다."

"값은 상관없다."

"예? 얼마나 되는지 아십니까? 키론이란 놈이 얼마나 잡기 힘든지 아실 겁니다. 한 마리당 1잔입니다. 한 마리당 금화 20개란 말씀입니다."

'한 마리당 금화 20개라니! 내 금화 83개로는 4개의 뿔밖에 사지 못하겠어. 어떻게 하지? 금화를 내고 사 가기엔 금화가 아깝고, 또 사려 해도 금화가 모자라잖아. 그렇다고 키론을 잡으러 나서기엔 시간이 너무 오래 걸리고… 그럼 정답은 하나인가? 크르르르르… 바로 정답은 하나이지.'

"크르르르르……."

"귀족님, 왜 그러십니까?"

주위를 둘러보니 많은 사람들이 여전히 키론의 뿔로 만든 장식품들을 구경하면서 살까 말까 고민을 하고 있었다.

"주인장, 다 살 테니까 키론의 뿔을 있는 대로 꺼내봐."

"정말이십니까, 귀족님? 저희 집에는 현재 13개의 키론의 뿔이 있긴 하지만 모두 13잔이나 되는데……."

주인장이 가져오길 주저하자 세차게 째려보았다. 머뭇거리던 주인장은 내 눈빛을 보고는 황급히 뒷문으로 들어갔다. 낑낑대면서 가져오는 키론의 뿔 13개는 하나하나가 다섯 뼘 정도의 길이에다 굵기는 팔뚝만했다.

'겨우 팔뚝만한 것 하나에 금화 20개씩이라고? 대단하군.'

탁자 위에 올려놓은 키론의 뿔은 보통 짐승의 뿔과 비슷했다. 다만 투명하여 얼굴까지 훤히 비친다는 것이다.

날카로운 눈매의 주인이 나를 노려보고 있었다. 나는 키론의 뿔을 들어서 이리저리 살펴보았다. 그리 값이 나갈 것 같지 않으나 확실히 이것만 있으면 우리 오크 형제들의 팔과 다리를 다 재생시킬 수 있고, 그로 인해 다음에 있을 전쟁도 걱정없이 치를 수 있었다. 매끈매끈한 키론의 뿔을 느낄 시간도 주지 않고 주인장이 말을 걸었다.

"그럼 값은 어떻게… 모두 13잔입니다. 금화로 주시던가 지표로 주시던가 귀족님 마음대로 하십시오."

"훗! 주인장, 웃기는군. 겨우 이딴 뿔 가지고 하나에 금화 20개씩이라니. 너무 돈에 찌든 것이 아닌가? 그렇게 금화만 탐내면 안 되지."

"예? 귀족님, 이딴 뿔이 아닙니다. 키론이 어떤 종족인지는 귀족님이 더 잘 아실 텐데요?"

나는 돈을 꺼내는 대신 등 뒤에서 도끼를 꺼내 들었다. 여전히 트롤의 피가 굳어 도끼날을 뒤덮고 있었다. 주인의 눈이 휘둥그레지면서 도끼를 자세히 쳐다보았다. 그리고선 입을 열었다.

"귀족님… 웬 도끼인지… 이것은 오크들이 쓰는 핸드 엑스 아닙니까?"

"맞아. 이것은 위대한 오크들이 쓰는 핸드 엑스지."

쾅!

나는 주인을 향해 도끼를 내던졌다. 도끼는 주인의 귀를 스치고 지나가 벽에 푹 박혀 부르르 떨어댔다. 주인은 겁에 질려 벌벌 떨다가 그 자리에 주저앉았고 주위에서 물건을 구경하고 있던 사람들은 고함을 지르며 밖으로 뛰쳐나갔다.

"귀족님… 왜 그러십니까? 살려주세요……."

나는 벽에 박힌 도끼를 뽑아 들고선 주인의 옆에 있는 탁자를 그대로 찍었다. 탁자가 두 동강 나면서 주위로 나뭇조각이 공중으로 흩어졌다. 주인은 잘린 탁자를 보면서 아무 말도 못하고 있다가 갑자기 비명을 질렀다.

"으아아아악! 살려주십시오, 귀족님!!"

"까아아아아아악~!"

탁자 밑에 숨어서 나를 보고 있던 여자 한 명이 비명을 지르며 밖으로 뛰쳐나갔다.

이런, 인간 기사단들이 몰려오면 귀찮아지는데. 어서 키론의 뿔을 가지고 나가자.

　주인은 겁에 잔뜩 질렸는지 아랫도리는 오줌에 흥건히 젖었고 얼굴에는 눈물과 콧물로 잔뜩 뒤덮였다.

　나는 그대로 도끼를 휘둘러 화병을 찍었다. 화병 깨지는 소리가 일품인 가운데 주위로 반짝이는 유리 조각이 날렸다. 다시 소리를 지르는 주인을 뒤로한 채 키론의 뿔을 집어 들어 양 겨드랑이에 끼웠다. 상당히 불편하기는 했지만 그리 따질 상황이 아니었다.

　상점 밖에는 많은 사람들이 모여들었다. 아직까지 상점 안에서는 주인이 비명을 질러대고 있었다. 인간들은 놀라 비명을 지르며 도망치기 시작했다.

　"할시프Hard-Thief다!"

　'나보고 할시프라니… 추악한 인간들이 하는 말 따위 듣기 싫다! 이딴 뿔을 금화 20개씩이나 달라고 하다니. 오크의 신인 나에게 금을 달라는 거냐? 목숨을 걸고 번 금화 83개를 그냥 갈취하려고 하다니. 황금만능주의에 찌든 인간들! 금을 그렇게 밝히다가 이런 꼴을 당하는 거다! 그냥 내주었으면 우리 형제들의 팔과 다리를 재생시키고 내 기분도 좋았을 테니 일석이조였을 거 아닌가? 어리석은 인간, 나는 신으로서 어리석은 너희 인간들에게 벌을 내린 거다!'

　"Fast Step."

　푸른빛이 다리에 머무르면서 다리의 움직임을 빠르게 만들었다. 파이톤이 몰고 왔던 마차가 있는 곳으로 향하는 도중 많은 이들을 볼 수 있었다. 내 뒤를 말을 탄 몇몇 사내들이 쫓고 있었고, 아직 아무것도 모르는 철부지 꼬마들은 어찌할 줄 몰라 울어대면서 주변을 시끄럽게 만들었다. 꼬리를 흔들며 뛰어놀던 강아지들도, 꽃 향기를 맡고 있던 어린 소녀들도 내가 지나갈 때마다 소리를 질러댔다.

키론의 뿔에서 느껴지는 매끈매끈한 감촉을 느낄 때마다 웃음이 저절로 흘러나온다. 그리고 내 주머니엔 금화 83개도 안전하게 들어 있다.

"압축Compression."

사람이 어느 정도 보이지 않을 때였다. 커다란 키론의 뿔을 한뼘의 크기 정도로 압축하였다. 13개의 키론의 뿔을 허리춤에 잘 둘렀다. 마침 키론의 뿔을 압축하면서 달리는 사이, 마차가 들어왔다.

파이톤의 마차에 도착하자 말이 히이잉— 하고 나를 반겼다. 마부석에 올라타는데 '할시프, 할시프, 서라!' 라고 외치며 인간 사내 몇 명이 뒤쫓아오고 있었다.

나는 말의 고운 털을 쓰다듬어 주고선 마부석에 앉아 고삐를 잡아당겼고, 말은 콧바람을 크게 내쉰 다음 달리기 시작했다. 달릴 때 가끔씩 커다란 돌멩이에 걸리면 덜컹거리는 게 의외로 기분이 좋았다.

덜컹이는 소리와 함께 불어오는 시원한 바람을 맞는 기분이란 마차를 타보지 않은 사람은 느껴보지 못할 상쾌함을 느끼게 했다. 더구나 나의 허리 오른쪽엔 이 세상 어느 것보다 아름다운 루샤로가, 왼쪽 허리엔 83개의 찬란한 금이 있지 않은가!

마차란 게 말보다 속도가 느리기 때문에 혼자만의 생각에 빠져 있는 사이 어느새 사내들이 거리를 좁혀오고 있었다.

"할시프! 거기 서라~ 우리 시에서 도망갈 수 있으리라 생각하나?"

'당연한 거 아닌가? 나는 너희들보다도 더 강력해. 내가 뭘 잘못했길래 나를 쫓는 것이냐? 이깟 뿔? 나는 오크들의 신이다. 오크들의 신인 내가 우리 형제들을 위해 이깟 뿔을 가져가는 게 뭐가 잘못됐다는

거지? 모두 이거나 먹어라. 오크의 신인 내가 주는 선물이다!'

"High Fire Arrow!"

한 손으로 고삐를 잡고 나머지 한 손을 달려오는 인간들을 향해 뻗었다. 손가락에서 불의 기운이 뿜어져 나와 날카로운 화살의 형상을 만들었다. 다섯 개의 불화살은 인간들의 들썩이는 심장을 향해 날아갔다.

불화살의 쾌속함을 확인한 나는 다시 앞을 쳐다봤다. 푹! 하는 단백질 덩어리가 뚫리는 소리에 이어 타다닥~ 하는 단백질 덩어리가 불타는 소리가 들려왔다. 이윽고 뒤에서 나를 쫓아오는 말발굽 소리는 더 이상 들리지 않았다.

"쉽게도 죽는군. 크르르르……"

제리그일 항구에서 세리하센 시를 거쳐 데칸 산맥의 낮은 지대로 오기까지 많은 추격이 있었다. 네다섯 번으로 기억하는데 모두 Fire Arrow에 후퇴를 하거나 죽거나 둘 중 하나였다. 추격단은 말을 탈 줄 아는 마을 사람들로 구성되었던 모양인지 기사단처럼 일정한 간격을 두며 포위망을 좁혀 들어가는 게 아니라 무작정 가로막고 보자는 식이었다. 더욱이 쓰는 무기라고 해봤자 기다란 막대기가 전부였다. 아무래도 나를 단순한 할시프로 생각하는 모양이었다.

산을 오르는 요 며칠 동안 추격단은 통 보질 못했다.

13개나 되는 키론의 뿔을 들고서 산을 오르자니 여간 귀찮은 게 아니었다. 재생의 마법약을 만들려고 해도 약병을 구해야 하는데 이 첩첩산중에서 약병 하나 찾는 것은 사막에서 바늘 찾기였다. 할 수 없이 나무줄기와 나뭇잎을 이어 기다란 끈을 만들어 키론의 뿔을 허리에 두른 채 산을 올랐다.

산을 오르자니 레드팍스의 생글생글 웃는 얼굴과 파이톤의 험상궂은 얼굴이 가끔씩 떠올랐다.

'파이톤은 비천한 인간이니 어렵겠지만, 레드팍스 마아지는 잘하면 좋은 친구로 지낼 수도 있었을 텐데. 이 세계에 와서 친구란 걸 가져보지 못했구나. 제길, 잊자.'

데칸 산맥을 완전히 내려오자 지평선이 보이는 넓은 평원이 시작되었다. 바람이 불 때마다 초록색 물결이 일고, 가운데로는 황토색 길이 초록색 물결을 가로질렀다. 마침 눈에 띄는 갈색의 건물은 통나무 수십 개를 이어 만든 넓은 마당이 있는 데다 말의 울음소리가 들리는 걸로 보아 마역(馬驛)이 틀림없었다.

"안녕하십니까, 어떻게 오셨습니까? 저는 이 마역을 맡고 있는 마역장 베리논이라고 합니다."

마역에 들어서자 짧은 흰 수염의 노인이 반갑게 우리를 맞았다.

"나는 디 세트 하레인이라고 한다. 수도행 마차를 빌리고 싶은데……."

"수도행 마차라면 얼마든지 있습니다. 그런데 수도로 가는 길에 경비병들이 길목을 막고 있습니다. 지나치지 못할 거라 생각됩니다만, 그래도 괜찮겠습니까?"

"그 경비병들이 막고 있는 길이라면 알고 있다. 올 때도 그곳을 지나왔으니까."

"정말이십니까? 그 길은… 막혔다고 들었는데?"

나는 더 이상 대답을 하지 않고 노인을 바라보았다. 그제야 노인은 자신이 무엇을 잘못했는지 알게 된 모양인지 고개를 떨궜다. 노인이 뒷문으로 빠져나간 지 한참 후 밖에서 말의 울음소리가 들려왔다.

"나오십시오."

노인의 말에 밖을 나가보니 기름기가 자르르 흐르는 말 한 필이 콧바람을 뿜으면서 투레질을 하고 있었다. 좋은 말인 것 같지만 내가 지금 필요한 것은 말이 아니라 마차였다. 말을 한 번도 타보지 않은 나에게 말은 무리였다.

"말은 필요없다. 마차만 있으면 된다."

노인은 고개를 끄덕이더니 작은 마차 하나를 끌고 와 말을 메었다. 나는 마부석에 앉아 키론의 뿔을 하나씩 떼어 옆에 잘 놓았다. 키론의 뿔이 안전하게 있다는 것을 확인한 후 말고삐를 잡아당겼다. 말은 그대로 울음소리와 함께 달려나갔고 뒤에서 역장의 소리가 들려왔다.

"어디 가십니까? 요금을 주십시오! 어딜 가십니까~!"

노인의 목소리가 애처롭게 들렸지만 그 소리는 오히려 나의 웃음을 자아냈다.

"크르르르… 하하하하."

값을 치르지 않는다는 게 이렇게 통쾌하다니. 값을 치르지 않은 마차를 타고 바람을 밀어내며 앞으로 나가니 온 세상이 다 내 것 같았다. 이 키론의 뿔도 그렇고, 이 마차도 그렇고 모든 것이 내 것이다!

그 후 3일을 달리자 길을 막고 있는 경비병이 보였다. 경비병들은 마부석에서 내리는 나를 보고선 모두 놀라 벌벌 떨었다. 아마 마아지가 이전에 우리를 통과시키지 않는다고 경비병의 눈을 빼버린 까닭일 거라 생각된다.

"아! 마아지 공녀님의 친구 분이시군요. 지나가십시오."

한 경비병이 허리를 굽신거리며 말했다. 허리를 연신 굽히는 경비병을 보니 마아지의 미소가 다시 떠올랐다. 나는 고개를 세차게 흔들고는 고삐를 당겼다.

수도에 도착하기까지 걸린 십이 일 간은 너무나 지루한 시간이었다. 가끔씩 지나가는 마차가 보이긴 했지만 그게 전부였다. 배가 고프면 가까운 산에 올라가 사냥을 하고 잠이 오면 잠을 잤다.

수도를 지나 다시 산에 다다르자 마차를 버릴 수밖에 없었다. 여전히 산 정상에는 경비병들이 주위를 두리번거리고 있었다.

'이제 이 산만 넘어 하루 정도 걸으면 레프센 시에 도착하겠지. 그럼 세린도 보고 우리 하라만도 형제들의 잘린 다리와 팔도 다 재생시킬 수 있겠지.'

"앗! 안녕하십니까, 귀족님! 여행 가십니까?"

나에게 말을 거는 사내가 어렴풋이 기억났다. 수도에 들르기 전에 나의 발길질을 받았던 경비대장이었다.

"그렇다."

"안녕히 가십시오, 귀족님!"

산을 내려와 레프넨 시를 향해 가는 동안의 나의 발걸음은 무척 가벼웠다. 거의 한 달이 지나는 동안 우리 하라만도 마을과 마을 어린이들에게 무슨 일이 생긴 건 아니겠지 하는 걱정도 생겼다. 하지만 통쾌함이 나의 가슴을 거의 대부분을 지배했다.

값을 치르지 않고 원하는 것을 내 것인 양 가져왔을 때의 그 통쾌함이란!

'아니! 아니! 통쾌함이라니! 당연한 것이야. 나는 신이니까! 나는 신이야!'

제26장

우리 마음속에 있었던

　바람에 흩날리는 꽃잎보다도 가벼운 발걸음으로 돌아왔다. 모든 것이 원상태였다. 주변 산야도 마을도 그대로였다.

　세린과 마을 아이들이 있는 레프넨 시의 형태가 보이기 시작했다. 조금씩 두근거리는 게 꼭 사춘기 소년 같은 마음이었다.

　'하핫, 나에게도 사춘기 소년의 마음이 남아 있었나? 이 오크의 신이?'

　저녁 노을 빛을 받으며 걸어가는 나를 향해 커다랗게 팔을 벌리는 레프넨 시의 모습이 점점 가까워졌다. 언덕의 커다란 고목도 굳건히 자리를 지키고 있었다.

　다만 달라진 점이라면 레프넨 시의 허물어질 듯한 성곽 위에서 이리저리 왔다 갔다 하며 커다란 칼을 쥐어 잡고 주위를 두리번거리는 경비병들의 모습이 보인다는 것이었다. 대략 서너 명 정도에 불과했는데 그들은 모두 갑옷을 갖추지 않았다.

'마을 청년들이 모여 경비라도 서기로 했나? 그런데 우리 하라만도 형제들은 어떻게 됐을까? 그동안 많은 생명이 태어났을 테니 빨리 가 봐야겠군. 이대로 인간 마을로 들어갈까, 아니면 마을 옆에 있는 우리 하라만도 마을로 갈까? 흠, 이 키론의 뿔도 있고 하니 인간 마을로 먼저 가는 게 좋겠군. 세린도 볼 수 있고 말이야.'

레프넨 시의 입구로 다가가자 성곽 위에서 나를 유심히 지켜보고 있던 한 사내가 외쳤다.

"안녕하십니까? 무슨 일로 오셨습니까?"

"나다!"

"옛?"

'마을 청년 주제에 나를 왜 못 알아보지? 이 샤코로움 하크를? 앗! 아직도 Iillusion Cancel(환각 취소)을 안 했군. 인간 이미지를 뒤덮은 나를 알아볼 리가 있나!'

"Illusion Cancel!"

내 몸에서 조금씩 어둠의 기운이 물러가면서 흰색 빛이 몸을 감싸돌았다. 발끝부터 머리끝까지 휘감아돌다가 가슴으로 들어오기 시작했다. 가슴속으로 들어온 흰색 빛들은 몸 구석구석을 돌아다니다가 한 번에 그 힘을 방출했다.

고개를 숙여 밑을 바라보니 근육질의 구릿빛 피부에 두꺼운 털들이 숭숭 나 있고 꺼칠꺼칠함이 만진 것처럼 느껴졌다.

인간의 이미지를 뒤집어쓰고 거울이나 냇가 앞에 섰을 땐 나를 바라보기가 왠지 두려웠었다. 거울에 비친 또 다른 나의 모습. 차갑다 못해 얼어버릴 것 같은 눈매를 가진 사내가 나의 몸을 점령한 듯했다. 그렇지만 이렇게 다시 오크의 모습으로 돌아왔다.

"아앗! 어… 어… 어… 떻게… 인간이… 오크로……."

성곽 위의 사내는 얼이 빠져 그대로 주저앉으면서 초점이 맞지 않는 눈동자로 쳐다보며 중얼거렸다.

나는 그런 사내를 무시한 채 키론의 뿔을 다시 어깨에 걸친 다음 마을 안으로 들어갔다. 역시 마을은 변한 게 없었다.

마을 거리를 뛰어다니는 아이들과 나무와 흙을 잘 배합하여 만든 황톳빛의 아담한 집들이 많이 보였다. 마을 안에는 우리 오크 족 아이들도 인간 아이들과 술래잡기를 하며 즐거워하고 있었다.

마을 아이들과 오크 아이들이 하하호호거리면서 뛰어다니는 모습을 마을 사람들이 흐뭇한 미소를 지으며 고개를 끄덕이는 모습이 시야에 들어왔다. 아이들은 놀기 바빠 나를 보지 못했는지 그들만의 놀이 세계에 빠져 있었다.

아이들이 노는 모습을 보며 흐뭇한 미소를 지은 나는 마을 장로의 집으로 찾아갔다. 장로의 집으로 들어서자 그는 책상에 앉아 무언가를 열심히 쓰고 있었다. 내가 들어온 것도 모르는지 환한 등불 아래서 땀까지 흘리고 있었다.

"무엇을 그렇게 열심히 쓰는가, 장로?"

장로는 들고 있던 펜을 놓치고 고개를 획 돌려 나를 바라보았다. 그리고는 벌떡 자리에서 일어나 내게 다가왔다.

"오… 오… 돌아왔는가, 오크여! 그 마법 재료는 어떻게 됐는가?"

"모두 준비해 왔다. 이제 약병만 있으면 된다. 내가 이곳에 온 것도 약병을 얻기 위해 온 것이다. 장로, 약병을 구해와라."

어깨 위에 올려놓았던 무거운 키론의 뿔을 바닥에 내려놓으면서 말했다. 키론의 뿔을 내려놓으니 어깨가 한결 가벼워졌다. 손을 좌우로 흔들면서 굳어버린 어깨를 풀고 있는 동안, 장로는 곰팡이가 슬어 얼룩지고 먼지가 수북이 쌓여 있는 상자를 벽장에서 꺼내 내 앞에 내밀었다.

나는 상자 끝을 조심스레 잡고서 열었다. 그리고 상자 안을 들여다보았다. 상자 안에는 투명한 약병 수십 개가 등불에서 나오는 불빛에 반사되어 빛나고 있었다.

"이거면 충분하겠군. 대략 30개가 넘는 것 같은데 미리 준비했었나 보군. 장로, 그럼 하던 일이나 계속해라. 마법약 만드는 데 조금 시간이 걸리니."

상자 안에 든 약병 하나를 집어 올린 후 손가락 끝으로 퉁퉁 튕기면서 말했다.

"괜찮다네. 난 자네가 마법약 만드는 것이나 구경하겠네. 아! 그런데 지금 내가 쓰고 있는 게 무엇인 줄 아는가, 오크여?"

장로는 책상 위에 놓여 있는 종이 몇 장을 들고 와선 말했다.

"내가 어떻게 알겠는가?"

"자네가 떠난 10일 후에 어디선가 산적 놈들이 나타났었다네. 물론 별일은 없었네. 수십 명의 산적이 몰려와도 우리 마을이 건재한 건 모두 자네 종족 덕분이었네. 그때 대부분의 오크들은 주위로 사냥을 나가거나 강가에서 낚시를 하고 있어서 겨우 십여 명 정도의 오크들밖에 오지 못했다네. 우리 마을은 이제 꼼짝없이 끝났구나 생각했었는데 십여 명의 오크는 전략을 써서 정말 간단하게 좋은 결과를 만들어냈지."

"전략을 썼다고?"

'우리 형제들 중에 전략을 쓸 수 있을 만큼 뛰어난 형제가 있었던가? 내가 없다면 전략은커녕 도끼 한 자루씩을 들고 그나마 훈련된 대로 대형을 유지한 채 적을 향해 돌진밖에 할 수 없었을 텐데… 전략이라니, 정말인가?

"그렇다네. 놀랍게도 어떤 오크 아이의 머리에서 나온 작전이었다네. 말로는 별것도 아닌 것 같았지만 직접 본 그날의 전투는 지금도 잊을 수가 없다네. 거짓 후퇴를 해서 산적들을 낮은 지대로 끌어들여 사방에서 에워싸 그대로 전멸시켰다네. 놀라운 것은 그것뿐만이 아니었네."

"또 무엇이 있던가?"

"음, 오크 아이는 어떻게 알았는지 산적 본거지로 자네 종족을 이끌고 쳐들어갔네. 갔더니 많은 금은보화와 식량, 그리고 납치된 메텐 성 사람들이 있더군. 그 산적단은 용병들이 전쟁을 틈타 만든 것이었다네. 정말 대단했네. 지금 나는 그 산적 본거지에서 얻은 금은보화를 기록하고 있는 거라네. 고맙게도 오크 아이는 금은보화는 필요없다며 식량만 가져갔다네. 아참, 오크 아이는 우리 인간들의 말을 어느 정도 할 수 있었네. 다른 오크 아이들도 그렇고. 자네가 마을로 돌아가거든 그 오크 아이에게 안부도 전해주고 칭찬도 많이 해주게!"

'우리 마을에 그렇게 뛰어난 아이가 있었다니. 조금은 놀라운데? 그런데 꼭 뛰어난 것만은 아닌 것 같군. 산적들을 유인해서 높은 지대로 오르고, 다른 전사들이 올 때까지 시간을 번 것은 잘한 일이나 산적 본거지로 쳐들어가서 얻은 금은보화를 인간들에게 그냥 넘겨줬다고? 멍청한 놈! 식량은 얼마든지 구할 수 있는데 왜 금은보화를 모두 인간들에게 넘겨줬지? 내가 있었더라면……'

"왜 그런가, 오크여? 표정이 밝지 않구려. 무슨 근심 걱정이라도 있는가? 아! 산적과의 전쟁 때문에 자네 형제들이 다친 것 같아서 걱정인가? 자네는 참으로 훌륭한 지도자일세. 물론 자네 종족 중에 몇 명은 죽긴 했지만 극소수에 불과했고 부상을 입은 자네 형제들이라고 해봤자 몇 명 안 되고 모두 손발이 잘리는 정도였다네. 자네가 만들 그 마법약으로 치료하면 괜찮지 않겠나?"

고개를 숙이고 오크 아이에 대해서 생각하고 있던 나에게 장로가 말했다.

오크 아이가 내준 금은보화가 어느 정도인지는 모르나 대규모 산적단이라면 많은 양의 금을 가지고 있었을 게 틀림없다. 한데 그걸 그냥 내주다니… 어떤 아이가 그렇게 멍청한 짓을 했을까? 그게 우리 하라만도 오크 아이란 말인가!

나는 고개를 절레절레 흔들면서 아무 말 없이 상자에서 약병을 꺼냈다. 트롤 두 마리의 피와 키론 한 마리의 뿔이 만들 수 있는 마법약은 두 개뿐이었다. 지금 나에겐 트롤 스무 마리의 피와 키론 열세 개의 뿔이 있으니 총 20개의 마법약밖에 만들지 못한다.

"장로여, 지금부터 마법약을 만들 것이니 조금 떨어져 있어라."

나는 장로에게 그렇게 말한 후 키론의 뿔 10개와 트롤의 피로 만든 구슬을 가운데에 놓고 주위로 20개의 약병을 둥글게 원을 그리도록 세워놓았다.

"장로여, 뜨거운 물 조금만 가져다 다오."

"알겠네, 오크여."

장로가 뜨거운 물을 가지러 간 사이 나는 신성의 기운을 끌어내기 시작했다. 정신을 집중하니 먼 산에서 느껴지는 신성의 기운까지 끌어모을 수 있었고 키론의 뿔에서 나오는 신성의 기운과 합쳐지자 휘몰아치는 하얀 기운이 방 안을 가득 채웠다.

"왠지 방이 덥구려, 오크여."

감고 있던 눈을 조금 떠 소리가 난 쪽을 힐끔 바라보니 장로가 뜨거운 물을 가지고 들어와 있었다.

"장로여, 뜨거운 물을 약병에 반씩 채워라."

장로가 뜨거운 물로 약병의 반을 채우는 동안 방 안에서 휘몰아치는 하얀 기운에 집중했다. 휘몰아치는 하얀 기운이 잠잠해질 때까지 걸리는 시간이 어느 정도인지는 모르겠다. 온몸에 식은땀이 주르륵 흘러 내가 앉은 바닥은 이미 땀으로 흥건히 젖어 있었다.

"Mixture of Saint(신성의 혼합)."

잔잔히 밀려드는 파도처럼 웅장함을 가지고 있는 하얀 기운들을 각각의 약병을 향해 밀어 넣었다. 약병의 물이 부글부글 끓으면서 하얀 기운들을 받아들였고, 곧 약병에선 귀를 간지럽히는 괴상한 소리가 흘러나왔다.

나는 신속히 트롤 헤겐(피의 구슬)을 손으로 짓이겨 가루로 만든 다음 20등분을 하여 약병 속에 넣었다.

소리도 들리지 않고 보이는 것도 없었다. 온통 뿌옇게 서린 무언가가 나의 시야를 가로막고 있었다. 가만히 눈을 감고 정신을 가다듬자 시야는 원상태로 돌아와 나를 걱정스러운 듯 쳐다보고 있는 장로가 눈에 잡혔다.

몸을 뒤덮고 있는 식은땀으로 인해 팔다리와 목을 움직일 때마다 끈적끈적거렸다. 장로가 건네준 헝겊으로 온몸을 닦고 나자 그나마 괜찮았다. 새하얗고 투명한 액체에 어스름거리는 빨간 기운이 진한 걸로 보아 마법약을 만드는 것은 성공한 것 같았다.

"오오……! 이것이 잘려진 팔과 다리를 재생시키는 마법약인가, 오크여? 이게… 바로……."

"그렇다, 장로여."

마법약에서 내뿜는 빨간빛은 나와 장로의 시선을 빼앗아갔다. 나는 한참 후에야 이 마법약의 배분에 대해서 생각을 하곤 장로에게 말했다.

"이 마을에 신체 일부를 잃은 인간은 몇 명인가?"

"세 명이네."

20개의 약병 중에 세 개가 빠진다면 17개의 약병이 남는다. 나와 관계가 없는 사람들을 위해 이 세 개의 마법약을 넘겨줘야 하는 걸까? 태어나서 보지도 못한 사람을 위해? 제길! 장로에게 괜한 말을 꺼낸 것 같군. 세 개면 키론의 뿔 한 개 하고도 반 개인데… 키론의 뿔 한 개면 금화가 20개나 되는데……. 제기랄, 금화 30개나 그대로 모르는 놈을 위해 줘야 하다니. 우리 하라만도 마을의 아이가 제멋대로 금은보화를 준 것도 억울한데 이것도 줘야 하는 건가?

"고맙네. 마을 사람들이 당신네 종족에게 무척 고마워하고 있는데 이렇게까지 해준다니… 정말 어떻게 이 은혜를 갚아야 할지……. 정말 고맙네, 오크여. 사실 팔다리가 잘린 사내 중 한 명이 내 아들이라네. 이제야 아비 노릇을 제대로 할 수 있게 됐네. 정말 고맙네, 오크여."

장로는 내가 고민하고 있는 사이에 조심스럽게 마법약 세 병을 품에 안고선 말했다. 떨리는 목소리로 그렇게 말하는 장로를 쳐다보니 금세라도 눈물이 떨어질 듯 흔들거렸다. 곧 눈물은 그대로 장로의 뺨을 타고 바닥으로 떨어졌고, 곧 많은 양의 액체가 장로의 눈에서 흘러나왔다.

제길, 이래서야 다시 돌려달라고 할 수도 없잖은가? 장로, 왜 우는가? 울지 말란 말이다! 마법약 세 개를 그대로 넘겨줘야 하다니. 제길!
정말 괜한 약속을 했어! 다음부터 약속할 땐 조심 좀 해야겠어. 이번과
같은 일이 벌어지면 안 되니… 정말 제기랄이군!

"그럼 난 이만 마을로 돌아가겠다. 그 마법약들은 잘려진 부위에 한
시간 동안 천천히 뿌려주면 될 거다."

나는 더 이상 이곳에서 지체하다간 장로가 가져간 세 개의 마법약을
다시 빼앗을 것만 같아 나머지 마법약들을 상자에 잘 넣고서는 가슴에
품고서 조심히 집을 나섰다. 장로는 고맙다는 말과 눈물로 인사를 대
신했고, 나는 세 개의 마법약에 계속 신경이 쓰여 인상을 찌푸렸다.

문을 나서자 주위에서 시끄러운 소리가 들리면서 마법약이 깨질까
봐 조심스레 걷는 나의 주위로 마을 사람들이 모여들었다. 확실히 마
을 사람들은 내가 마을을 떠날 때보다 우리 오크들에게 우호적으로 변
해 있었다. 얍삽한 인간들… 꼭 도움을 받아야만 믿음이 생기는 건가?

나는 어색하게 굳은 미소를 띠고서 마을 사람들에게 대충 인사를 하
고선 하라만도 마을로 향했다. 하라만도 마을로 가는 길은 어느새 캄
캄해졌는지 마을 아이들은 한 명도 찾아볼 수가 없었다.

"크르르르르… 크르르르르……"

하라만도 마을에 점점 가까워지면서 우리 오크 형제들이 웃는 소리
역시 점점 가까워졌다. 오랜만에 듣는 친근한 웃음소리였다. 가슴에
안고 있는 상자를 내려놓고 마법약을 다시 추스른 다음 마을로 들어갔
다.

나뭇가지와 짚으로 엮은 움막들. 마을 곳곳에 앉아서 도끼를 손질하
고 잠을 자기도 하는 우리 하라만도 형제들. 입 밖으로 튀어나온 송곳

니조차 반가웠다.

"앗! 샤코로움이시다! 샤코로움께서 오셨다!"

마을 입구에서 주저앉아 도끼날을 쓰다듬고 있던 한 오크 전사가 나를 발견하자 주위로 소리를 지르면서 내 곁으로 뛰어왔다. 다른 형제들도 내 곁으로 허겁지겁 뛰어왔고, 한순간에 마을은 시끄러워져 움막에서 다른 형제들도 뛰쳐나왔다.

모두들 '샤코로움'이라고 외치고 있었다. 자다 일어난 모양인지 눈을 비비면서 다가오고 있는 오크 아이들도, 달려오는 형제들도 모두들 같은 점이 있다면 하늘만큼 넓고 달처럼 밝은 미소를 띠고 있다는 점이다.

나는 들고 있던 상자를 조심히 내 뒤에 놓고선 달려오는 형제들을 향해 커다랗게 입을 벌리고 웃음소리를 냈다. 형제들도 나와 장단을 맞춰 입이 찢어지도록 하늘을 향해 소리를 내질렀다. 오랜만에 힘껏 질러보는 웃음소리였다.

작은 오크 아이들도 자신의 부모 옷자락을 잡고선 소리를 내질렀다. 우리 하라만도 마을 사람들은 모두 내 곁으로 몰려들어 하늘이 무너지고 천지가 개벽할 만큼이나 큰 환영의 웃음소리를 내질렀다.

"크르르르르~ 크르르르르~!"

"하하, 모두들 그렇게 웃으시오, 형제들이여. 그렇소, 형제들이여. 그대들의 신 샤코로움 하크가 여기 왔소! 크하하하하! 마을은 이제 날로 번창할 것이오! 모든 게 이 샤코로움이 있기 때문이오! 크하하하하!"

"크르르를……."

"샤코로움 하크시여, 그동안 어딜 다녀오셨습니까?"

내가 돌아오자 하라만도 마을은 축제 분위기로 바뀌었다. 우리 형제들은 마을 광장에 모여 커다란 타이(소의 일종) 여러 마리를 불에 구우면서 나를 바라보고 있었다. 소에서 나오는 빨간 피가 불에 뚝뚝 떨어졌지만 피 냄새보단 소에서 풍기는 구수한 냄새가 더 진했다. 나는 샤아오와 함께 나무 기둥에 몸을 기대어 형제들에게 고개를 끄덕이며 맛있게들 먹으라고 손짓을 했다.

"저는 우리 형제들이 손과 발을 잃은 것이 안타까워 재생을 할 수 있는 힘을 얻기 위해 잠시 다녀왔습니다. 듣자 하니 제가 없는 동안 인간 마을에 다른 인간들이 쳐들어왔다지요?"

한 오크 형제가 가져다 준 타이의 뒷다리를 뜯으면서 나는 그렇게 말했다. 완전히 익히지 않아서 피가 떨어지긴 했지만 오히려 맛이 더 좋았다. 타이의 뒷다리를 다 먹고 나자 뱃속에서 계속 넣어달라고 배를 긁어대는 통에 나는 불 가까이 다가가서 타이의 뒷다리 두 개를 다시 뜯어왔다. 샤아오에게도 타이의 뒷다리 한 개를 넘겨주었다. 샤아오는 피로 양념이 되어 있는 뒷다리 살점을 뜯어 먹은 다음 대답했다.

"그렇습니다, 샤코로움이시여. 역시 그런 것까지 아시는군요. 부끄럽게도 저희들이 없는 사이에 제 아들놈이 전투를 승리로 이끈 모양입니다."

입에 피를 잔뜩 묻힌 샤아오가 반대쪽 살점을 뜯으면서 말했다.

"샤아오여, 그 아이가 샤아오의 아이였습니까?"

"그렇습니다. 태어난 지 5개월밖에 지나지 않았습니다만 1년이 지난 것처럼 어느 정도 자랐습니다. 아직은 안 되겠지만 두세 달 후엔 전투에 나가도 될 듯싶습니다. 그리고 요 근래엔 말을 완전히 터득했지요. 인간의 말도 제법 합니다."

5개월이라…… 아직 아동기에 불과하군. 아직 어린애야. 우리 오크 종족의 수명은 50년이다. 50년을 채우고 늙어서 죽는 오크는 몇 되지 않는다고 들었다. 인간들보다 반절이나 수명이 짧지만 성장은 인간들보다 두 배 이상 빠르다. 수명이 짧은 것이 단점이라면 장점은 노년기가 없다는 것이다. 우리들은 몸에 나 있는 털이 하얀색일 경우에 늙었다고 칭한다. 초년기엔 연한 갈색, 중년기엔 진한 검은색, 말년기엔 하얀색으로 털이 변한다.

태어나서 1년 정도인 초년기에는 전사로서의 교육을 받고, 초년기가 지난 중년기 때부터 전투를 할 수 있는 몸으로 완전히 성장하게 된다. 40살부터는 노년기라 하는데, 중년기와 노년기의 차이는 단지 털의 색깔로 구분된다. 체력이라든지 지능이라든지 중년기의 능력이 노년기에 와서 쇠퇴하지는 않고 말 그대로 죽을 때까지 영원한 젊음을 유지한다.

"그렇소? 내가 들기론 당신의 아들이 뛰어난 전략으로 적을 섬멸했다고 하던데."

"네, 저도 그 전투 후에야 돌아와서 알았지만 제 아들놈이 다른 형제들을 이끈 모양입니다. 형제들이 어떻게 아들놈을 따랐는지가 의문인데 제 아들놈은 왠지 말을 하지 않더군요."

하긴, 겨우 초년기인 아이를 다 자란 전사들이 그냥 따랐을 리는 없다. 뭔가 찜찜하군. 나중에 알아보면 되겠고… 우선 마법약을 분실하기 전에 빨리 써야겠군.

"샤아오여, 자네 아들은 나중에 보기로 하고, 팔다리가 잘린 형제들을 모아 이리 좀 데리고 오시오."

"예? 팔다리가 잘린 형제들을요? 알겠습니다. 샤코로움님의 힘으로 재생시키려는가 보군요."

샤아오가 자리에서 일어나자 반대 편에 버려져 있는 타이의 뼈가 보였다. 나는 약병들을 다시 한 번 확인하기 위해 몸을 돌려 나무 옆에 있는 상자를 열었다. 상자에서 삐쳐 나오는 빨간색 빛들이 상자를 열자마자 뛰쳐나와 주위를 밝혔다.

하나, 둘, 셋… 열일곱. 확실히 인간에게 세 개를 주고 남은 것은 열일곱 개였다. 내가 우리 하라만도 마을을 떠나기 전에 팔다리가 잘린 형제는 대략 1파암(30명) 정도였다. 더군다나 내가 없는 사이에 벌어진 전투에서도 몇 명이 상처를 입었다니 적게 잡아도 40개 정도의 마법약이 필요했다.

그러니 마법약 열일곱 개로는 턱없이 부족하다. 어떻게 나눠줘야 할까? 고민이군. 나는 등을 간지럽히는 도끼 때문에 등을 긁기 위해 어깨 뒤로 손을 젖혔다. 손끝으로 트롤에게 당했던 상처의 흉터가 느껴졌다. 하긴, 부러진 클럽이라 해도 트롤의 힘으로 내 등을 찍었으니 당연히 마법으로는 완전히 치유가 되지 않는 모양이었다.

흠, 흉터가 낫지 않았군. 그놈의 트롤을 생각하면 이 세상의 모든 트롤을 죽여도 시원치 않아. 만약에 말인데, 만약에 다음에도 저번과 같이 부상을 입지 말란 법은 없지 않은가?

하지만 마법약만 있다면 내 팔과 다리가 잘리더라도 아무 걱정이 없지 않은가? 이 마법약들만 있으면……. 상자 속의 마법약들을 쳐다보았다. 정확히 열일곱 개. 형제들이 쓰기에도 턱없이 모자란 개수였다. 어떻게 하지? 제길.

고개를 들어 샤아오가 사라진 곳으로 고개를 쭉 내밀고 두리번거렸으나 샤아오는 아직도 움막 곳곳을 돌아다니며 팔다리가 잘린 형제들을 불러들이고 있었다. 팔이 잘린 형제들은 움막에서 걸어나왔지만 다리가 잘린 형제들은 얼굴을 찡그리면서 한쪽 다리로 총총 뛰면서 나왔다.

그래, 나는 팔다리가 잘리지 않았지 않은가? 왜 쓸데없는 걱정을 하는 건가? 아니야… 현명한 오크라면 현재에 만족하지 말고 미래를 대비해야 돼. 미래에 내 팔다리가 잘리지 않으리라고 확신할 수도 없고, 또 오늘 마법약을 다 쓰고 다음에 있을 전투에서 내 다리가 잘린다면 누가 나 대신 키론의 뿔과 트롤의 피를 얻어다 줄까? 그럴 능력을 가진 형제는 없다. 그래, 딱 두 개면 되는 거야. 모자란 마법약은 나중에 다시 얼마든지 구할 수 있어.

그런 생각으로 병 2개를 챙기려니 갑자기 도둑질이라도 하려는 것처럼 심장이 두근거렸다.

나는 주위에 아무도 없음을 다시 확인한 후에 나오려고 하는 한숨을 들이켰다. 그리고 상자 속에 손을 살그머니 넣어서 마법약 두 개를 잡았다. 두 개의 유리병이 나의 떨리는 손에 의해 팅팅거리는 마찰음을 냈다.

왜 그래! 내가 지금 도둑질을 하는 것도 아닌데! 난 미래를 위해서 그러는 거다! 내가 죽으면 우리 형제들을 누가 보살핀단 말인가! 그리고 이것은 내가 피를 흘리며 얻은 건데 이걸 가져가는 게 뭐가 어때서! 이건 모두 내 거야! 두 개가 아니라 세 개, 네 개라도 다 내 거라고!

나는 몸을 돌려 상자 속에 나의 다른 손을 집어넣고선 한 손에 두 개씩 총 네 개의 마법약을 꺼냈다. 그리고선 누가 볼세라 마법약 네 개를 루샤로가 들어 있는 주머니에 조심스레 넣고는 한숨을 쉬었다.

"샤코로움님!"

헉! 갑자기 들려온 샤아오의 소리에 나는 놀란 자라 가슴처럼 철렁이는 심장을 느낄 수가 있었다. 가슴 끝까지 가라앉은 심장을 부여잡고선 부르르 떨리는 고개를 돌려 샤아오를 쳐다보았다.

혹시 내가 마법약 네 개를 주머니에 넣는 것을 보았을까?

제길! 보면 어떤가! 모두 손수 내가 만든 건데!

"왜, 왜 그러오?!"

나는 떨리는 가슴을 숨기고자 애써 소리를 질렀다. 소리를 지름으로써 그나마 가슴 밖으로 뛰쳐나오려는 떨림은 멈추었지만 얼굴은 상기되어 빨갛게 달아올랐다.

"왜 그러십니까, 샤코로움이시여? 샤코로움님 말대로 팔이나 다리가 잘린 형제들을 데리고 왔습니다. 모두 총 45명입니다."

샤아오는 내가 화를 내자 눈이 한순간 커졌다가 차츰 본래의 크기로 돌아왔다. 샤아오가 당황하는 것으로 보아 내가 약병 4개를 주머니 속에 감추는 것을 보지 못한 듯했다.

45명의 오크 형제들이 샤아오의 뒤에 모두 앉아 내 입이 열리길 기다리고 있었다. 모두들 샤아오에게 팔과 다리를 재생한다는 말을 들은 모양이다. 하지만 마법약은 13개밖에 남지 않아 45명의 형제들 중 13명밖에 재생시키지 못한다.

형제들의 행색을 두루두루 살펴보니 팔 한쪽이 잘린 형제들은 나머지 팔로 도끼를 잡고 있었다. 안타까운 형제들은 다리가 잘린 형제들이었다. 다리가 잘려 걸을 때마다 총총거리면서 외발로 뛰어야 하니 그 불편함은 말로 하지 않아도 될 듯싶다. 발이 잘린 형제들의 숫자만 세어보니 모두 17명이었다.

내가 감춰놓은 마법약 4개를 내놓는다면 다리가 잘린 형제들은 모두 다리가 재생되어 편안하게 걸어다닐 수 있으리라. 하지만 이 마법약만은 안 되지.

"형제들이여, 나는 지난 한 달 동안 형제들의 팔과 다리를 재생시키기 위해 어려움을 겪으면서 떠돌아다녔습니다. 그 결과 형제들의 다리나 팔을 재생시킬 수 있게 되었습니다."

"와아아아아~ 크르르르……!"

말이 끝나자마자 형제들은 손을 높게 쳐들며 소리를 질렀다. 하나하나 열광을 하면서 소리를 지르는 모습에 나도 모르게 숨겼던 약병에 손을 가져가기도 했지만, 정신을 다시 가다듬고 형제들에게 그만 하라는 행동을 취했다.

"하지만 여기 45명 중 13명밖에 재생시킬 수 없소. 정말 유감입니다, 형제들이여. 팔이 잘린 형제들은 생활에 아직까진 큰 불편은 없을 거라 믿습니다! 그래서 나 샤코로움이 다리가 잘린 형제 17명 중 차례로 13명을 재생시키고 나머지 4명은 차후에 다시 재생시키기로 하겠습니다. 불만은 없습니까, 형제들이여?"

"옛!"

팔이 잘린 형제들은 다리가 잘린 형제들의 평소 생활을 많이 보았으므로 그 불편함을 잘 알고 있었다. 해서 아무 말 없이 양보를 했다. 다리가 잘린 형제들도 서로 양보를 하기에 바빠 나는 형제들의 상처를 두루 살펴보면서 꼭 재생시켜 줘야겠다 싶은 형제들 13명을 뽑았다. 뽑은 형제들의 손에 귀한 마법약 한 병씩을 건네줬고 형제들은 곧 내가 시키는 대로 자신의 다리에 붓기 시작했다. 다리에 마법약을 붓자 마법약의 붉은빛이 다리를 감쌌다. 하라만도 형제들은 모두 몰려들어다리가 재생되는 과정을 보면서 감탄을 금치 못했다. 작은 새싹이 커다란 고목나무가 되듯 조금씩 조금씩 다리가 재생되어 가는 모습을 보는 형제들의 얼굴은 가관이었다. 닭똥 같은 눈물이 저 움푹 들어간 시커먼 눈에서 흘러나오고 턱뼈가 빠져 입이 다물어지지 않는 듯 입을 벌리고 침을 질질 흘리고 있었다.

"샤코로움이시여."

다른 형제들처럼 한동안 입을 다물지 못하고 재생되는 다리를 보고 있던 샤아오가 그때 조용히 나를 불렀다. 샤아오의 음성이 평소보다 낮은 톤으로 바닥에 축 깔렸다.

"왜 그러십니까, 샤아오여."

"저기 유리병에 든 것이 형제들의 다리를 재생시키는 샤코로움님의 힘입니까?"

샤아오의 시선은 형제들이 부어버려 텅 빈 유리병을 향해 있었다.

"그렇소. 한데 왜 그러십니까?"

"저 붉은 빛이 감도는 유리병이라면… 네 개가… 그러니까 샤코로움께서 우리들이 오기 전에 네 개를… 아, 아닙니다……."

샤아오는 하던 말을 대충 얼버무리려 했지만 그의 얼굴에 그가 말하고자 하는 바가 그대로 나타났다. 커다란 눈을 가늘게 뜬 것이나 루샤로와 마법약 네 병이 들어 있는 주머니를 향하는 시선에 나는 다시 심장이 다리 끝으로 꺼져 버리는 느낌을 받아야 했다. 제길… 본 것인가? 다행인지 불행인지 샤아오는 내가 대답을 하지 않자 더 이상 꼬치꼬치 캐묻지 않았다.

"그럼 샤코로움이시여, 전 이만."

샤아오는 나에게 고개를 숙여 인사를 한 후 떠들썩한 형제들을 등진 채 홀로 멀어져 갔다. 어둠에 점점 몸이 먹혀 들어가 샤아오의 몸이 보이지 않자 그제야 나는 한숨을 쉴 수가 있었다. 샤아오가 사라진 그 방향에서 횃불에 의해 조금 밝은 고목나무 뒤에 숨어서 나를 지켜보고 있는 어린 오크 아이를 볼 수 있었다.

하지만 그리 밝지 않은 곳이라 어둠에 묻혀 있는 오크 아이의 표정은 알아볼 수가 없었다. 아이 오크는 자신의 몸보다 커다란 고목나무에 작은 몸을 가리고 있다가 나와 시선이 마주치자 황급히 고개를 나무 뒤로 감췄다.

왜 다가오지 않는 거지?

그 오크 아이에게 다가가기 위해 일어서려던 나는 한 오크가 내 앞으로 나서며 말을 거는 까닭에 나무 뒤로 숨은 어린 오크에게 다가가지 못했다.

"샤코로움이시여, 그대는 정말 우리들의 신이십니다."

다리가 재생되면서 기쁨의 눈물을 멈추지 못했던 오크 형제였다. 아직 다리가 완전히 재생되진 않았지만 그런대로 형태가 나온 다른 형제들은 내 앞에서 무릎을 꿇고 나를 올려다보는 그 형제의 뒤에 서 있었다. 그들의 그런 모습을 보자 다른 형제들은 모두 땅에 엎드려 외쳐 댔다.

"샤코로움이시여! 샤코로움! 샤코로움! 우리들의 신이시여, 영원하십시오! 영광의 승리를~ 언제나 하늘과 땅을 다스리시고 언제나 우리들에게 영광을~ 샤코로움!"

형제들이 외치자 나는 으쓱해져 어깨를 뒤로 젖히고 코를 더욱더 세우며 형제들을 내려다보았다.

형제들 중에 하나라도 엎드려 나를 찬양하지 않는 이가 없었다. 모두들 진심으로 나를 신으로 믿고 찬양했다. 목청이 터지도록 커다랗게 외치며 찬양하고 땅에 키스라도 하듯 엎드렸다. 나는 나를 찬양하기 위해 엎드린 형제들을 보자 뜨거운 감정이 솟구쳐 올라 크게 웃었다. 웃으면서 조심스레 주머니에 손을 넣어 마법약이 들어 있는 차가운 유리의 감촉을 느끼자 더욱 크게 웃음이 나왔다.

움막 사이사이로 들어오는 아침 햇빛이 조용히 나를 깨웠다. 어제는 오랜만에 돌아온 마을이라 들뜬 마음에 잘 알아차리지 못했는데 오늘 아침에서야 여기저기서 울어대는 갓난 오크 아이들과 눈 내리는 날의 개마냥 뛰어다니는 오크 아이들이 어느 때보다 많아졌다는 것을 알아챌 수가 있었다.

대충 훑어봐도 못 보던 아이들만 40명이 넘어갔다. 나는 한 달 간에 태어나고 죽은 형제들의 수가 궁금해 샤아오를 찾아다녔다.

샤아오가 마침 맞은편에서 걸어오고 있었다. 웬일인지 나를 보고서도 옆의 길로 돌아가는 샤아오를 향해 달렸다.

"샤아오여, 샤아오여!"

샤아오는 가던 걸음을 멈추고 느릿하게 몸을 돌렸다. 햇살이 따뜻한 아침임에도 샤아오의 표정은 그리 밝지 않았다. 원래부터 미소를 짓지 않은 채 굳건히 입술을 딱 붙이고 노려보듯이 눈을 부릅뜨고 다녔지만 요즘 들어선 눈을 부릅뜬다기보단 가늘게 뜨고 이마에 주름이 생기도록 찡그리는 모습을 보였다.

"왜 그러십니까, 샤코로움 하크시여?"

"한 가지 물어볼 게 있소. 이 마을의 인구수를 아시오?"

"제가 어떻게 알겠습니까, 샤코로움이시여?"

말꼬리를 흐린 샤아오는 그렇게만 대답하고서는 다시 몸을 돌려 왔던 길로 되돌아가기 시작했다. 햇살은 따뜻하지만 햇살 때문에 생긴 등에 진 그림자는 왠지 그를 무겁게 억누르는 것 같았다.

할 수 없이 나는 마을 광장으로 돌아와 커다란 나무 그늘에 앉아 앞으로의 마을에 대해서 생각했다. 현재 마을은 광산에 있는 마을과 이곳에 있는 마을, 이렇게 두 개로 나눠져 있었다. 광산에 있는 마을과 이곳에 있는 마을 모두 인구가 어느 정도인지, 어린아이는 몇 명이고 갓난아이는 몇 명인지, 남자는 몇 명이고 여자는 몇 명인지 알지 못했다. 그저 그때그때마다 파암으로 나눠 전투에 나가곤 했다. 내가 눈을 떴을 때 늘어난 오크 아이들에 놀랐듯이 인구에 대해서는 정확히 모르고 있었다.

이 남대륙에 가이프 전쟁이 지속될 동안만은 우리 하라만도 마을의 안전은 절대적이다. 우리를 공격할 인간 기사들도 전부 전쟁터로 빠져나갔고 이 주위엔 우리 오크를 위협할 만한 다른 종족이 존재하지 않았다.

이제 한동안 우리들에게 평화가 지속될 것이다. 우리가 애써 전쟁을 일으키지 않는 이상 형제들은 산적 같은 변수를 빼고선 죽음에 이르는 일은 일어나지 않을 것이다. 물론 중간에 많은 아기 오크들이 죽지만 여자 오크가 1년에 대여섯 마리씩 낳는 우리 하라만도 마을은 점점 인구가 불어나, 지금이라도 인구의 증가와 감소를 정확히 기록하고 관리할 체계가 잡히지 않는다면 나중엔 일어날 혼란은 상상하지 않아도 눈에 선했다.

나는 우리 형제들을 데리고 소꿉장난을 하자는 게 아니다. 오크의 생을 8년이 넘도록 살았지만 오크란 집단에 대해서 감을 잡은 것은 아니었다. 하지만! 인구의 증감이나 평균 수명, 연령별 구성 등에 의해 그 집단의 성격을 알 수 있다는 인구학에 따라 나 역시 우리 하라만도 형제들의 인구 분포를 알 필요가 있었다.

마을을 관리하자면 꼭 필요한 게 이 인구 조사인데 지금까지 잊고 있었다니…….

이전 세계에서 각 나라별로 인구 조사를 하는 이유의 공통점은 과세나 노동력, 병역의 인구를 알기 위함으로 기원전 수세기 전부터 바빌로니아, 이집트, 중국 등에서 중요하게 여겨 체계적으로 행했다는 기록을 얼핏 읽은 기억이 난다. 물론 인간들에게 인구 조사란 의미는 조세와 병역의 확장이란 의미를 가지지만 내가 생각하는 우리 하라만도 오크의 인구 조사 의미는 다르다.

정확한 인구 분포를 참고로 형제들의 증감과 인구 증가율을 알아 미래에 대비하고 세밀한 인구 배분으로 우리 오크 형제들의 장점과 할 수 있는 노동력을 효과적으로 이용하자는 의미이다.

이전 세계의 한국에선 인구를 효과적으로 관리하고 신분 관계를 명확히 하기 위해 호적이란 걸 만들었다. 호적은 가(家)를 단위로 하여 그 가에 속하는 자의 신분에 관한 사항을 기재했었는데, 그렇다면 나는 우리 하라만도 족의 인구를 어떤 체계로 정리하여야 할까?

아무래도 오크 족에겐 파암이란 단어가 가장 일상적이니만큼 여자 오크 1파암(30명)으로 하나의 가(家)를 만드는 게 어떨까? 인간들은 서로에게 사랑(?)을 교환함으로써 가족이 존재하지만 오크들에게 있어서 결혼이란 형식적인 것이다. 오크들에게 가족이란 개념은 단지 남자 오크는 여자 오크에게 식량을, 여자 오크는 남자 오크에게 성(性)을 줌으로써 상호 필요한 관계를 유지하는 것이다. 정이란 것이 존재하기 위해선 많은 나날이 있어야 하므로 정을 가진 가족과 그렇지 않은 가족을 분리하는 게 어떨까?

정이 없는 가족은 해체시키고 결혼을 하지 않은 여자 오크들과 가를 만들어 1파얌씩 묶어 그 속에서 나오는 자식들은 그 1파얌의 여자들 중에서 뽑은, 이른바 대장 여자 오크가 나에게 보고하는 식으로 하는 게 좋겠다.

살면서 정이 들어 가족을 만들겠다는 오크 형제들은 몇 되지 않을 테니 한국에서처럼 가장을 가의 대장급으로 하여 각각의 가장에게 그 식구의 인구를 보고하도록 하는 것도 적절할 것 같고.

편안한 인구 조사를 위해 대충 체계를 잡았다 하더라도 문제는 기록을 할 문자이다. 우리 오크 형제들에겐 문자가 없다. 다만 기록에 관한 면에서 오크 형제들이 쓰는 막대기에 선 긋기도 있지만 그것은 구석기 중기인 BC 5만 년경 돌이나 뼈에 규칙적인 간격을 두고 새긴 조각과 같은 아주 원시적인 것이다. 형제들이 이해를 못하더라도 당분간 숫자는 이전 세계처럼 아라비아 숫자로 하고 문자는 한국어로 해야겠지.

제길! 문자! 왜 이제야 문자에 대한 개념이 떠오른 거지? 나란 존재도 참 멍청하군. 문자의 발달이 곧 문명의 발달이 아닌가. 하하… 제기랄… 너무 할 일이 많아. 철기, 문자, 정치, 사회, 경제, 과학, 수학… 셀 수도 없겠군.

갑자기 이전 세계의 과학, 사회, 문자 등 여러 가지가 생각나 머리가 아파오는 것을 느끼고 머리를 잡고선 땅에 몇 번 가볍게 박았다. 머리가 너무나 어지럽고 뭔가 질퍽한 게 나의 가슴을 채우고 있는 듯했다.

이전에 철을 생산할 때도 느낀 거지만 완전 구석기 문명을 가지고 국가를 일으키기엔 할 일이 너무 많았다. 문자의 개념도 갖춰지지 않은 우리 형제들을 데리고 언제나 되어야 국가를 세울 수 있을까? 꼭 국가를 세워야 하는가? 지금도 행복하게 잘 살고 있지 않은가?

아니야… 아니야……. 지금은 인간들이 전쟁 중이라서 그래. 그들은 전쟁이 끝나고 나면 첫 번째로 우리 오크들을 죽이지 못해 안달을 할걸. 자신감을 갖자. 나는 오크의 신이 아닌가.

모든 게 잘되고 있다. 우리 하라만도 형제들의 반절이 광산에서 드워프로부터 철기를 다루는 방법을 배우고 있고, 또 5년이면 된다고 했으니 최소 5년 이내에 우리 하라만도 형제들은 인간들과 똑같은, 아니, 더 우수한 철기 만드는 기술을 습득할 게 아닌가? 또 비록 문명은 떨어지더라도 우리에겐 많은 노동력이 있다. 그리고 인간들에 비해 지능이 약간 떨어지지만 인간들처럼 물질 문명에 찌든 이기적인 오크는 한 명도 없다!

생각을 마친 나는 커다란 나무의 그늘에서 벗어났다. 아침 햇살임에도 불구하고 강렬하게 내리쬐는 햇빛은 나의 이마에 많은 주름을 만들었고, 어지러움에 발을 헛디디기도 했다. 몇 발자국을 걸어 햇빛에 익숙해지자 형제들을 모으기 위해 주위를 향해 크게 소리를 질렀다.

"형제들이여! 모두들 모이시오!"

무슨 일인가 하고 움막에서 느려 터진 굼벵이마냥 기어나오는 형제들이 모두 모이기까진 삼십 분이라는 시간이 소요되었다. 가장 늦게 온 형제는 커다란 주먹을 흔들거리면서 자신의 아들을 앞장세운 샤아오였다. 샤아오에게 떠밀리면서 나온 아이의 눈은 햇빛에 반사됐는지 원래가 그렇게 반짝이는지 매우 총명하게 빛났다. 떠밀려 오면서도 어깨를 펴고 걷는 모습이 반짝이는 눈과 함께 대견스러워 보였다.

"왜 그러십니까, 샤코로움이시여."

내 허리를 겨우 넘을 만한 크기의 샤아오의 아이가 모든 이들을 대표하여 조그마한 입을 달싹거렸다. 가까이에서 보니 아이의 눈은 한없이 깊어 보였다. 앉아서 나를 올려다보고 있는 다른 형제들과 같이 샤아오도 그 자리에 주저앉고는 자신의 아들도 주저앉혔다.

"내가 형제들을 부른 이유를 지금부터 말할 테니 주의 깊게 들으십시오. 우리 형제들의 인구는 점점 불어나고 있습니다. 하지만 우리들은 아무런 대책 없이 '죽어가는 형제는 죽는구나' 하고 '태어나는 아이는 태어나는구나' 하면서 대충대충 넘어갔습니다. 하지만 이것은 정말 잘못된 일입니다."

말을 계속 이으려 했으나 자리에서 일어나는 샤아오의 아들을 보니 말을 이을 수가 없었다. 나는 그렇게 말을 끊고 새까만 아이의 눈동자를 쳐다보았다.

"우리 형제들의 숫자를 파악할 수 없어서 그런가요, 샤코로움이시여?"

오! 다 자란 형제들도 아니고 한낱 꼬맹이가 내가 말하는 바의 핵심을 찌르다니… 대단하구나. 하지만 핵심을 찌르는 아이의 말에 아이가 똑똑하다던가 하는 마음보단 기가 막힐 뿐이었다. 아이는 내가 대답하기를 기다리면서 그 깊은 눈으로 나를 쳐다보았다.

"잘 아는군. 그렇습니다, 형제들이여. 이 아이의 말대로 형제들의 숫자를 파악할 수 없어서 저는 한 가지 제안을 하려고 합니다. 우선 이곳엔 결혼을 하여 하나의 가족을 이루고 있는 형제들이 있습니다. 저는 여자 오크를 1파얌씩 나눠 하나의 묶음으로 만들려고 합니다. 그리고 그 여자 오크 1파얌 중 리더 한 명을 뽑아 그 1파얌을 책임지게 할 것입니다. 리더로 뽑힌 여자 오크가 할 일은 나중에 따로 말할 테지만 제가 형제들에게 이렇게 말하는 것은……."

"결혼하신 형제들 때문이죠?"

샤아오의 아이는 또다시 자리에서 벌떡 일어나 어린아이 특유의 갈라지는 목소리로 말했다. 확실히 몇 마디의 말이었지만 겨우 이것만 듣고 짐작한다는 것이 어렵다는 것은 잘 알고 있다. 신동이 태어난 것일까?

신동이라고 해도 내 말을 두 번이나 끊다니! 우리 형제들 중 그 누구도 내 말을 끊는 형제는 없었는데, 저 꼬맹이가 한 번도 아니고 두 번이나 내 말을 끊어버리다니! 나는 나의 말을 끊는 이 꼬마 놈의 행동에 은근히 부아가 치밀었다.

기가 막혀 아이 오크를 바라보다가 다시 형제들에게 눈을 돌려 말을 이었다. 오크 형제들을 바라보고 있지만 마음속의 눈은 아이 오크로 향하고 있었다.

"그렇습니다. 결혼하신 형제들 중에 자유로운 전사로 다시 태어나고 싶은 형제들은 이곳으로 나와주십시오. 무슨 말인지 알겠……."

제길 또!

"그런데 샤코로움님, 샤코로움님께선 1파얌의 여자 오크 형제들을 하나의 묶음으로 나눠 리더를 뽑는다고 했는데, 그렇다면 샤코로움님이 형제들의 숫자를 쉽게 파악하기 위해서 여자 형제와 가족을 이룬 형제, 이렇게 두 집단으로 나누실 건가요?"

빌어먹을. 오냐오냐 받아주니까 저놈의 꼬마는 어디서 저런 말을 주워 들었는지 계속 이 샤코로움의 말을 끊는군. 샤아오는 어떻게 저런 자식을 낳았지? 정말 제기랄이군!

이 많은 형제들 앞에서 어린애를 상대로 화를 낼 수도 없고…….

나는 점점 굳어가는 얼굴 표정을 고쳐 잡기 위해 헛기침을 연신 해대면서 고개를 돌려 두 손으로 얼굴을 문질렀다. 하지만 자꾸 나의 말을 끊는 저 샤오의 아들 때문에 이미 굳어버린 표정을 고쳐 잡는 것은 힘들었다.

　얼굴 표정은 나의 감정을 그대로 나타내듯 고쳐지지 않아 나는 얼굴 표정을 형제들에게 들키지 않기 위해 그나마 나무에 어둠이 얇게 깔린 나무 그늘로 가서 천천히 주저앉았다. 나는 침을 다시 한 번 삼킨 후 입을 열었다.

　"샤오의 아들이여, 형제는 정말 훌륭하군. 어떻게 나의 생각을 그렇게 잘 아는가? 지금은 비록 어리지만 조금만 지나면 훌륭한 전사로 성장할 게 눈에 훤히 보이는군. 그 상태로 계속 자라주시오."

　제기랄. 내 몸을 뚫어져라 쳐다보고 있는 형제들의 눈도 있고 하니 할 수 없이 최대한 근엄한 목소리로 고개를 끄덕이면서 말했다.

　"형제들이여, 샤오의 아들이 했던 말과 같이 저는 우리 형제들의 인구를 조사하기 위해 각각 파얌으로 구성된 여자 오크들과 가정을 이룬 오크들, 이렇게 두 집단으로 나눌 것입니다. 여자 오크 집단의 리더는 제가 뽑을 것이고 가정을 이룬 오크 집단의 리더는 남자 오크를 가장으로 할 것입니다. 두 집단의 리더……."

　나는 말하면서 슬쩍 샤오의 아들을 쳐다보는 것을 잊지 않았다. 샤오 아들의 한 손이 땅을 짚었다. 그리고 팔꿈치가 굽혀지고 손가락 사이로 모래가 흩어졌다. 설마 또 말을 끊으려고 하는 건 아니겠지? 이번에도 이 오크신의 말을 끊는다면… 제기랄! 굽혀졌던 팔꿈치가 펴지면서 작은 아이의 몸도 일으켜졌다. 나의 눈동자도 일어난 아이의 몸을 따라서 고개와 함께 위로 올라갔다.

"샤코로움이시여, 그렇다면 두 집단의 리더는 샤코로움님께 그 집단의 인구를 말씀드려야 한다는 말씀이시군요."

"이런… 개자… 흡!"

자칫 잘못했으면 '개자식'이란 욕이 튀어나올 뻔했다. 불끈 쥔 주먹은 저 꼬마 놈의 얼굴에 처박히지 못해서 부들부들 떨렸다. 가슴을 메운 뜨거운 감정들도 곧 폭발할 것만 같았다. 내 머리에 심지를 꽂고 불을 붙인다면 이 자리에서 나는 얼굴부터 터질 것이다. 꽉 쥔 주먹이 할 수 있는 일이라곤 아무도 몰래 뒤에 있는 나무를 치는 것뿐이었다.

마음 같아선 몰래 저놈의 꼬마 놈을 납치해다가 나무에 묶어 볼기짝을 수백 대 갈기고 싶었다. 하지만 나는 아이의 볼기짝을 때리는 상상을 하며 아이 오크를 쳐다만 볼 뿐이었다. 아이 오크는 살며시 미소를 짓고 있었다. 여우새끼의 미소도 저 꼬마 놈보다 나으리라.

손이 나에게 뭐라고 말한다. 자세히 들어보니 '저 꼬마 놈을 죽여버려! 너를 무시하고 있잖아! 도끼를 들어! 죽여 버리라고! 트롤처럼 목을 베어버려! 인간들에게 금은보화를 줬을 때 알아봤어야지! 저 웃는 걸 봐. 꼭 널 비웃고 있는 것 같잖아! 그냥 베어버려! 찍어버리라고!'라고 부르르 떨면서 말한다. 나의 손이 점점 등 뒤의 도끼로 다가갔다. 생글생글 웃고 있는 저놈의 꼬마 놈을 보니 자루를 잡은 손에 힘이 들어갔다. 햇빛에 데워져 따뜻해진 자루의 온기는 반사적으로 나의 입꼬리를 올라가게 만들었다.

"샤코로움이시여, 왜 그러십까?"

"…예에?"

갑자기 들린 소리 때문에 화들짝 놀라 도끼를 놓쳤다. 도끼는 날개를 잃고 추락하는 이카루스처럼 허공을 가르며 떨어지더니 곧 푹 소리를 내면서 땅에 고개를 처박았다. 다행히 허벅지로 떨어지지 않고 옆을 스쳐 가기만 했다.

"아! 갑자기 도끼를 꺼내 드셔서… 그런데 하시던 말씀은 마저 하셔야지 않겠습니까?"

가장 앞에서 나를 쳐다보고 있던 형제가 말했다. 나는 형제와 땅에 박힌 도끼를 번갈아 쳐다보고는 안도의 한숨을 내쉬고는 땅에 박힌 도끼를 다시 등 뒤에 메었다. 큰일 날 뻔했군. 냉철하던 나의 성격도 많이 변했어. 저 꼬마 놈의 얼굴을 더 이상 보고 있다간 정말 무슨 일 벌일지 몰라.

"그러니까 제 말을 간단하게 줄이자면 여자 오크들의 집단과 가정을 이루는 집단, 이렇게 두 집단으로 나누고 각각 리더를 뽑아 그 집단의 인구 조사를 맡기는 겁니다. 현재 가정을 이루고 있는 여자 오크 중 여자 오크들만의 집단으로 가고 싶은 형제 분들은 하루의 생각할 여유를 줄 테니 생각하시길 바랍니다. 그럼 전 이만."

아직도 쿵쾅거리는 가슴을 부여잡고 마을에서 내려온 나는 답답한 마음을 풀어줄 무언가를 찾기 위해 주위를 두리번거리다 커다란 나무를 발견했다.

"크르르르……."

나는 나무가 쓰러질 때까지 도끼를 휘둘렀다. 도끼가 허공을 가르는 소리가 전해지고 나무에 푹 박히는 둔탁한 느낌이 따라왔다.

"죽어라! 죽어!"

그렇게 나무를 찍고 찍어 가슴이 풀릴 때까지 찍자 나무는 조금만 건드려도 쓰러질 듯 바람에 좌우로 흔들렸다. 마지막으로 발로 나무를 있는 힘껏 걷어차자 나무는 뿌연 먼지를 일으키며 그대로 쓰러졌다.

다음날이 되자 가족을 이루고 있던 여자 오크들이 가족 대신 여자 오크의 집단에 들어오고 싶다며 나를 찾아왔다. 정확한 가족의 수는 오늘 점심을 먹고 알아봐야겠지만 지금까지 찾아온 가족의 수는 총 25가족이나 되었다. 확실히 하기 위해 나는 하라만도 형제들을 한곳에 모았다.

"형제들이여, 어제 제가 말했던 바를 오늘 행하겠습니다. 어제 저에게 말했던 25명의 여자 형제 분들과 혼자이신 여자 형제 분들은 모두 이쪽으로 서주십시오. 남자 형제 분들은 모두 저쪽으로, 그리고 아이들은 이쪽으로 데리고 오길 바랍니다."

여자 오크들은 내가 말한 대로 나무를 중심으로, 남자 오크들은 반대 편 나무를 중심으로, 아이 오크들은 바위 근처에 모였다. 형제들의 숫자를 세어보니 여자 오크는 총 83명이고, 남자 오크는 131명, 가족 집단의 오크는 15가구, 그리고 아이 오크들은 240명이나 되었다.

내가 마을 아이들에게 그리 신경을 쓰지 않은 까닭도 있지만 이렇게 많은 아이들이 바글바글거릴 거라곤 예상하지 못했다. 그렇지만 1년에 5~6명씩 낳는 것만 생각한다면 그리 놀랄 일도 아니었다.

막상 형제들을 모아놓고 숫자를 세어보니 한 가지 중요한 일을 까먹었다. 기록! 기록을 할 펜이나 종이가 없는 것이다. 흙에다 나뭇가지로 끄적거릴 수도 없었다. 갑작스럽게 떠오른 것은 마을에서 장로가 끄적거리는 장면이었다. 지금 이 상태에서 종이와 펜을 다시 만들 수도 없는 노릇이고 가장 빠른 방법은 레프넨 시에서 가져오는 것이다.

달가닥. 달가닥. 달가닥.

마을에 다녀와야겠다고 생각할 때 멀리서 타이가 끄는 수레의 소리가 들려왔다. 레프넨 시 방향에서 들려오는 것을 보니 장로나 마을 여인들이 오는 게 틀림없다.

"돼지 아저씨~"

언덕 너머로 조금씩 형체를 드러내기 시작한 수레 앞에서 손을 흔들면서 소리를 지르는 꼬마 아이가 있었다. 하늘색 머리를 두 갈래로 딴 귀여운 소녀 세린이었다.

"형제들이여, 모두들 각자 일을 해도 좋습니다. 잠시 후에 다시 모입시다."

남자끼리, 여자끼리, 아이들끼리, 가족끼리 모여 있던 형제들에게 고개를 돌려 툭 내뱉고선 세린을 향해 달려갔다. 오랜만에 보는 것이라서 반가움이 밀려들었다. 반가움은 당연히 미소를 만들고 가슴을 두근거리게 만들었다.

수레가 도착하자 장로가 하얀 수염을 쓰다듬으면서 내렸고 세린은 수레에서 뛰어내려 나의 가슴을 향해 날아들었다. 날아드는 세린을 잡고 주위로 뱅글뱅글 돌린 다음 땅에 내려놓자 세린은 나를 꼭 안았다. 나와 세린의 모습을 보는 장로는 허허거리면서 내 옆으로 와서 말했다.

"오크여, 세린이 매일 저녁마다 나를 찾아와서 당신이 언제 오냐고 물었소. 어제저녁에도 찾아와서 묻고는 그 길로 달려오려는 걸 말리느라 무척 힘들었소."

"흥! 장로 할아버지, 세린이 언제 그랬어! 아저씨, 왜 이제야 돌아온 거야? 세린, 옛날에 오크 아저씨 친구 만났어. 후후, 자~ 이제 줘도 돼!"

세린은 꼭 안았던 팔을 풀고선 자신의 손을 쫙 펴 내 앞으로 내밀었다. 세린이 왜 손바닥을 내미는 걸까? 아차! 선물! 나는 한 달 전에 분명 인간의 이미지를 뒤집어쓰고 세린에게 오크 아저씨는 세린 선물을 구하러 멀리 여행 갔다고 이야기를 했었지.

"세린아, 음… 아저씨가 선물을 구하지 못했거든… 나중에 다시 구해줄게."

"응! 됐어. 난 아저씨가 온 것만으로도 좋아~"

세린은 말이 끝나자마자 다시 뛰어들었다. 세린의 가냘픈 어깨 뒤로 장로가 다가오는 것이 보여 세린을 잠시 떼어놓은 후 장로를 쳐다보았다.

"오크여, 우선 고맙다는 말을 하고 싶소. 당신이 전해준 그 마법약은 정말로… 정말로… 기적이었소. 정말 고맙소. 혹시 모르지만 우리 마을 사람들의 작은 힘이라도 필요하다면 언제나 말하시오. 정말이지 고맙소, 오크여."

장로는 진심으로 고마워하고 있었다. 당연한 게 아닌가? 그 마법약 하나가 얼마짜린데… 고마워하지 않는다면 그것은 천벌받을 일이지! 마침 잘됐군. 마을에 가지 않아도 되겠어.

"장로, 그럼 지금 부탁할 게 있다. 펜과 종이를 가져다 주게. 많은 양이면 좋겠다."

"오크여, 문자를 쓸 수 있는가?"

장로가 조심스레 묻는 질문에 나는 웃는 걸로 대답을 대신했다.

"정말인가? 내가 듣기론 오크들은 문자가 없다고 하던데… 어떤 것인가?"

물론 오크들에게는 문자가 없다. 그저 숫자를 셀 때 긋는 몇 개의 세로줄뿐이다. 장로가 묻는 것이 설마 그런 것은 아니겠지. 그런데… 이제 와서 생각난 거지만 어떻게 내가 이 나라의 언어를 알 수 있었고,

또 오크들의 말을 할 수 있으며, 인간 문자를 알 수 있었던 거지? 뭐가 어떤가! 나는 차원까지 이동하여 이 오크의 몸속에 들어왔다. 차원까지 이동하는 통에 그깟 언어를 알아듣는 게 대수겠나?

"훗! 장로, 잘 들어라. 우리의 문자는 하늘, 땅, 생물, 그리고 흑과 백 이것을 주체로 만들어졌다. 이것을 떠나선 우주의 일체란 존재하지가 않는다. 말소리의 체계는 하늘, 땅, 생물, 그리고 흑과 백의 체계와 반드시 합치해야 한다는 것이 우리들의 생각이다. 따라서 자음(子音) 14자, 모음(母音) 10자, 합계 24자의 자모(字母)로 우리들의 문자는 이루어졌으며, 원래는 자모 28자이고 자음과 모음을 합하여 음절을 표시하는 하나의 문자를 만든다. 그 점에서 음절 문자의 성격도 가지나 그 문자를 분해하여 단음으로 환원시킬 수 있는 단음 문자의 성격이 강하다."

예전에 배웠던 것이라 어느 정도는 기억이 나지만 이게 전부였다. 제길. 머리가 갈수록 굳어버리는 게 아닌가? 초성의 제자 원리! 중성의 제자 원리! 그리고 종성, 합자, 방점의 특징들이 잘 생각이 나지 않는군. 하지만 뭔 상관인가? 말해도 저들은 모를 텐데… 하하!

"……"

"와~ 돼지 아저씨, 되게 똑똑하다."

장로와 같이 왔던 마을 청년 2명, 그리고 여자 인간 4명은 물처럼 흘러가는 나의 말을 듣고선 놀라 몸을 움직이지 않고 있었다. 심지어 심장의 박동까지도 멈추고 눈만 껌뻑껌뻑하면서 나를 쳐다보고 있는 것 같았다.

"왜 그러는가, 장로?"

아침 태양이 떠오르는 언덕을 배경으로 마을 사람들이 나를 보면서 꿀 먹은 벙어리마냥 말을 잇지 못하자 나는 고개를 끄덕이고는 한참을 웃어댔다. 나의 웃음소리를 들은 사람들은 '아' 하고 신음을 내뱉고는 서로 조용히 쑥덕거렸다. 장로는 이내 목을 가다듬고 가슴속으로 손을 넣어 펜과 종이를 꺼냈다.

"오크여, 종이와 펜은 급하면 이것이라도 쓰구려. 정말 당신을 만날 때마다 이 늙은이는 언제나 놀랄 일밖에 없구려. 정말 대단하오."

장로는 눈을 떨구며 그렇게 말하고 있었다. 아직까지 마을 사람들의 숙덕거림은 그치지 않았고 세린은 어느새 내 등 뒤로 와 걸친 듯 만 듯한 피트크(오크들의 하복부를 가린 헝겊)를 꼭 잡고 싱글벙글 웃어댔다.

나는 장로가 건네준 펜과 종이를 빼앗듯이 잽싸게 가져와 펜을 이리저리 살펴보았다. 총 두 개였는데 갈대의 줄기로 만든 갈대 펜, 그리고 거위의 깃털로 만든 것 같은 금테가 둘러져 있는 고급 펜이었다.

종이도 일반 종이처럼 꺼칠꺼칠하지 않고 매끄러워 펜이 중간에 멈춘다든지 하는 일은 없을 듯싶었다.

종이를 받아들자마자 종이 중 맨 첫 장에 장로가 들고 있는 잉크에 펜을 담갔다가 '여자 오크:83명, 남자 오크:131명, 가족:15가구, 아이 오크:240명'이라고 적어 나갔다. 대충 우리 형제들의 총인원수를 적고 나자 그때까지도 설마설마하며 중얼거리던 마을 사람들의 침 삼키는 소리가 들려왔다.

오랜만에 만난 세린과의 즐거운 시간도 어느덧 흘러 해가 뉘엿뉘엿 기울기 시작할 때가 되었다. 세린이 가기 싫다고 우기는 통에 장로는 애를 먹긴 했지만 내가 조용히 내일 오라고 타이르자 그제야 울음을 멈추고 달가닥거리는 수레를 타고 집으로 향하기 시작했다. 세린이 돌아간 후에 가까운 빈 움막에 들어간 나는 눈을 감았다.

다음날 나는 눈을 뜨자마자 다시 형제들을 불러모아 모든 오크 형제들의 이름을 장로가 전해준 종이에 적었다. 그리고 인구 체계를 생각했던 바와 같이 여자 오크가 파얌으로 딱 나눠 떨어지는 건 아니었지만 나중에 여자 아이 오크가 크면 다시 채워 넣기로 하고 30명, 30명, 23명 이렇게 3개 집단으로 나눠 여자 오크의 리더를 각각 정해주었다.

이제부터 여자 오크들에게서 태어나는 아이들은 모두 여자 오크의 리더들로부터 통고받을 것이다. 그때마다 나는 여기 인명 기록부에 기록을 하면 되겠지.

제27장

3년이 지나고

3년이 지나고

황량한 먼지가 바람에 날리고 그치지 않는 울음소리와 잡담 소리들로 가득하다. 무엇이든 말라 비틀어 버릴 듯 내리쬐는 태양 빛이란 놈이 원망스럽기만 했다. 더운 이날에 우리 오크 형제들로 빽빽이 차 있는 나무 그늘에는 발 한번 디딜 틈조차 없다. 그늘에 빽빽이 모여 있는 형제들에게서 퀴퀴한 냄새가 나는 것 같아 눈을 찡그린 나는 주위를 두리번거리다 냄새를 풍기는 원인을 발견했다.

여기저기 뼈만 남은 동물 시체들이 코를 찌르는 고약한 냄새를 풍긴다. 그리고 그 위를 수십 마리의 파리들이 징그럽게 웃으며 윙윙거리며 날아다닌다. 초록빛의 파란 풀잎들은 먹을 수 있는 것 먹을 수 없는 것으로 나뉘고 먹을 수 있는 것은 모두 먹혀 사라졌다.

먹을 수 없는 잡초만이 무성하고 그 위를 우리 형제들의 배고픔을 아는지 모르는지 애꿎은 곤충들만이 기어다닌다. 마을의 아이 오크들은 굶주린 배를 움켜쥐며 그 곤충들을 물끄러미 보다가 이내 자신의 입으로 가져간다. 찌걱찌걱— 곤충들의 딱딱한 등판이 씹히는 소리가 유난히 크게 들린다. 끔찍하기만 한 소리와 반대로 곤충을 씹는 아이 오크는 밝은 표정을 지으며 다른 곤충을 향해 손을 뻗었다.

"샤코로움이시여, 언제까지 우리들은 이렇게 지내야 합니까? 다음 식량은 언제 생기는 것입니까?"

요 며칠 동안이나 말을 하지 않았던 샤아오가 말했다. 굳게 닫혔던 샤아오의 입을 덮고 있었던 말라 버린 침 자국들은 무참히 깨져 버렸다. 그의 얼굴은 우리 형제들이 굶주린 다음부터 조금씩 말라가더니 지금은 돼지 가죽을 쓴 해골로 변해 있었다. 우리 형제들이 굶게 된 첫 번째 이유는 기하급수적으로 증가한 인원수이고 두 번째의 이유로는 마을을 덮친 메뚜기 떼 때문이었다.

3년 전 내가 키론과 트롤을 찾아 여행했을 때부터였던가? 잘 기억은 나지 않지만 그때부터였던 것 같다. 조금씩이나마 전투를 벌였던 우리 하라만도 오크 족은 내가 재생의 마법약을 만들려고 떠난 여행이 끝난 후부터는 전투를 하지 못했다.

내가 막 여행을 하고 돌아왔을 때까지만 해도 좋았다. 더 이상 우리 하라만도 오크 족을 위협할 존재들도 없었고, 이제 귀여운 마을 아이들과의 행복한 나날만이 남았구나! 그땐 그렇게 생각했었다. 하지만 그게 우리를 해친 첫 번째 이유라니!

우리들을 위협하는 존재들이 서로 싸우기에 바빠 우리들은 평안하기만 했었다. 주위엔 맛있는 열매들이 가득하고 산 위엔 많은 동물들이 먹어주십시오 하고 기다리고 있었다. 그랬다. 2년 전까진 좋았다고 해도 상관이 없다. 그때까진 우리 형제들의 수가 총 400여 명 정도밖에 되지 않았으니.

그러나 지금은 몇 명인가? 여자 오크들은 1년에 9명 이상을 낳고 그중 4명 정도가 죽고 5명이 살았다. 인구 조사를 토대로 한 기록들을 보면 대충 남자 10명당 여자 3명이다. 그렇게 2년이 지난 지금은 1,000명이 넘는 인구로 마을이 꽉 차고 먹을 것 하나 없어 울어대는 아이 오크들만이 가득하다.

아이 오크(아동기)들은 성인 오크(청년기)들보다 3~4배는 넘게 먹어치운다. 한 끼에 2kg 이상을 먹어치워야 직성이 풀리는 성인 오크들과 비교한다면 아이 오크들이 얼마나 처먹는지 알 수가 있을 것이다.

언제부터였는지 뚜렷이 기억조차 나지 않는다. 먹을 수 있는 식물들이 없어지고 토끼 한 마리 보이지 않는, 살아 있지만 죽은 산이 존재하기 시작했던 때가. 그래도 늘어나는 형제들은 그럭저럭 서로 양보하면서 주위의 식량으로 살아갈 수 있었다. 그러나 그 빌어먹을 메뚜기 떼 때문에 우리 형제들은 이렇게 텅 빈 배만 긁어대며 먹을 것을 찾아 나서야 했다.

빌어먹을 메뚜기 떼! 그것들만 없었더라도 우리들의 배고픔은 이렇게 극에 달하지 않았을 것이다. 2년 전 난 그 메뚜기 떼들이 검은 먹구름처럼 뭉쳐서 우리 마을을 덮쳤을 때 피식 웃으며 그것들을 향해 Fire을 내질렀었다.

고작 4cm의 크기를 넘지 못하는 작은 메뚜기 주제에 무엇을 할 수 있겠는가 하고 웃으면서 불을 내뻗었다. 하지만 그때 마침 내 옆에서 우리 형제들에게 생필품을 전해주러 왔던 장로는 무척이나 걱정스러운 눈으로 메뚜기 떼를 바라보았었다. 제기랄! 식은땀을 흘리면서 흔들리는 눈동자로 메뚜기를 쳐다보던 장로의 눈빛이 무엇을 의미하는지는 메뚜기 떼의 검은 돌풍이 휩쓸고 완전히 지나간 다음에야 알았다.

회색과 암색의 메뚜기들의 검은 돌풍이 가까워지면서 보이는 것이라곤 메뚜기들로 이뤄진 벽뿐이었다. 유난히 기다란 더듬이를 꿈틀거리면서 왱— 하는 날갯짓과 함께 덮쳐 드는 수십 수백 수천만의 메뚜기 떼에 손이 조금씩 떨리기 시작했다. 미치도록 거대한 벽을 향해 불을 내뿜고 도끼질을 했으나 메뚜기들은 나의 몸을 덮쳐 눈과 코, 입을 괴롭히고 온몸을 씹어댔었다.

매끈한 유리로 덮은 것 같은 메뚜기의 수억만 개의 눈동자가 나를 쳐다보고, 나는 그것들을 향해 저주를 퍼부어대며 휘두르고 내뿜고! 짧은 시간이었는지, 느낀 것처럼 긴 시간이었는지… 어떻게든 시간은 지나갔었다.

이전 세계의 극동 지방에서 가장 두려워하는 재난이 홍수도 아니고 태풍도 아닌 메뚜기 떼란 것임을 실감케 하는 일이었다. 1,000㎞ 이상의 땅을 먹구름처럼 뒤덮고 푸른 것들이란 것은 모조리 갉아 먹어버린 그 빌어먹을 것들이 지나가고 난 뒤의 마을은 이제 마을이라고 불릴 수도 없을 정도로 황폐하게 되어 있었다.

작은 식물들은 원래부터 없었던 것처럼 뿌리 끝까지 잘근잘근 씹어 먹어버려 보이지 않았고, 고목나무는 많은 상처를 입으며 하얀 액을 흘리고 있었다. 쓰러진 움막들은 쓰레기처럼 너저분하게 분해가 되어 있었으며 미친 듯 도끼를 휘두르던 형제들은 지쳐 씩씩거리며 바닥에 털푸덕 주저앉았다. 모두들 허망한 듯 저 멀리 멀어져 가는 검은 돌풍들을 쳐다보면서 힘없이 도끼를 돌풍을 향해 내던졌었다.

그때부터였다, 우리 형제들이 굶주리게 된 것은! 물론 검은 돌풍이 지나가고 식량이 없어지게 된 것에 대해 대응책 없었던 것은 아니었다. 다행스럽게도 광산 근처에 있는 마을은 피해를 입지 않았고, 산 또한 멀쩡했다. 조를 짜 형제들로 하여금 사냥을 하게 하고 열매들을 채집하게 하며 마을을 복귀하면서 늘어나는 것이라곤… 아이들이었다. 몇 달 전부터 산에 살던 동물들은 어디론가 사라지고 열매들은 모두 따 먹어버려 삭막한 가지만이 덜렁거리며 우리들을 맞기 시작했다.

설상가상으로 식량도 없는데 가뜩이나 늘어나는 아이 오크들 때문에 마을은 지금처럼 굶주림에 지쳐 쓰러지는 형제들이 가득하다.

"샤코로움이시여! 제 말을 듣고 계십니까? 우리들은 언제 이 배고픔에서 벗어날 수가 있습니까?"

생각하느라 잠시 잊었던 샤아오가 갑자기 언성을 높이며 말했다. 이런! 내가 메뚜기 떼를 몰고 왔는가? 내가 아이 오크들을 낳았는가! 왜 내게 성을 내는 것인가? 이 오크의 신에게! 제기랄, 네가 나의 오른팔만 아니면… 하크! 화를 내서 좋을 것이란 없다.

"곧 벗어날 수가 있습니다."

"언제 말씀이십니까?"

성난 듯 눈꼬리가 올라간 샤아오가 얼굴을 들이밀며 말했다. 나 역시 조금씩 생기기 시작한 성을 간신히 억누르며 땅을 짚고 일어섰다. 샤아오의 질문을 무참히 무시해 버리고 나를 시원하게 가리고 있던 나무 그늘에서 벗어났다. 널찍하니 큰대 자로 뻗어 잠을 잘 수 있을 정도로 커다란 나무 그늘에서 내가 벗어나자 주위에서 은근히 눈치를 보고 있던 형제들이 슬금슬금 그늘로 다가가기 시작했다.

그런 그들을 바라보자 도둑질하다가 들킨 아이처럼 흠칫 놀라며 그들은 살며시 움직이던 손가락조차 움직이지 않으며 나를 쳐다보았다.

형제들은 이내 눈을 떨구면서 그늘을 향하던 손을 살며시 땅으로 내려놓았다.

"형제들이여."

나의 자리! 시원한 그늘을 향해 조금씩 다가서는 형제들을 향해 부드럽게 말했다. 형제들은 자신들을 부르는 내 말의 뜻을 알겠다는 듯다시 뜨거운 햇살이 적나라하게 내리쬐는 모래에 주저앉으며 멍하니텅 빈 나무 그늘을 쳐다보면서 침을 꿀꺽 삼켰다.

그러면 그렇지. 더 이상 내 자리를 넘보려 하지 않는 형제들을 확인하고 펜과 잉크, 그리고 지도가 있는 나의 움막으로 향했다.

"샤코로움이시여! 샤코로움이시여!"

귀찮게도 샤아오가 내 뒤를 따라오면서 계속 나를 불러댔다. 성이나 부르르 떨리는 굳은 입에 미소란 가면을 씌우고 천천히 뒤돌아서서샤아오를 쳐다보았다.

"왜 그러십니까, 샤아오여?"

"샤코로움이시여, 어떻게……."

샤아오가 막 말을 하려는 순간 왼편 나무 곁, 수십 명의 형제들 사이에서 휴식을 취하고 있던 샤아오의 아들이 다가와 샤아오는 말을 끊을수밖에 없었다. 웬만한 성인 오크들보다 더 떡 벌어진 어깨와 허리만한 굵은 팔이 눈에 들어왔다. 2년 전의 그 재수없는 어린 꼬맹이의 모습은 전혀 찾아볼 수가 없었다.

커다랗지만 왠지 모르게 옆으로 찢어졌다는 느낌이 드는 눈을 가진샤아오의 아들 '츠오'는 언제나 저 빌어먹을 눈빛으로 나를 쳐다봤다. 츠오를 만날 때면 언제나 기분이 상한다. 샤아오의 아들이라 지금까지꾹 참고 있을 뿐이지, 저 두꺼워 재수없는 입술이 열려 듣기 싫은 목소리가 흘러나오면 이들을 무시하고 나의 움막으로 들어가고 싶어진다. 하지만 물끄러미 보고 있는 샤아오 때문에 발이 떨어지지 않았다.

"샤코로움이시여, 우리 형제들은 언제까지 이렇게 굶주림에 지쳐야 합니까?"

"자랑스러운 하라만도 전사, 츠오여. 조만간 굶주림은 회복될 것입니다. 제게 다 생각이 있습니다."

"샤코로움이시여, 언제나 같은 말이시군요. 어떻게 이 굶주림에서 벗어날 수 있다는 겁니까? 주위에 식량이라곤 찾아볼 수가 없고, 강물에서 잡는 물고기의 대부분은 샤코로움이 가져가지 않습니까? 게다가……."

그 약간밖에 되지 않는 물고기를 가지고 마치 나를 도적이라도 되는 듯 몰고 가는군. 그리고 대부분이라니, 배를 약간 채울 수 있는 정도뿐이고 더욱이 낚시는 내가 가르쳐 준 것이 아닌가? 내가 가져가는 것은 당연하지. 또! 오크의 신인 내 배가 든든해야 형제들을 잘 보살필 것이 아닌가?

"게다가 또 무엇입니까, 츠오여."

"아닙니다. 제가 말을 잘못했습니다. 용서하기길, 샤코로움 하크시여."

제길, 언제나 이런 식이다. 이 재수없는 츠오 놈이 아동기를 벗어나 청년기에 들어선 후부터는 모든 것을 안다는 듯한 눈빛으로 나를 쳐다보고 또 내가 기회를 잡고 다그치려 하면 미꾸라지처럼 잘도 피해간다! 재수없는 새끼… 무엇 때문에 우리 하라만도 전사들은 샤아오의 아들 저 츠오 놈을 좋아하는 것인가! 물론 이 츠오가 꾸준한 훈련으로 민첩한 몸과 커다란 바위도 부숴 버릴 힘을 가지고 있다는 것은 인정하지만, 저놈은 이렇게 미꾸라지처럼 재수없는 새끼일 뿐이다.

"샤코로움이시여, 제가 우리 형제들의 배고픔을 이길 수 있는 방법을 찾아보았습니다."

"그렇습니까, 츠오여? 저를 따라오십시오."

많은 눈이 나를 쳐다보고 있는지라 샤아오에게 돌아가라고 손짓을 한 후에 움막으로 들어섰다. 비바람이 몰아쳐도 굳건히 자리를 지키고 있는 나의 움막은 마법으로 만들어진 것이다. 푹신한 양의 털로 덮인 의자에 걸터앉아 우뚝 서 있는 츠오에게 말했다.

"무엇입니까?"

"예, 샤코로움이시여. 인간들에게서 식량을 가져오는 것입니다."

뭘 모르는 것 같군. 인간이라니! 이 근처의 인간이라면 레프넨 시에 살고 있는 세린과 린도, 그 이외의 마을 아이들과 마을 사람들을 말하는 것인가? 혹시… 형제들에게 전해주어야 할 식량을 마을 아이들에게 준 것을 알고 있는 게 아닐까? 이 미꾸라지같이 재수없는 자식은 그러고도 남아!

"레프넨 시의 마을 사람들은 우리의 형제라는 걸 잊었습니까? 어찌 그렇게 옹졸한 생각을 하십니까? 더욱이 그쪽 마을 사람들도 우리처럼 식량난에 허덕거립니다! 츠오여, 뭔가 잘못 알고 있는 것 같군요."

"그 인간들이 아닙니다."

츠오는 나를 비웃는 듯이 엷은 미소를 지었다.

"훗, 잘못 알고 있는 것 같군요, 츠오여. 이 근처에 마을 사람들을 제외한 인간은 없습니다."

"잘못 알고 있는 것은 샤코로움이십니다. 조만간 인간들이 저쪽에 있는 산을 넘을 것입니다. 많은 식량을 가지고 말입니다."

츠오의 미소는 점점 짙어져 퀴퀴한 냄새가 풍기는 것 같았다. 거기다가 내가 잘못 알고 있다니. 이런 버르장머리없는 것이 있나?! 이 오크의 신이 잘못 알고 있는 것이 있다고? 마법도 이제 5클래스를 바라보고 이곳에 존재하는 모든 법칙에 대해 설명할 수도 있을 정도로 지식을 쌓은 내가 잘못 알고 있다고?

고작… 고작… 고작… 이제 2살 먹은 놈! 멍청한 오크 주제에 내게 이딴 말을 지껄이다니!

"내가 잘못 알고 있다니! 말을 조심하시오, 츠오여!"

"샤코로움이시여, 제가 기분을 상하게 했다면 용서를 구하고 싶습니다. 잘못 알고 있는 것이란 이것입니다. 인간들은 곧 저쪽 '바위산맥'을 통과할 것입니다. 물론 마을 사람들이 아닙니다. 북쪽에서 마을을 이루고 있는 사람들입니다. 대규모의 식량 수송이 이루어질 것입니다. 이것은 저의 이 도끼를 걸고 맹세를 할 수가 있습니다."

츠오는 거대한 날이 번뜩이는 도끼를 치켜 올리며 말했다. 움막으로 새어 들어오는 빛에 날이 반사되어 나의 눈을 비췄다. 손짓을 하여 츠오에게 도끼를 내리게 한 다음 말했다.

"어떻게 안 것입니까, 츠오여?"

츠오는 잠시 뜸을 들이며 대답을 하지 않으려는 듯 굳게 닫힌 입을 열지 않았으나 내가 계속 노려보자 할 수 없다는 듯이 눈을 깜박거리더니 입을 열었다.

"우연히 알게 되었습니다."

우연히 알게 되었다라니! 그게 말이 되는 소리인가? 어떻게 안 것이지? 도저히 어떻게 저런 놈이 오크의 몸에서 태어났는지 알 수가 없다. 이렇게 가슴을 쥐어짜며 인내심의 한계를 느끼게 하는 츠오를 향해 더욱더 크게 눈을 부릅떴다.

"다시 묻겠습니다. 어떻게 안 것입니까, 츠오여?"

"저도 잘 모르겠습니다. 어쩌다 알게 된 것입니다."

이 자식이 지금 내 인내심의 한계를 시험하려 드는 것일까? 부들부들 떨리는 손이 등 뒤의 도끼를 움켜잡았다. 한 모금 모인 침을 삼키고 저 재수없는 자식의 목을 보았다. 갓 청년기에 들었다는 것을 알려주듯 짧게 자란 잔털들 하나하나가 시야에 들어왔다. 이대로 목을 내려 친다면! 저 재수없는 자식은 어떻게든 없어지겠지. 그리고 이대로 여기 움막 밑에 마법을 이용하여 묻어버린 다음 샤아오에게는 식량을 찾으러 나섰다고 하면 되겠지! 죽여 버리자, 이런 재수없는 새끼 따위는! 나를 우롱하는 저런 놈 따위는 필요없다!

더 이상 참을 수 없다. 나는 오크의 신이다. 내 앞에 있는 이 재수없는 존재는 오크의 신인 나를 괴롭히는 악일 뿐이다! 도끼를 움켜잡은 손에는 식은땀이 고여 있다. 도끼를 천천히 빼 들어 꽉 움켜잡았다. 츠오의 목이 확대되어 온 시야에 꽉 찼다. 이대로! 이대로 찍어버린다면 저 멍청한 놈은 죽을 것이다. 하지만……!

"샤코로움이시여, 도끼는 갑자기 왜……."

"으아아아아!"

참을 수 없는 갑갑함에 소리를 내질렀다.

"왜 그러십니까, 샤코로움이시여?"

난 도저히 츠오 놈을 죽일 수 없었다. 내가 이대로 츠오를 죽인다면? 물론 죽여 버리고 싶다. 우리 하라만도 마을에 어느 누구도 나에게 이런 식으로 대하는 놈은 없었다! 하지만! 왠지 겁이 난다. 인간 따위야 아무렇지도 않게 죽일 수도 있지만… 왠지 이놈의 츠오 놈을 죽이는 것은 겁이 난다. 물론 이 츠오 놈이 두려운 건 절대 아니다. 도저히⋯ 츠오, 저 자식을 죽여 버리고 싶다고 해도⋯ 나의 동족이다. 동족을 죽일 순 없다.

움막의 천막이 들춰지면서 굶주림에 울부짖는 아이 오크들의 울음소리가 흘러 들어왔다. 곧 이어 샤아오가 허겁지겁 들어왔다.

샤아오는 츠오의 앞에서 머리를 부여잡고 고함을 지르고 있는 내 곁으로 달려왔다. 그러고는 나의 어깨를 흔들면서 나의 정신을 깨웠다.

"샤코로움이시여, 왜 그러십니까? 츠오 형제여! 샤코로움님이 왜 그러시는 겁니까?"

"저도 모르겠습니다⋯⋯."

츠오는 정말로 모르겠다는 듯 뒤로 물러서며 말했다.

"아, 아무것도 아닙니다, 샤아오여."

난 도끼로 땅을 짚고 가쁜 숨을 몰아쉬면서 일어섰다. 저 츠오 놈을 죽이지 않은 건 잘한 일이다. 참자. 나는 저 츠오 놈보다 10배 이상 산 현명한 존재이니까.

"샤코로움이시여, 식량을 가져오는 것에 대해서는⋯⋯?"

츠오가 물었다. 저 빌어먹을 츠오 놈이라고 해도 우선 우리 마을의 식량난이 문제다. 할 수 없지. 별 방법이 없으니.

"물론 식량을 가져와야겠지요. 자세한 건 오늘 저녁에 상의합시다."

어느새 서늘한 바람과 퍼런 달빛이 세상을 감도는 저녁에 들어섰다. 난 저녁이 되자마자 샤아오를 불렀다. 물론 츠오를 부르는 것을 생각하지 않은 것은 아니지만 그놈은 정말이지 마주치기 싫은 놈이다. 오늘도 여김없이 그놈은 부르지도 않았는데 샤아오의 뒤를 따라왔다.

내가 인간 수송 부대에 대해 말하자, 샤아오는 여김없이 팔짱을 끼면서 나를 치켜 올려 보았다. 계획이라고 세울 것도 없었다. 그냥 형제들을 많이 모아서 인간들을 덮치기만 하면 되는 것이다. 아무 생각 없는 새까만 개미 떼처럼…….

그럼에도 불구하고 츠오는 뭐가 그렇게 할 말이 많은지 채 내 말이 끝나기도 전에 자신의 주장을 늘어놓았다.

어제 계획을 세운 후부터 뭔가가 나의 가슴을 턱하니 막고 있었다. 무엇이 나의 가슴을 이렇게 막고 있는 것일까? 꼬리에 꼬리를 물고 생각해 본 후의 답은 바로 츠오가 어떻게 수송 부대의 이동을 알았는가 하는 점이다. 게다가 어처구니없이 이 오크의 신은 보잘것없는 하층 존재 츠오가 계획한 식량 탈취 계획대로 움직이게 되었다.

어떻게 알았는지는 몰라도 츠오는 크리샨 국의 식량 수송대의 이동 경로까지 파악하고 있었다.

츠오가 말한 대로라면 내일이 그날이다. 크리샨 국의 식량 수송대가 바위산맥, 그러니까 인간들이 말하는 헤세브 산맥을 지나는 날인 것이다.

난 등에 도끼가 잘 매어져 있나 다시 한 번 도끼자루를 잡아당겼다. 아무 이상이 없음을 확인한 후 숨겨놓았던 건량을 주머니에 꼭꼭 담고서는 움막 밖으로 나섰다.

벌써 우리 하라만도 전사들은 마을 광장에 모여 일정한 조를 짜고 나를 기다리고 있었다. 누가 이렇게 많은 전사들을 질서 정연하게 모아놓은 것일까?

터벅터벅.

나의 발걸음 소리가 들렸다. 우리 전사들은 나를 바라보다가 내가 그들의 맨 앞에 서자 크르르르 하며 커다랗게 웃어댔다. 아마 곧 있을 전투와 식량이 생긴다는 기대 때문일 것이다.

굶주림에 지쳐 허덕이는 얼마 전의 모습과는 달리 꿋꿋이 서 있는 우리 형제들의 기상은 하늘을 찌를 듯했다. 전사들만 대략 30파얌이 넘어가는 대인원이 마을 광장에 모이니 광장이 꽉 찼다. 30파얌. 900명이 넘어가는 형제들의 웃음소리가 온 산을 울리자 주위에서 지켜보는 아이 오크와 여자 오크의 입가에 웃음이 만들어졌다. 찬란한 태양 빛을 그대로 받아 자라고 있는 아이 오크들은 전사들을 따라 웃으며 주위를 맴돌았다.

"벌써 모였습니까, 자랑스러운 하라만도의 전사들이여."

"그렇습니다!"

30파얌의 형제가 일제히 외친 소리가 반대 편 산에 반사되어 메아리로 들려왔다. 외친 소리만큼이나 메아리는 커다랬으며 거대했다. 희망찬 소리! 오랜만에 들어보는 소리에 나 역시 미소를 지었다.

"샤코로움이시여, 이제 곧 승리의 전투가 있는 게 확실합니까?"

흥분에 들떠 미소가 떠나지 않는 하라만도 전사 한 명이 질문했다.

"그렇습니다, 자랑스러운 하라만도의 전사여. 우리들은 곧 승리의 전투를 할 것입니다. 아! 여기 우리 하라만도 형제들을 집결시키신 형제 분은 누구십니까?"

"바로 저입니다."

맨 앞줄의 철갑 전사들 사이로 얇은 천을 걸친 한 형제가 걸어나왔다. 앞줄의 형제들이 반짝이는 은빛 철갑을 착용하여 한뜻 위용을 자랑하고 있기야 했지만, 걸어나온 형제의 몸에 비하면 그 위용은 한참이

나 뒤떨어졌다. 굳게 쥔 주먹에 쥐어진 커다란 대도, 산만한 근육과 잘 다져진 거대한 몸. 주위의 형제들보다도 머리 한 개만큼 더 있을 월등히 큰 키의 형제였다.

햇빛이 나의 눈을 그대로 직사하는 바람에 눈을 찡그려 앞으로 나선 형제의 얼굴이 보이지 않았다. 그 거대한 몸과 몸에서 은은히 느껴지는 투기에 왠지 불안한 마음이 일었다.

이렇게 근육 덩어리에 커다란 몸을 가진 형제라면 혹시… 그놈? 자리를 옮겨 앞으로 나선 거대한 몸의 형제를 바라보면서 혹시가 사람 잡는다는 말을 실감하였다. 그 빌어먹을 침이라도 뱉어주고 싶은 얼굴이 슬며시 보였다.

"츠오……."

이놈이 자기 멋대로 형제들을 이렇게 집결시킨 것인가? 그리고 형제들은 이런 놈의 말대로 그대로 모인 것인가? 모두 멍청해진 것인가!

"역시… 츠오 형제였군요. 그대는 우리 하라만도의 자랑스러운 전사입니다. 어서 진열에 들어가십시오. 그런데 이렇게 많은 인원의 형제는 필요없을 것 같습니다. 나중에 영광의 전투를 다시 행할 기회를 드릴 테니 뒤에서 30파얌의 전사들은 기다려 주시지 않겠습니까?"

광장에 모인 40파얌의 인원은 한눈에도 들어오지 않을 정도로 너무 많았다. 이렇게 많은 인원을 데리고 간다는 것은 오히려 짐이 될 뿐이다. 더욱이 10파얌 정도면 충분히 수송대를 덮치고도 남을 것이 아닌가.

"샤코로움이시여, 저는 40파얌의 형제들이 전부 영광의 승리를 누려야 한다고 생각합니다. 모두들 이번 전투를 기대하고 있으며 더욱이 이번 전투는 힘겨울 거라 생각됩니다. 대규모 식량이라서 그런지 수송

하는 인간들은 30파얌이 넘는 인원이라고 알려져 있습니다."

츠오의 우렁찬 목소리가 나의 몸에 부딪쳤다. 제길… 30파얌이란 것은 너에게 들어서 안다만 40파얌의 형제들을 데리고 간다는 것은 너무 많은 짐이 된다. 겨우 2년생밖에 되지 않은 너 따위가 무엇을 알겠느냐?

"아닙니다, 츠오여. 10파얌이면 충분합니다."

"그렇지 않습니다, 샤코로움이시여. 물론 어리석은 인간들이지만 20파얌의 인원이면 대단한 수입니다. 전투를 해서 영광스럽게 죽는 것도 좋습니다. 하지만 샤코로움님이 언제나 말했던 '목숨을 소중히 생각해라' 라는 말이 기억에 남습니다. 40파얌의 형제들의 식량 문제가 걱정이시라면 이곳도 마찬가지입니다. 이곳에 있어도 식량이 문제고 또 가는 것 역시 식량이 문제입니다. 어차피 식량이 문제라면 같이 전투에 동참하여 인간들과의 전투에서 한 명의 희생도 없이 승리를 이끄는 것이 어떻겠습니까?"

여러 형제들이 츠오에게 시선이 모아졌다. 츠오는 두꺼운 입술을 달싹대며 이유를 설명했지만 나에겐 그런 것 따위는 들리지 않는다.

내가 10파얌이라면 10파얌의 인원만 전투하는 것이지, 겨우 2년생인 네까짓 게 무엇을 안다고 40파얌의 인원을 전부 데려가야 한다는 것인가? 오히려 짐만 될 뿐이다! 우리 하라만도 전사 10파얌의 전사가 900명의 인간을 당하지 못할쏘냐!

"아닙니다, 츠오여. 그깟 인간 30파얌이 두렵겠습니까? 우리 형제들은 용맹하며 자랑스럽습니다. 그깟 인간 때문에 우리 형제 모두가 가는 것은 좋지 않습니다. 츠오 형제는 인간들이 두렵습니까? 아닐 것입니다. 10파얌의 형제들만 갑니다. 형제들이여, 영광의 승리가 우리를 기다립니다! 갑시다!"

그렇게 츠오의 말을 무시해 버리고 뒤에 선 30파얌의 형제들에게는 간단한 손짓을 하여 기다리는 뜻을 전했다.

크르르르거리는 웃음소리와 함께 시작된 행진은 터벅터벅 땅이 무너질 것 같은 커다란 발걸음 소리로 산을 뒤덮었다.

한편으로 전투에 참가하지 못한 오크들은 안타까운 듯 서운한 표정을 적나라하게 드러내면서 주위로 흩어졌다. 그들의 심정을 그대로 나타내는지 애꿏은 먼지들이 주위를 뿌옇게 만들었다.

"아닙니다! 형제들의 목숨은 소중합니다! 그리고 모두 다 같이 영광의 승리를 만끽해야 합니다!"

행진하는 형제들 사이에 파묻혀서도 계속 시끄럽게 외치는 츠오의 소리가 들려왔지만 무시했다. 샤아오는 자신의 아들을 찾는 듯 주위를 두리번거리더니 이내 자신의 아들을 찾고선 같이 맨 앞줄로 나왔다.

태양 빛을 받으며 걸은 지 벌써 열두 시간이 지났다. 빨갛게 아침을 태우던 밝은 태양은 이제는 저녁놀을 만들며 서서히 저물어간다. 그동안 먹은 것이라곤 몰래 숨겨서 온 목을 턱턱 막히게 하는 건량뿐이었다. 그렇지만 형제들은 아무것도 먹지 못해 배고프다고 시끄럽게 울려대는 자신의 배를 한탄하기만 할 뿐이었다.

핏빛 구름들이 뭉쳐 있는 헤세브 산맥에 도착하자마자 가까운 냇가에 들러 시원한 물로 배를 채우고 작은 고기들을 잡았다. 형제들은 자신이 잡은 고기를 나에게 가져다 주었지만 이미 건량으로 배부른 나의 뱃속은 더 이상의 음식물을 거부했다.

고기가 시원찮게 잡히자 형제들은 배불리 먹지 못했다. 그래도 그나마 먹을 것이 뱃속에 들어가니 한결 얼굴이 펴진 듯했다.

식량난에 허덕일 때 이 헤세브 산맥에 오지 않았던 것은 아니었다. 하지만 이곳 역시 메뚜기 떼가 지나가고 난 후라서 식물들이라곤 갓 자란 새싹들과 파 먹힌 나무들, 그리고 동물이라곤 겨우 한두 마리씩밖에 보이지 않았다. 토끼 한 마리가 마침 보여 그 토끼를 따라 시야를 옮기니 산 밑으로 츠오가 말하던 식량 수송길이 보였다.

폭이 넓어 보였지만 커다란 수레라면 두 대 정도밖에 지나갈 수 없는 폭이었다. 인간들이 많이 다니던 길이라서 그런지 커다란 바위 같은 것이 길을 막거나 하진 않았다.

"형제들이여, 이제 하루가 지나고 나면 이곳을 식량을 실은 수레가 지나갈 것입니다. 우리들은 인간들과 영광의 전투를 벌인 다음 승리를 이끈 후 그 수레를 가져갈 것입니다."

"크르르르!"

왠지 심상찮은 기운이 감돌았다. 해도 서쪽 땅 밑으로 꺼져 버리고 반쯤 쪼개진 달이 어두운 밤하늘을 약하게 비추었다. 밤중에 빛나는 부엉이의 날카로운 눈이 곳곳에서 우리들을 지켜보고 있었다.

시간이 약간 더 흐르자 산 밑으로 얼핏 보이던 길은 어둠으로 감싸여 보이지 않게 되었다. 조금씩 싸늘한 바람이 불어왔다. 가끔은 세찬 바람이 우리들을 휘젓고 지나갔다.

가만히 풀에 누워 밤하늘을 바라보았다. 수천 수만 개의 별들이 하늘을 꽉꽉 메우며 가만히 우리들을 내려다보고 있었다. 형제들도 나와 같이 가만히 풀에 누워 하늘을 바라보면서 살며시 눈을 감았다.

제28장

요크! 금과 사랑을 얻다

제 **28** 장

오크! 금과 식량을 얻다

덜그덕, 덜그덕, 덜그덕.

까만 점으로 보이기만 할 뿐이다. 이곳까지 끊임없이 수레 소리가 이어졌다. 스모그만큼이나 뿌연 먼지가 함께 몰려오면서 작게만 들려 오던 수레의 소리가 점점 커져 갔다. 작은 돌에도 덜컹거리면서 소리를 내는 수레의 행진은 끝이 없었다.

저 멀리 산허리를 구비 도는 길까지 뿌연 먼지로 뒤덮인 것으로 보아 그곳까지 수레의 행진이 이어지는 모양이었다. 한 개의 수레당 2~3명의 인간 병사들이 천천히 수레의 곁에서 걸었고 마부는 히이잉거리며 울어대는 말 머리를 쓰다듬었다.

점심이 약간 지난 시간이라 해는 중천에 떠 수송대를 향해 내리쬐고 있었다. 커다란 밀짚모자를 들어 부채 대용으로 자신의 얼굴을 부치는 마부가 병사들과 뭐라 이야기를 나눈다.

기사들은 수레 가득히 들어 있는 식량 포대를 천천히 훑어보다가 저 멀리 산을 보기 위해 빼꼼이 고개를 내밀곤 했다. 수레의 바퀴가 천천히 구르면서 한 움큼의 먼지를 일으켰다. 병사들은 이제는 먼지 따위에 신경을 쓰지 않는지 얼굴 앞을 손으로 휘젓지는 않았다.

아주 길다란 뱀처럼 이어져 오는 수레의 행진에 형제들은 모두 감탄하며 놀라워했다. 끝이 보이지 않는 수레에 가득히 든 식량은 다시 한 번 조용히 감탄사를 뿜게 했다.

수송대의 끝은 어디일까? 아직까지 보이지 않는 수송대의 끝을 기다릴 시간은 우리에게 없었다.

"모두 준비들 하십시오, 형제들이여. 영광의 전투가 바로 우리를 기다리고 있습니다."

샤아오와 츠오, 그리고 우리 10파얌의 형제들은 수송대보다 높은 고지대를 둘러싸고 그들 수송대의 중간 지점이 지나가길 기다렸다. 조금씩 저 멀리 먼지가 사라짐이 보여졌고, 곧 새까만 점이 시야에 들어왔다. 산길을 부지런히 따라 걷는 병사들 사이로 회색 빛깔이 감도는 갑옷을 입은 기사들이 심심찮게 보이기도 했다. 기사들은 각각 자신의 애마를 타고 있었는데 백마, 흑마, 황마 가지각색이었다.

기사들이 걷고 있는 모습을 보면서 형제들은 크르르 하고 웃었다. 그들이 어느 정도 가까워졌을 때 형제들의 숨소리는 점차 가빠지고 있었다. 흥분의 표시였다. 형제들의 마음을 알아챈 난 손을 쫙 펴 기다리라는 의사를 전달했다. 짐수레가 뒤뚱거렸다. 상당히 많은 양의 짐을 싣고 가기에 그런 것이었다. 범의 굴에 들어가는지도 모르고 아무것도 모르는 채 기사들과 수레를 호위하는 병사들의 얼굴에선 행복한 웃음이 가득했다. 드디어 결전의 시간이 온 것이다.

다섯, 넷, 셋, 둘, 하나! 가자!

"형제들이여! 영광의 승리를 위하여!"

"샤코로움이시여! 잠깐만!"

'잠깐만' 이라고 외친 목소리의 주인공은 츠오였기에 눈길도 주지 않았다. 목청이 터져 버릴 듯 세게 외쳐 대며 상당히 가파른 산비탈로 뛰어내렸다. 세찬 바람이 미끄럼을 타면서 산비탈을 내려가는 나와 우리 형제들에게 부딪쳤다. 내려가는 속도에 점점 가속도가 붙으며 바람에 잔털들이 휘날렸다. 이따금 엉덩이 부분에 큰 돌멩이가 걸리긴 했지만 그것들은 두꺼운 나의 피부에 상처를 주지 못했다. 형제들의 고함 소리가 점점 커져 갔다.

거센 파도처럼 수송대의 허리 부분을 덮치며 성난 황소처럼 도끼를 좌우로 휘두르며 우리는 그렇게 내려갔다.

"습격이다! 모두 대열을 이탈하지 말고 전투 준비를 해라!"

꿋꿋이 허리를 세우고 기다란 검의 자루를 움켜잡고 있던 기사가 수송대의 끝을 향해 돌진하면서 외쳐 댔다. 병사들은 긴 창과 검을 꺼내 들고 산비탈을 내려가는 우리들을 보면서 일체의 말 한마디도 하지 않았다. 모두들 긴장한 모양이었다. 병사들은 일렬 대열을 유지하였고 병사들의 일렬 대열 앞에는 띄엄띄엄 인간 기사들이 날카로운 검을 뽑아 들었다.

"오, 오크닷!"

반대 편에 있는 해가 만든 그늘은 우리들의 모습을 저 인간들이 정확히 보지 못하게 했다. 그늘이 없어지면서 우리들의 모습이 드러나자 인간 병사들은 모두 놀라며 '오크! 오크!' 라고 고함을 질러댔다. 그와 반대로 우리의 형제들은 인간 병사와 점점 가까워지면서 '크르르르'

하며 커다랗게 웃었다.

"일렬 정비. 돌격!"

한 기사가 검을 우리들에게 던질 듯 내지르면서 외쳤다. 인간 병사들은 일정한 열을 유지하면서 산비탈을 내려와 맞대응을 했다. 막 산비탈을 내려오자마자 나를 덮친 건 어느 키가 작은 병사였다. 인위적으로 입을 굳게 닫아 어색하기만 한 표정의 병사는 길다란 창으로 나의 심장을 찌르려 했다. 하지만 움직임이 너무 느렸다. 몸을 좌로 살짝 젖히고 허공을 가르는 창을 겨드랑이로 움켜잡았다.

"이거 놔! 놔! 주, 주, 죽여 버릴 테다!"

병사가 말했다.

병사는 창을 뽑기 위해 안간힘을 다하며 줄다리기를 하듯이 잡아당겼지만 난 그런 병사를 향해 간단한 발길질을 했다. 발에 맞은 병사의 복부는 푹 들어갔다. 물컹한 비곗살을 다시 힘껏 차자 병사는 한 움큼의 피를 토해내며 뒤로 쓰러졌다.

하나의 물체가 데굴데굴 굴러와 병사의 몸에 부딪혔다. 그리고 여러 개의 물체가 산비탈을 타고 밑으로 밑으로 굴러갔다. 물체는 두 개의 눈과 한 개의 코를, 그리고 한 개의 입을 가지고 있었고 새빨간 선혈을 흘리고 있었다. 미간이 찍혀 눈알이 튀어나오는 바람에 난자당한 시체처럼 지저분한 몰골을 하고 있는 인간의 얼굴이었다.

목 부분은 잘려 버려 기다란 핏줄만 대롱대롱 매달려서 핏방울을 뚝뚝 떨어뜨렸다. 시신경이 이어진 탓에 튀어나온 눈알은 코 부분에서 핏줄과 마찬가지로 대롱대롱 매달렸다. 구르면서 좌우로 흔들리는 눈알은 시계의 추처럼 일정한 움직임을 보여줬다.

"으아아아악~!"

멍하니 피로 물든 얼굴을 바라보고 있던 인간 병사가 미친 듯이 머리를 쥐어짜며 비명을 질렀다. 멍청한 인간 같으니라고. 어차피 이것은 죽은 것일 뿐이다. 죽어라!

도끼는 그대로 병사의 목을 베어버렸고 나는 입가에 묻은 피를 빨았다. 목이 잘린 인간 병사의 목은 산비탈을 타고 내려가는 다른 목들처럼 밑으로 밑으로 굴러 내려갔다.

"크르르르……!"

피를 뒤집어쓴 형제들은 간단히 인간의 몸을 베어 나가며 앞으로 한 걸음 내디뎠다. 인간 기사라면 모를까 병사들로선 우리 형제들을 당할 도리가 없었다. 인간 병사의 얼굴들은 한두 번의 도끼질에 주위로 피를 뿌리면서 허공을 날았다. 피의 냄새로 물들어 버린 이 전쟁터에서 고함과 비명 소리, 그리고 도끼와 검의 파공음은 일상적인 것이었다.

우리 철갑 전사 한 명이 인간 기사와 전투를 벌이면서 고전을 면치 못하는 장면이 눈에 들어왔다. 인간 기사는 깔끔한 동작으로 치고 빠지기를 반복하며 성질이 급한 우리 전사의 성을 돋우고 있었다.

그 기사는 유연한 동작으로 거짓 휘두름을 한 후 우리 형제의 목을 향해 찔러 들어갔다. 형제는 컥! 하며 마지막 음성을 내뱉었다. 그게 다였다. 형제의 눈이 스르르 감기었고 육중한 몸은 쿵 소리를 내며 땅에 처박혔다.

분무기로 피를 퍼부어대고 스피커로 굉음을 틀어놓은 듯 피와 고함 소리로 정신이 없었다. 서로 전투를 하는 도중 나의 몸에 부딪치는 인간 기사와 우리 하라만도 전사, 여기저기 굴러다니는 인간의 얼굴과 다리들, 그리고 팔들. 우리 하라만도 전사들의 얼굴 역시 그 틈에 끼어 굴러다니고 있었다.

이리 차이고 저리 차이고, 다시 찔리고 또다시 찔리고… 목이 없고 팔이 없어 거추장스럽기만 한 시체들은 쓰레기만도 못했다.

뜨거운 햇빛은 주위를 물들인 채 새빨간 피를 그대로 드러냈다. 시간이 지나면 지날수록 주위에서 몰려드는 인간 병사의 수는 점점 증가했다. 하지만 형제들은 모두들 훈련으로 익힌 민첩한 행동으로 그들을 대적하며 도끼를 휘둘러 피를 일으켰다.

"샤코로움이시여, 인간들이 몰려옵니다."

"괜찮습니다, 형제들이여. 모두 힘을 냅시다!"

인간이든 우리 형제들이든 모두들 굳은 피들로 엉겨 붙은 머리카락 따위는 안중에 없었다. 휘둥그레지는 눈과 반대로 미소를 짓는 눈. 하나는 죽임을 당한 눈이었고 하나는 죽음을 선사하는 이의 눈이었다.

나에게 달려드는 인간 병사들을 간단히 베어버린 후 산비탈로 세게 차버렸다. 서너 명의 육체가 반대 편 산비탈로 굴러 떨어졌다.

"후퇴! 후퇴! 일렬 수레 뒤로 후퇴! 이열 준비!"

히이잉~ 우는 말을 돌리면서 주위를 헤집고 돌아다니는 기사가 외쳤다. 병사들은 기사의 말을 받들어 수송 수레 뒤로 후퇴를 하기 시작했다. 우리들은 멍하니 수레 뒤로 후퇴한 인간들을 바라보다가 뒤처진 병사들을 베어냈다. 후퇴로에서 뒤처진 병사들은 희생 양이었던 것이다.

"이열 발사!"

무슨 소린가 했더니 갑자기 수레 뒤에선 엄청난 양의 화살들이 하늘 높이 치솟기 시작했다. 그리고 이내 하늘 높이 치솟던 화살이 곧 소나기처럼 우리들의 머리를 향해 내리꽂혔다.

너무 갑자기 일어난 일인지라 마법을 쓸 여유가 없었다. 내 대뇌를 노리고 떨어지는 화살을 피하기 위해 뒤로 도망치기 시작했다. 하지만 화살이 내리꽂는 그 속도에 비할쏘냐. 다행히 치명적인 급소를 피해 귓가를 스치고 지나간 화살은 어깨와 다리에 박혔다.

"으윽… 화, 화살? 갑자기 화살이 왜……? 으윽……!"

다리에 박혔던 화살은 내가 쓰러진 통에 반절로 부러져 더욱더 깊이 박혔다. 어깨와 다리에서 흘러나오는 나의 피가 주위에 흥건했다. 피는 대지에 흡수되지 않고 뭉쳐 있었다. 마치 헤엄을 치듯 허우적거리며 축 늘어진 다리를 이끌고 화살의 사정 거리에 미치지 못하는 곳을 향해 기어갔다.

하늘에선 화살 벼락이 쏟아졌다. 천운인지 한두 발의 화살을 엉덩이 쪽에 맞았을 뿐 그 이상은 아니었다. 살을 파고드는 화살촉의 차가운 금속은 고통을 일으켰다.

"으아아아아……!"

고슴도치가 되어 하나둘씩 쓰러지는 우리 형제들의 시체가 산길을 가득 메웠다. 화살을 맞고 전사한 형제들의 커다란 몸뚱이에서 흘러나오는 피로 그곳은 온통 시뻘겋게 물들었다.

"샤코로움이시여, 괜찮습니까?"

어깨에 꽂힌 화살에 천천히 손을 가져가며 한 전사가 말했다.

"괜찮습니… 억!"

전사의 커다란 손이 어깨에 박힌 화살을 움켜잡고선 쑥 하니 뽑았다. 화살촉은 피로 얼룩져 있었다. 쉴 새 없이 뿜어져 나오는 어깨의 피가 온몸을 타고 흘러내렸다. 흘러내리는 피를 닦을 새도 없이 엉덩이와 다리에 꽂힌 화살을 뽑아냈다. 뽑아낼 때의 고통을 그 무엇으로 설명할 수 있을까!

"Healing."

은빛 기운은 상냥한 여인의 손길이 되었다. 손길은 점차 부드러워졌고, 이내 여인의 손길이 지나간 자리에는 따뜻한 온기만이 남아 있었다. 상처가 있었다고 볼 수 없을 정도로 말끔히 치유된 상태였다.

"샤코로움이시여, 저기를 보십시오. 우리 형제 3파얌 이상이 전사했습니다."

상처를 치유하고 있는 모습을 가만히 지켜보고 있던 츠오가 다가오며 말했다.

"모두 영광스러운 전투에서 전사한 것입니다. 영광스러운 일입니다."

수레 뒤쪽의 인간들은 계속해서 활시위를 당겼다. 이미 시체가 되어 신음조차 흘리지 않는 형제들의 몸에 박힌 화살들의 수가 점점 늘어만 갔다.

"그렇다면 샤코로움이시여, 이제 어떻게 해야겠습니까? 저 나뭇가지들 때문에 더 이상 앞으로 나아갈 수가 없습니다."

츠오가 말한 대로 우리 형제들이 산길에 조금만 발을 디뎠다 하면 마찬가지로 수레 뒤쪽에선 화살들을 뱉어냈다. 우리들은 할 수 없이 사정 거리 밖에 주저앉아 수레만 지켜볼 수밖에 없었다.

"마부는 모두 올라서라. 이대로 앞으로 나간다."

뿌연 먼지 속을 헤집고 돌아다니는 기사의 음성이 들려왔다. 마부들은 덜덜 떨리는 다리를 애써 움직여 마부석에 올라탔다. 살며시 말의 엉덩이를 건드리듯 때리자 말이 성난 콧김과 콧물을 뿜어내고선 천천히 걷기 시작했다.

우리는 안중에도 없다는 건가? 인간들은 자신의 종족 시체들을 조심히 옮겨 빈 수레에 담으며 앞으로 나갔다. 우리 형제들의 시체만 그들의 커다란 수레바퀴와 더러운 장화에 짓밟히며 싯누런 체액을 뱉어냈다.

저 수레가 이대로 간다면 우리들은 또다시 식량난에 허덕일 것이다. 그러면 안 되지. 굶주리고 있는 세린과 린도는 어떻게 하고? 또 나 역시 불에 살짝 구워 피가 축축이 밴 고기를 먹고 싶다. 이제는 이 마른 건량을 먹기에도 지쳤다고! 푸짐한 음식을 먹고 싶다. 인간들아, 기다려라!

"형제들이여, 영광의 승리가 우리를 기다리고 있습니다! 모두 도끼에 힘을 주어 잡으십시오! 우리는 모두 자랑스러운 하라만도 전사들입니다. 자, 갑시다!"

"크르르르······!"

자랑스러운 형제들은 모두 한결같은 웃음소리와 같이 앞으로 달려나가기 시작했다. 전투가 잠시 멈춰져 피 냄새와 함께 먼지가 바닥에 가라앉기도 전에 다시 심하게 일어났다.

"오크들이 다시 습격한다! 이열 궁수대 시위를 당겨라!"

형제들의 틈에 끼어 수레를 향해 돌진하던 도중 기사의 목소리를 들었다. 하지만 이번만큼은 피하지 않고 저 인간들을 죽이리라 생각한 나는 저 기사의 소리만큼이나 커다랗게 외쳤다.

"형제들이여! 저 인간들을 죽여 버립시다!"

형제들은 바람이 대기를 살며시 훑고 지나가듯 도끼가 든 손을 앞뒤로 흔들며 거침없이 뛰어나갔다. 하지만 우리들의 습격이 쉽지 않다는 것을 온 하늘을 뒤덮는 깨알 같은 화살들이 보여주었다.

"샤코로움이시여, 저 나뭇가지들이 또 날아옵니다."

"상관없습니다! 모두 앞으로 나가십시오! 저들을 물리치십시오! 우리들은 자랑스러운 하라만도 전사들입니다!"

멀리서 하늘 높이 치솟는 화살들을 보면서 달리자니 화살들이 허벅지와 엉덩이, 그리고 어깨에 박혀 크진 않지만 그렇다고 작다고도 할 수 없는 흉터를 남겨놓았다.

저것들이 심장을 뚫고 지나간다면⋯⋯.

이렇게 생각하자 왠지 겁이 나기도 했지만 자랑스러운 샤코로움의 이름을 걸고라도 이대로 물러나지 않으리라 생각했다.

하지만 화살들을 장난식으로 그저 날아오는구나 하면서 바라볼 수는 없었다. 저렇게 쉴 새 없이 하늘을 치솟는 화살들은 곧 우리들의 몸에 원한이 있는 듯 내리꽂힐 것이라는 건 잘 알고 있었다.

저것들이 심장을 뚫고 지나간다면⋯ 죽겠지⋯⋯.

물론 많이 잡아 10개 정도의 화살쯤이야 Shield 마법으로 충분히 막을 수 있을 듯했으나 저렇게 수백 개의 화살을 막을 순 없을 것이다. 그렇게 생각하자마자 나는 이것저것 생각할 것 없이 그대로 몸을 돌렸다.

7파얌의 형제들은 나와 반대로 수레를 향해 뛰어가면서 도끼를 휘둘렀다. 형제들에겐 미안하지만 이 방법밖에 없다고 생각하고선 화살의 사정 거리 밖으로 벗어나기 위해 온 힘을 다해 뛰었다.

"샤코로움이시여, 어디를 가십니까?"

우리 전사들이 나에게 그렇게 물었다.

"무기를 놓고 왔습니다. 모두들 영광의 승리를 위하여 온 힘을 다합시다! 모두들 진격하십시오!"

"옛!"

전사들은 힘차게 고함을 지르고 수레를 향해 뛰어갔다. 아직은 화살이 발사되지 않았다. 사정 거리에서 벗어나 수풀에 도착하자 커다란 덩치의 두 형제가 주저앉은 채 나를 기다리고 있었다.

아니! 이 자식들은 돌격을 하지 않고 뭐 하는 거지?

"역시… 샤코로움님, 오셨군요."

말을 꺼낸 형제는 두꺼운 팔 근육을 자랑하는 샤아오였다. 샤아오의 옆에는 입꼬리가 살짝 올라가 있는 츠오가 소리를 지르며 달려가는 형제들을 멍하니 바라보고 있었다.

"샤아오여, 보십시오. 샤코로움님은 오셨지 않습니까?"

츠오는 미소를 띠며 샤아오를 향해 말했다. 샤아오는 아무 말 없이 고개를 끄덕이면서 알 수 없는 눈빛으로 나를 바라보았다. 망막을 꿰뚫고 수정체를 헤집으며 시신경을 하나하나 끊어버리는 듯한 눈빛이었다.

"왜 형제들은 전투에 나가지 않으셨습니까? 저기 형제들은 모두 영광스런 전투를 위해 온 힘을 다하고 있는 게 보이지 않습니까?"

애써 샤아오의 시선을 외면하려 눈을 돌리며 말했다.

"그럼 샤코로움님은 왜 이곳에 오셨습니까?"

대답을 한 건 샤아오가 아닌 츠오였다. 샤아오와 츠오는 서로를 바라보다가 고개를 끄덕이고 나의 입에서 대답이 나오길 기다리고 있었다. 무엇이라고 대답해 줘야 한단 말인가?

"샤코로움이시여, 저길 보십시오!"

대답을 망설이던 도중 샤아오가 갑자기 산길을 향해 손짓을 하며 말했다. 몸을 돌려 산길을 바라보니 그 모습에 놀라지 않을 수가 없었다. 형제들은 반절 이상이나 시체로 변해 바닥에서 나뒹굴고 있었다. 겨우

운 좋게 살아남은 형제들이 수레에 뛰어들어 도끼를 휘두르고 있었다. 이 세계에 와서 처음으로 보았던 길다란 궁을 들고 있던 궁수들은 허리춤에서 작은 단검을 꺼냈다. 그리고선 궁을 뒤로 멘 채 형제들에게 달려들었다. 하지만 궁수들은 상대가 되지 않고 목이 잘려져 애꿎은 수레 위로 쓰러졌다.

"샤코로움이시여, 뭐 하십니까! 어서 갑시다!"

츠오가 보다 못해 달려나가다가 멍하니 보고만 있는 나를 보고선 외쳤다. 곧 샤아오도 츠오의 뒤를 따라 수레 건너편을 향해 질주하면서 소리를 질러댔다. 땅을 끝없이 메우고 있는 인간들과 우리 형제들의 시체들을 뛰어넘으며 수레로 향한 지 꽤 시간이 지나자 단검 하나가 귀를 스치고 지나갔다.

"인간 기사들을 먼저 죽이시오, 형제들이여!"

단검이 날아온 곳을 향해 도끼를 던지고는 수레 뒤로 뛰어들며 외쳤다. 화려한 분수의 축제처럼 여기저기서 뿜어져 나오는 피의 분수들이 전쟁터를 빨갛게 물들인 지 얼마의 시간이 지났을까. 인간 병사들은 기사들이 죽자 몇 번의 반항 끝에 죽거나 도망가 식량이 가득 든 수레를 내팽개쳐 두고 꼬리를 말며 산 밑으로 사라져 갔다.

"헉헉… 헉헉……."

인간들의 피를 뒤집어써 물먹은 솜 꼴이 된 츠오가 거친 숨을 쉬며 내게 다가왔다. 주위는 거친 숨을 내쉬고 신음을 흘리면서 주저앉은 형제들로 가득했다. 형제들은 승리의 전투이니 영광의 승리이니 하며 웃질 않았고 멍하니 화살과 검에 심장이 뚫려 죽은 형제들과 피 묻은 자신의 도끼를 번갈아 보다가 의미심장한 표정으로 나를 쳐다보고 있었다.

"샤코로움이시여, 기쁘십니까? 식량을 얻으셨습니다. 한데 더욱더 기쁜 소식이 있습니다. 선반부의 마차 대부분은 인간들이 말하는 '금'이라는 것이 가득했습니다. 정말 좋으시겠군요, 샤코로움이시여."

인간들의 피로 더럽혀진 수레를 가리키며 츠오가 말했다.

"뭐라 하셨습니까? 금이라고 하셨습니까?"

금이라고? Gold… 얼마나 있지? 많은 양이 있을까? 많이 있을수록 좋고 말고.

"그렇습니다, 샤코로움이시여. 기분이 좋으시군요?"

커다란 눈을 애써 가늘게 뜨며 츠오가 말했다. 누가 듣더라도 츠오가 하는 말은 나를 비꼬는 말임에 틀림이 없었다. 막 츠오에게 성을 내려 할 때였다. 바람이 불어오면서 썩은 피비린내가 내 몸을 훑고 지나갔다. 살아 있는 하라만도 형제들은 철갑 전사들로 3파얌 정도밖에 되지 않았다.

"샤코로움이시여, 10파얌의 전사 중 3파얌의 전사가 남았습니다 40파얌의 형제들이었으면 몇 희생되지 않고 인간들은 그대로 도망쳤을 것이 틀림없었을 것입니다. 제가 말하지 않았습니까? 40파얌의 형제들과 같이 와야 한다고 말입니다."

츠오의 말은 흘러가는 유수처럼 계속해서 이어졌다. 츠오의 옆에선 그의 말이 맞다는 식의 뜻인지 샤아오가 눈을 감고 살며시 고개를 끄덕이고 있었다.

그렇다. 츠오가 말하는 일부분은 어느 정도 이해를 한다. 하지만 난 오크의 신으로서 우리 형제들의 인구 조절을 위해 이렇게 한 것일 뿐이다. 10파얌에서 3파얌의 형제만 남았으니, 즉 7파얌(210명)의 형제들이 모두 죽어버렸으니 그만큼 식량을 아낄 수 있을 것이다. 츠오! 넌 나한테 고마워해야 한단 말이다. 샤아오, 너도 마찬가지이고. 7파얌의 형제들이 죽은 만큼 너희들에게 떨어지는 식량은 더욱더 많아진다. 사실은 츠오… 샤아오, 너희들도 형제들이 죽은 것에 대해 기분이 좋지 않느냐? 그만큼 더 많이 먹을 수 있으니… 이 위선자들!

"츠오여, 잘 생각해 보시오. 내가 왜 10파얌의 형제들만을 데리고 왔나를. 그대도 어느 정도는 예상하고 있었을 것이오."

"저는 잘 모르겠습니다. 샤코로움께서 알려주십시오."

츠오의 말에 난 픽 웃으면서 자리에서 일어났다. 츠오가 뭐라 떠들긴 했지만 간단히 무시해 버린 후 '위선자'라고 중얼거리면서 전쟁터 주위를 둘러보았다. 죽어버린 형제들은 불쌍하기는 했지만 그들은 우리 하라만도 오크 족을 위해 영광스럽게 죽은 것이었다. 문제는 죽은 7파얌 형제들의 시체의 처리 문제였다.

너무 많은 숫자라 싣고 갈 수도 없고, 또 땅을 파자니 이미 피곤에 지친 우리 하라만도 형제들에게는 무리일 것이리라. 할 수 없이 버리고 갈 수밖에 없다는 것인가? 어쩔 수 없지… 원래 내가 샤코로움이 되기 전에는 죽은 형제들을 그대로 전쟁터에 방치하고 돌아갔다고 하니…….

"샤아오여."

"예."

"아무래도 죽은 형제들을 모두 이 밑으로 떨어뜨리고 가는 수밖에 없겠습니다. 수레가 앞으로 나아가지를 못합니다. 너무 많은 형제들이 영광스럽게 전사를 한 나머지…….."

"이곳에 내버려 두고 가자는 말씀이십니까? 그동안 대지에 묻지 않으셨습니까? 땅에서 태어난 생명들은 땅으로 돌아가야 한다는 샤코로움님의 말씀은……"

내가 그런 말도 했던가? 난 아무 말 하지 않고 어깨에서부터 하반부까지 검상을 입어 죽은 형제 시체에게로 가까이 갔다. 샤아오에게 보란 듯이 형제의 시체를 천천히 굴려 산 밑으로 떨어뜨렸다. 떨어지면서 반절쯤 너덜거리던 팔이 툭 뜯어졌다.

"샤코로움님, 뭐 하시는 겁니까?"

"이미 죽어버린 형제들입니다. 더 이상 우리의 앞길을 막아선 안 되지요."

"예? 그런……"

샤아오는 굴러 떨어지고 있는 시체를 멍하니 보고 있다가 급히 머리를 들었다. 츠오가 샤아오를 데리고 숲 속 건너편으로 사라진 후에 나는 다른 형제들과 같이 시체들을 산 밑으로 굴리기 시작했다. 다른 오크 형제들은 츠오와 같은 눈빛을 보내지 않고 무표정으로 시체들을 산 밑으로 굴리기 시작했으나 간혹 가다가 츠오나 샤아오와 같은 눈빛을 뿜어내며 얼굴을 찡그리는 형제들도 있었다.

난 우리 형제들이 시체를 굴리는 모습을 보았다. 그 뒤 금이 쌓여 있는 수레로 가까이 다가갔다. 세 수레에 금이 가득히 있었는데 이것이 과연 식량 수송 부대였는지, 아니면 금의 운송을 속이기 위해 식량 수송 부대로 꾸몄는지… 하여튼 이렇게 많은 금은 태어나서 처음 보았다. 나도 금화를 가지고 있다지만 지금 내 눈앞에서 빛나고 있는 이 금들은… 믿기지 않을 정도였다. 이것들이 전부 내 거란 말인가! 크하하하! 크하하하!

이 엄청난 금을 어떻게 써야 할까? 크하하하!

"<u>크르르르르……!</u>"

3파얌의 형제들과 어렵사리 그 많은 수레를 이끌고 하라만도 마을에 도착하기까지는 정말이지 험난해 도중에 수레 반절을 버리려고도 했었다. 그러나 식량은 많은 형제들의 눈 때문에 버리지 못했는데 길 가는 도중 샤아오가 연신 '금'을 버리라 하였다. 하지만 귀한 금을 어떻게 버릴 수 있단 말인가? 나는 할 수 없이 변명을 둘러댔다. 어찌나 둘러댔는지 입이 아플 지경이었다.

　　"샤코로움이 오셨다! 형제들이 돌아왔다!"

　　순식간에 몰려든 하라만도 형제들에게 둘러싸여 우리들은 웃으며 마을 안으로 들어갔다. 하라만도 형제들은 수레 가득히 실려 있는 곡식과 열매들을 보자마자 눈이 휘둥그레졌다. 하라만도 마을 형제들이 곡식과 열매를 배불리 먹어봤자 90개가 넘어가는 수레 중 3개 정도의 수레면 충분했다. 적어도 1,000명이 넘어가는 형제들이 한 달 간은 식량 걱정 하지 않고도 살 수 있을 정도의 분량이었다.

　　"이렇게… 많을 수가……!"

　　다만 걱정스러운 것은 한 달이 넘어가도록 식량이 온전히 보존할 수 있느냐와 식량이 떨어진 후의 문제였다.

　　막 고민에 휩싸여 나무 그루터기에 앉아 멀찌감치 언덕을 보고 있던 중 장난꾸러기 세린과 린도, 그리고 마을 장로가 힘겹게 올라오는 것이 보였다. 어느새 머리가 허리까지 닿는 하늘색 머리를 가진 세린과 파레지(염색 식물)로 만든 흰색 염색약으로 군데군데 흰색으로 물들인 린도가 강렬한 햇빛에 눈을 찡그렸으나 곧 나의 모습이 눈에 들어온 모양인지 환히 웃으며 뛰어왔다.

　　"앗! 돼지 아저씨!"

세린이 눈을 찌르는 앞머리를 귀 옆으로 빗겨내며 말했다. 귀여운 입술을 달싹이며 바람에 나풀거리는 치마를 누르면서 뭐라 말하는 것이 꼭 종달새 같았다. 세린과 린도의 눈길은 수레를 덮고 있는 흰 천으로 향해 있었다.

"장로여, 여기 수레에 든 식량을 가져가서 아이들과 마을 사람들에게 나눠 주시오."

난 다가온 장로에게 말했다. 장로는 아무 말 없이 조용히 고개를 끄덕이다가 마부석으로 올라갔다. 장로는 마을 아이들의 이름을 불러대면서 마차 위로 끌어 모았고 세린과 린도는 아쉬운 듯 고개를 떨군 채 손을 좌우로 흔들며 점점 멀어져 갔다.

도대체 식량을 어떻게 해야 할까? 물론 지금 가지고 있는 것만으로도 충분하다. 하지만 이 식량이 떨어진 뒤에는 어떻게 해야 하나? 결국엔 이주하는 방법밖에 없는 것인가. 이 마을에 정착한 지 몇 년이나 되었다고 또다시 이주를 한단 말인가. 이주한다면? 다른 곳도 식량난에 허덕일 텐데? 제길… 결국엔 약탈밖에 없는 것인가? 아니, 아니, 결국엔 식량을 다른 마을에서 가져오는 일밖에는 없는 것인가? 그곳, 그곳만 있다면 식량난은 걱정하지 않아도 될 듯싶은데…….

"샤코로움님, 이 식량들은… 어떻게?"

저쪽 나무 그늘 밑에서 나와 마을 아이들이 웃으며 떠들던 모습을 멍하니 지켜보다가 그들이 간 것을 보자마자 달려온 샤아오가 말했다. 샤아오가 가리킨 수레에는 많은 오크 형제들이 몰려들어 배를 채우고 있었다.

"우선 저장이나 하는 게 좋겠습니다. 따라오십시오."

"예."

난 샤아오와 마을 형제들을 데리고 동쪽 작은 동굴로 향했다. 많은 수레바퀴가 돌에 걸리고, 모래를 옆으로 밀어붙이면서 움직이는 삐그덕대는 소리가 산 전체에 울려 퍼지면서 내 뒤를 따라왔다. 동굴은 낮임에도 불구하고 무척이나 어두웠다. 다행히 야생 동물이나 몬스터의 냄새가 나지 않으니 그리 걱정하지 않아도 될 곳인 듯싶었다.

"형제들이여, 잠시만 기다리십시오."

Ice의 운용 법칙을 머리에 떠올리며 산속의 한기를 손 중앙에 모았다. 몸이 싸늘하다 싶을 정도로 한기가 모여졌을 때 오른손을 동굴 쪽으로 뻗으며 외쳤다.

"Ice(얼음)."

숨이 막힐 듯한 밤의 정적을 깨우는 달빛과 손에서 흘러나오는 한기가 회오리치며 동굴 속으로 사라졌다. 동굴 속에서 바람이 소용돌이치는 세찬 소리가 메아리치더니 곧 조용해졌다.

"샤코로움님… 이것은?"

"예, 형제들이여. 모두들 이곳에 식량을 넣으십시오. 그리고 이곳은 샤아오 형제가 맡으십시오. 형제가 다른 형제를 시키든지 정 불안하면 샤아오께서 직접 보초를 서시면 될 것입니다. 다른 형제를 시키는 게 편하겠죠? 그렇지 않습니까?"

"샤코로움님, 저는 못합니다."

뭐? 내가 잘못 들은 건가? 못한다고? 이런 중책을? 이 식량은 지금 우리 하라만도 오크 족의 모든 생명을 쥐고 있는 것이다. 이 식량을 맡는다는 것이 얼마나 대단하고 중요한 일인지 샤아오는 모르는 것인가?

"샤아오여, 못한다고 하셨습니까?"

"예."

샤아오는 단호했다. 주먹을 꽉 쥔 채 나를 바라보고 있었다.

"왜 못한다는 겁니까? 이 식량을 맡는다는 것이 얼마나 중요하고 대단한 일인지 아십니까? 얼마나 영광스런 일인지 아시냐는 말입니다."

"잘 알고 있습니다."

"그런데 왜 그러십니까, 샤아오여."

도대체 샤아오는 왜 못한다는 거지? 왜? 귀찮은 것인가? 이런 영광스러운 일을?

"다른 형제에게 맡겨주십시오, 샤코로움이시여. 제가 맡기에는 너무 대단한 일입니다."

"아닙니다, 샤아오여. 샤아오께서 맡아주십시오."

"안 됩니다, 샤코로움이시여."

샤아오는 끝까지 나의 부탁을 거절하였다.

왜 거절하는 것일까? 이렇게 영광스러운 일을 말이다. 점점 갈수록 샤아오도 그놈 츠오에게 휩쓸려 가는 것 같군. 츠오! 샤아오, 너는 아들을 잘못 키웠어. 어떻게 너처럼 훌륭한 전사에게 츠오 같은 자식이 나올 수 있는지. 아무튼 내가 맡으라고 하면 맡아야지!

"샤아오여, 맡으십시오. 그럼 이만 합시다. 형제들이여, 금을 실은 수레를 맡은 형제들은 나를 따르고 나머지 형제들은 모두 식량을 이 동굴에 넣으십시오. 그리고 샤아오여, 이곳은 우리 하라만도의 자랑스런 전사인 당신에게 맡기겠소."

안 된다고 끝까지 거절하는 샤아오를 지나 금을 가득 실은 수레를 가지고 산을 올라가기 시작했다. 수레에 바퀴가 달린 탓에 비탈진 경사면에선 수레가 밑으로 내려가려 했고, 그때마다 형제들 두세 명이 붙어 수레를 끌어 올려야 했다.

겨우 산 정상 근처에 올라서자 형제들을 다시 마을로 내려보낸 후 수레 가득 든 금을 쳐다보았다.

확실히 이 정도만 있으면 엄청난 부자가 될 수 있었다. 금이란 게 정말 신기하다. 저 오만하기만 한 달빛까지 한번에 휘어잡는 매력, 정적을 깨뜨리는 곤충들의 울음소리를 이끄는 마력이 있어 나까지 애타게 만들었다.

수레 안에서 팔뚝만한 금 뭉텅이를 꺼내고 쓰다듬으며 주위를 훑어보았다. 이곳은 우리 하라만도 오크 족의 지역으로 소문나 있으니 인간들이 지나갈 일은 없었다. 또 형제들은 금이란 매력 덩어리에 관심을 전혀 가지지 않으니 그런대로 안전했다.

솔직히 이것을 가지고 무엇을 하겠느냐고 따진다면 할 수 있는 말은 그다지 없다. 하지만 난 신으로서 이것을 가지고 싶을 뿐이다. 단지 그것뿐이다. 뭐, 물질적 욕망에 찌들어 금에 집착한다든지 하는 그런 추잡한 것은 아니다.

두 수레 가득 든 금을 마법으로 땅 밑에 묻고, 장소를 기억한 후 마을로 내려왔다. 마을에선 그토록 시끄럽게 굴던 아이들의 울음소리와 체념의 한숨 소리는 들리지 않았다.

밝게 웃으며 나를 맞이하는 형제들에게 간단히 인사를 한 후 형제들의 표정을 하나하나 살펴보았다. 두꺼운 갈색 빛 입술이 귀를 향해 돌진하며 웃음을 만들고 못생긴 코가 들썩이며 숨을 내쉬었다 들이마셨다 하면서 기쁨을 주위로 퍼뜨렸다.

배를 채웠기 때문에 저런 것일까? 단지 배를 채웠기 때문에? 참으로 단순하군.

세상이란 게 참 웃긴 것 같다. 아니, 세상보다도 삶 자체가 웃긴 거겠지. 겨우 조그마한 빵이나 다른 동물의 육체 덩어리를 먹음으로써 겨우겨우 삶을 유지한다는 것. 또 그 이리 뛰고 저리 뛰고, 서로 헐뜯고 비난하면서 삶을 유지하기 위해 식량을 얻어내는 것이 가만히 생각해 보면 얼마나 웃긴 일인가?

지난번에 가져왔던 식량도 거의 반 이상을 먹어치웠다. 저 식량이 없어지면 또다시 굶주림에 허덕여야 하는 건가? 확실히 뭔가 대책을 세워야겠군. 그나저나 저 윗마을은 어떻게 되었을까? 기르츠는 철기 문명을 드워프들에게 잘 배우고 있는 중이겠지.

난 오늘도 어김없이 뜨거운 햇빛 아래 음식을 먹고 있는 형제들을 바라보면서 한숨을 쉬었다. 확실히 이전보다 나아지기는 했지만 아무래도 요 몇 년 간 식량이 부족할 것은 뻔한 일이었다.

"샤코로움이시여."

"무슨 일이십니까, 샤아오여. 그리고 … 츠오… 형제는 무슨 일이신지?"

나무 그늘 안에서 등을 기대앉아 있는 나에게 두 형제가 다가왔다. 이전에 인간들로부터 식량을 가져온 후 이 주일 밖에 지나지 않았지만 츠오는 그때와 뭔가 다른 느낌이었다.

샤아오가 잠시 머뭇거리면서 입을 열지 않자 츠오가 앞에 나서며 말했다.

정말이지 저 츠오란 놈은 언젠가 죽여야 될 놈이다. 이렇게 보기만 해도 저놈은… 그냥 기분이 나쁘다.

"샤코로움이시여, 식량 문제 때문입니다. 샤코로움님도 아시겠지만 저번에 가져온 식량도 어느새 반 이상이 없어졌습니다. 확실한 대책을 세우지 않는 이상 우리 하라만도 족의 영광은 점점 멀어질 듯싶습니다."

"저도 식량 때문에 골치입니다, 츠오 형제여."

쳇! 나는 츠오에게 근엄한 듯 어깨를 뒤로 젖히며 말하고 있었다. 하지만 부르르 떨리는 주먹은 어찌하지 못하고 모래와 돌이 뒤섞인 거친 흙 속에 파묻고는 애꿎은 땅에 화풀이를 했다.

"제가 찾아온 것도 벌써 다섯 번이 넘어갑니다. 샤코로움이시여, 그대는 정녕 우리 하라만도 샤코로움 하크이십니까?"

"저도 조금은 생각해 놓은 게 있습니다만, 그게 가능한 일일지는……."

확실히 자신이 있진 않다. 이미 그곳은 어느 정도 인간들에 의해 개간이 되어 있고 또 인간들 역시 그곳이 얼마나 훌륭한 농토인지 깨달은 지금, 바보가 아닌 이상 그곳에 많은 병력을 대비하고 있을 터였다.

"무슨 일이신지……."

샤아오가 조용히 입을 열자 츠오는 무언가 알고 있다는 듯이 고개를 끄덕였다.

"샤아오여, 그대는 알고 있을 것입니다. 이전에 우리들이 이곳으로 쫓겨올 수밖에 없었던 이유를 말입니다."

"아, 당연히 기억이 생생합니다. 샤코로움님께서 없는 틈을 타서 인간들이 쳐들어왔던 그때의 일을 어떻게 잊겠습니까?"

"그렇습니다. 바로 그곳을 되찾는 것입니다. 그곳만 되찾는다면 식량 걱정은 하지 않아도 됩니다."

내가 말을 마치자 가만히 대화를 듣고 있던 츠오가 뭔가를 생각하는 듯하다가 이내 말을 꺼냈다.

"샤코로움께서 말하시는 바가 대충 이해는 갑니다. 하지만 어떻게? 샤코로움께서는 모르시는 것 같군요. 인간들이 지금 왜 전투를 하고 있는지… 인간들이 신성시 여기는 강과 우리 하라만도의 지역이었던 넓은 평원 때문입니다. 지금도 강과 넓은 평원을 두고 계속 전쟁 중이기에 그곳은 전쟁이 끝나기 전까지는……."

츠오, 저 자식은 또 무엇이든 아는 척을 하며 저렇게 궁시렁거린다. 제기랄! 이전에 확실히 죽여 버렸어야 했는데… 츠오, 그런 것 따위는 나도 안다! 다 생각이 있다고. 가장 효과적인 계략이.

"츠오여, 겁쟁이이시군요."

"겁쟁이라뇨, 하하하! 샤코로움이시여, 저는 겁쟁이가 아닙니다."

"겁쟁이입니다, 츠오여. 크르르르……"

"마음대로 생각하십시오, 샤코로움이시여. 그렇다면 어떻게 할 생각이십니까? 전 모든 걸 알고 있습니다. 샤코로움께서 계획하는 일을 말입니다. 넓은 평원을 차지해서 인간들이 식량을 만들 때 하는 그 '농사'라는 것을 할 계획이신 것 아닙니까?"

헉! 어떻게 저런 멍청한 오크 따위가 농사를 알고 있는 것이지? 젠장! 확실히 그 넓은 평원을 차지할 수 있다는 자신감이 있지는 않지만 그래도 그곳을 차지하기만 한다면 수가 생긴다. 우리 형제들과 함께 이미 개간되어 있는 그 땅에 씨를 뿌리고 추수를 하면서 그 지역에 정착을 한다면 세력은 날로 커져서 아무도 우리 하라만도 오크 족을 막지 못할 것이다.

하지만! 정작 내가 궁금한 것은 저 츠오라는 놈의 정체였다. 어떻게 오크인 주제에 가이프 전쟁도 알고 또 농사를 아는 것이며, 2주 전의 식량 탈취 계획에 필요한 정보는 어디서 얻은 것일까? 무언가가 있어!

"잘 알고 있으시군요, 츠오여. 그럼 다음 계획도 알고 있겠군요."

"물론 넓은 평원을 차지하기 위한 영광의 전투겠군요."

"그렇다면 우리 하라만도 형제들이 그 전투에서 영광을 얻을 수 있다고 생각하십니까?"

"승리는 할 수 있을 듯싶은데… 문제는 많은 형제들이 죽는 것입니다. 형제들이 죽는 것이 얼마나 슬픈 일인지 잘 아시죠? 샤.코.로.움. 님?"

그렇다. 츠오, 이 자식이 말한 대로 이번 전투의 문제는 많은 사상자를 낸다는 것이다. 몇 파얌의 형제들이 죽는 것으로 해결될 수 있는 전투 따위가 아니었다. 대규모의 전투로, 어쩌면 크리샨과 파스리오 두 제국을 모두 상대해야 하는 일이 될 수도 있는 거의 도박에 가까운 일이었다.

일주일 전인가 마을 장로들을 모아 물어본 바로는 그곳에서 벌써 6번 이상의 대규모 전투가 벌어졌다고 했다. 그만큼 병력을 집중시킬 테니 그곳에 많은 병사들이 있는 것은 당연한 것이었다.

"알고 있습니다, 츠오여. 그럼 이만 돌아가십시오. 츠오여, 샤아오여, 잘 가십시오. 저는 전투 계획을 세워보겠습니다."

난 샤아오를 억지로 떠밀다시피 하여 밀어냈다. 츠오는 나를 흘깃 쳐다보다가 샤아오와 멀어져 갔다.

얼떨결에 츠오에게 전투에 대한 이야기를 하고 말았지만 정말 할 생각이라면 꼼꼼히 되짚어보아야 했다. 전투를 한 지 2주밖에 지나지 않았지만 전쟁터의 피 냄새도 그립고 찍어 내릴 때 파묻히는 도끼의 날과 그것에 흐르는 피를 보는 것도 즐거운 일이었다.

그리고 저번 식량 탈취 전투에서도 예상외로 너무 조금 죽어버린 탓에 이렇게 식량 걱정을 하는 것이다.

계획 따윈 세워봤자다. 그냥 형제들을 몰고 가서 덮쳐 버리면 되겠지. 그만 생각하고 이만 자자. 오늘따라 저 츠오 놈을 봐서 무척 피곤하군.

잠을 자고 일어나자 내 움막 주위로 많은 형제들이 몰려 있었다. 꼭 이렇게 몰려 있는 날이면 날씨가 좋지 못했다. 형제들은 츠오나 샤오, 그렇지 않으면 어디선가 이상한 소리를 듣고 온 것이 분명했다.

"형제들이여, 왜 모여 있습니까?"

나는 가장 앞에 있는 형제에게 물었다. 그 형제는 무엇이 그렇게 급한지 콧바람을 훅훅 내뿜고 있었고 손에 쥐어진 도끼는 땅에 깊게 박힌 상태였다.

"샤코로움이시여, 우리들은 또다시 영광의 전투를 합니까?"

쳇, 또 츠오에게 들었겠군. 물론 전투를 하면 나도 좋다만… 전투를 한 지 아직 2주일밖에 지나지 않았다. 아무리 형제들의 숫자가 지금의 4분의 1로 줄어들길 기대하는 나이지만 이번 전투는 작은 소전투가 아니었다.

"아직 그것은 생각 중입니다. 우리들은 영광스런 승리를 얻은 지 2주일 밖에 지나지 않았습니다. 여기서 또다시 전투를 벌이는 것은 많은 형제들의 목숨을 앗아가는 일이 아닐까 하여 무척 고민이 됩니다."

"샤코로움이시여, 저희들은 죽음 따위는 두렵지 않습니다. 오로지 영광의 승리뿐입니다."

그렇다. 나도 물론 형제들의 목숨은… 그다지 신경이 쓰이지 않는다. 어차피 죽어도 계속 늘어나니까… 그래도 뭐랄까… 이 찜찜한 기분은? 내 내면 속에서 형제들의 죽음을 두려워하는 것일까?

"형제들이여, 우선은 깊게 생각해 보는 게 좋겠습니다. 그럼, 모두들 들어가 쉬십시오."

나는 그렇게 형제들을 내몰았다. 묵묵히 나를 바라보고 있던 샤아오와 츠오 역시 나무 뒤편 어둠과 함께 사라졌다.

그래! 그 넓은 평원만 우리의 손에 넣는다면… 아니, 꼭 그 넓은 평원을 얻을 필요가 있을까? 나에게는 엄청난 양의 금화가 있다. 금화는 80여 개가 넘고, 세 수레 가득 쌓여 있던 금은보화들은 모두 저 언덕 정상에 내가 묻어놓지 않았는가? 그것이면 충분히 전투를 하지 않고도 좋은 경작지 정도는 살 수가 있다. 꼭 넓은 평원이 아니라고 해도.

우선은 알아보는 게 좋을 듯싶다. 그 넓은 평원을 중심으로 한 전투의 열기가 식을 때까지는 아깝지만 금으로 식량을 사고 또 한적한 곳에 우리 오크들만의 땅을 사 농사를 시작하는 게 좋겠다.

그래, 이제 시작이다. 지금부터 우리 오크들의 세계가 열리는 것이다!

제29장

으크! 정착할 딸을 사다

제29장

오크! 정착할 땅을 사다

난 잠을 설쳤다. 우리.오크 족의 미래를 생각하니 잠이 오지 않았다. 천 명이 넘어가는 많은 형제들이 한 손에 쟁기를 들고 한 손엔 씨앗을 뿌리는 모습과 바람에 출렁일 식량 밭이 눈앞에 아른거렸다.

이 근처에서는 눈을 씻고 찾아봐도 경작지는 없었다. 있다고 해도 조금뿐이었고, 또 그것 역시 마을 사람들의 유일한 희망이었기에 어쩔 도리가 없었다.

"High Illusion."

음성이 움막 안을 가득 메웠다. 곧 따뜻함과 혼돈의 기운이 몸을 훑고 지나면서 바뀐 내 모습을 지켜보았다. 3년 전엔가… 기억이 잘 나지 않지만 재생 마법약의 재료를 찾으러 나설 때 이 모습을 했었다.

물에 비친 나는 날카로운 학자풍의 모습이었다. 옷 같은 건 이미지일 뿐이기에 내 생각대로 무척 깨끗했으며, 옷 곳곳은 작은 보석이 박혀 있어 한껏 귀족적이었다.

이 세계에서 경작지를 사기 위해선 영주의 증명서가 필요했다. 그러나 지금과 같은 혼란기에는 영주보다는 왕의 증명서가 위력을 더한다. 여기서 가까운 성으로 가는 것도 괜찮을 듯싶지만, 실질적으로 그런 작은 마을에서 구할 수 있는 경작지란 작은 가정의 일터로밖에 쓰이지 못할 아주 작고 형편없는 곳일 수밖에 없었다.

내가 원하는 땅은 우리 천여 명의 오크 형제들이 농사를 지을 수 있는 아주 커다란 땅, 또 인간들의 눈에 띄지 않는 아주 한적한 땅, 결코 내 허락 없이 들어갈 수 없는 땅이다.

결론적으로 수도의 국왕에게서 증명서를 받고 함께 영주권을 따낸 뒤 경작지를 사들이면 되는 것이다. 영주권을 어떻게 따는지는 모르겠다. 하지만 분명한 건 돈 앞에 장사 없다는 것이다. 금 하나가 모든 걸 대변해 줄 것이다. 나는 그렇게 믿는다. 나의 소중한 금이니까.

수도로 향하기 전에는 언제나 여행을 떠나기 전에 하는 일상적인 일들을 했다. 마을 아이들에게 멀리 선물을 사러 나간다고 말하고, 또 따라오겠다는 아이들을 말린 뒤 장로와 샤아오에게 말하는 것이다.

수도까지의 길은 무척 한산했다. 지금이 전쟁 중임을 나타내지 않는 여정이었다. 어쩌면 마차 속에서 계속 자느라 밖의 경치를 구경할 시간이 없어서 그런 결론을 내린 것일 수도 있지만, 분명한 건 내가 수도로 가는 동안에는 전쟁의 피해를 발견할 수 없었다는 것이다.

수도에 도착하기 전 작은 마을에서 기억을 되살려 예전의 명패를 만들었다. 그리고 수도에서 경비병들에게 명패를 보여줌으로써 쉽게 수도 안으로 들어갈 수 있었다.

수도 안은 이전의 모습과 달라진 구석이라곤, 몇 마리 개들이 더 뛰어논다는 것과 이전보다 더 행복해 보이는 사람들로 메꾸어져 있는 것이었다.

성문에서 조금 안으로 들어가니 예전에 레드팍스 마아지를 처음 보았던 거리가 나타났다.

'마아지는 잘 지내고 있을까?'

마아지는 예뻤다.

'예쁜 것뿐만은 아니었지… 마아지의 성격은 보통 인간들하고 달랐어. 눈알을 빼는 것만 해도 그렇잖아. 크큭! 그런데 무척 오랜만에 이 거리를 걸어보는 것 같군. 오랜 세월이라고 해봤자 2, 3년밖에 되지 않았지만.'

내게 식량난은 그렇게 세월이 길고 힘들게 느껴지게 만들었다.

"와… 저분 좀 봐. 참 멋있다."

"얘! 그만 쳐다봐. 귀족 같은데… 봉변당하면 어쩌려고?"

나를 스쳐 지나간 여자들이 한 말이다.

'멋있다고? 확실히 예전의 모습 때에도 그런 소리를 들은 것 같기는 한데……'

지금은 예전의 모습보다 더욱더 멋진 모습으로 이미지를 변형시켰다. 그러니 당연한 결과겠지.

'흠… 수도까지 온 것은 좋았는데 이제부터는 어떻게 해야 하는 거지? 엄청난 규모의 경작지를 사고, 그 경작지의 영주권을 따기 위해선?'

아무리 고민해도 떠오르지 않았다. 고민한다고 떠오를 문제가 아니었다. 애초부터 나는 이곳의 토지 제도며 거래 제도를 하나도 모른다. 무작정 온 것은 전부 이 금화 때문이었다.

오른쪽 허리에 매달려 있는 주머니는 예전에 모아놨던 금화로 가득하다. 금화면 모든 것이 해결된다.

'이 근처에도 정보를 파는 그런 곳이 있겠지. 없다면 예전과 같이 주점에 들어가서 물어보는 것도 좋은 방법이고.'

난 얼마 지나지 않아 정보 제공소를 찾을 수 있었다. 모두가 그 간단한 문장 표시 때문이었다. 펼쳐진 책 위로 펜으로 글자를 쓰는 손과 그 위를 나는 비둘기의 모습은 서점 아니면 정보 제공소였다. 운이 좋은지 그곳은 정보 제공소였다.

"무엇 때문에 오셨습니까, 손님? 앗! 귀족님이신가요?"

부드러운 새의 깃털로 장식된 모자를 쓰고 있던 남자가 자리에서 일어나 말했다. 이 남자 역시 나의 모습을 보고 귀족으로 생각하는 게 틀림없었다.

'귀족이란 좋은 것이지. 추앙을 받는다는 것, 그 이상으로 좋은 것은 황금밖에 없어. 아! 하나 더. 마을 아이들도 빠뜨릴 수 없지.'

"흠… 알아볼 게 있어서 왔다."

최대한 위엄있어 보이는 투로 말했다.

"어떤 정보를 사고 싶으신지요, 귀족님?"

화려한 모자의 사내가 말했다. 정보점 주인은 물끄러미 바라보다가 내가 선뜻 말을 하지 못하자 몇 가지 책자를 앞에 내놓았다.

"어떤 것인지 알겠습니다. 흐흐."

주인이 이상하게 웃었다. 왜 웃는 것일까? 나는 경작지와 영주권을 얻는 것을 물어보기 위해 온 것일 뿐인데. 솔직히 경작지를 사는 것은 아무렇지도 않다. 그러나 영주권을 얻는 문제는… 현재 귀족의 행세를 하고 있는 내가 그런 것을 물어본다는 것 자체가 이상하지.

주인이 건네준 책자를 받았다. 대충 서너 권이 되었는데, 막상 책을 열고 나니 여러 사람들의 이름 목록이 나왔다. 왕궁, 군사, 경제, 상업 등으로 분류가 되어 있었다. 대충 의도는 알 만했다. 주인의 미소에서 '청부 살인'이라는 색이 너무 짙었기 때문이다.

뭐… 나는 청부 살인을 할 자도 없고 영주권에 대해 알고 싶을 뿐이었다.

"이게 아니다. 나는 또다른 영주권을 사고 싶다. 혹시……."

"아! 따라오시죠."

주인을 따라간 곳은 지하의 어느 작은 방이었다. 주위가 꽉꽉 막힌 게 숨이 갑갑할 지경이었는데 주인은 더 이상한 미소를 지었다.

주인은 벽장 어느 곳에서 다른 책자를 꺼냈다. 이번에는 책자라기보다는 기의 수첩에 가까울 정도였고, 적혀 있는 이름도 별로 되지 않았다. 여러 작위들이 써져 있었다. 예전 세계의 작위 명과 거의 같은 체계였다. 그러나 높은 작위는 쓰여 있지 않았다. 하층 작위일 뿐이었다.

그 옆에 쓰여져 있는, 이 작위를 가진 귀족들이 사는 곳을 보았다. 거의가 쫓겨나다시피 한 까닭인지 국경 지대나 대륙의 맨 끝 황무지 지대에 살고 있었다. 한마디로 몰락 귀족이라는 말인데, 그래서인지 암암리에 귀족의 작위를 팔고 있었다. 물론 남작 같은 낮은 작위지만 말이다.

이 세계에서 귀족이란 대단한 존재다. 하지만 이렇게 암암리에 팔고 있다는 것에 쓴웃음을 지을 수밖에 없었다. 어찌 생각해 보면 간단한 것이다. 이 세계에는 많은 귀족이 있다. 남작, 자작, 백작, 후작, 공작.

그중 가장 흔한 게 남작이었고, 사업에 성공하여 경제를 부흥시키고 웬만한 전투에서 승리하여도 남작이라는 칭호를 주었다. 또 남작이란 칭호는 다른 귀족과는 달리 세습이 될 수 있었다. 너무 흔한 귀족 남작. 사실상 이 세계에서 남작 작위는 귀족으로 치지도 않는 모양이었다.

그러나 귀족의 작위만 산다면 말이 되지 않는다. 내가 살 경작지와 영지가 같아야 한다.

"좋다. 다른 것도 부탁하지. 여기 있는 사람들 중 땅까지 내어놓은 사람은 없나? 작은 땅이면 안 되네. 적어도 천 명 이상이 지낼 수 있는 넓은 곳이어야 하네."

주인은 나의 말에 골치가 썩는 듯한 표정을 지었다. 확실히 그렇게 커다란 땅을 파는 사람은 없겠지. 더군다나 여기 작위를 파는 사람과 일치해야 한다니 말이다.

주인은 다시 책자를 뒤적였다. 오래된 책이 팔랑거리면서 썩은 곰팡내를 피워댔다. 곧 찢어질 것 같은 얇은 종이가 불안하기만 했다.

"귀족님… 작위를 파는 사람과… 일치하는 땅이 있기야 있습니다만……."

'다만? 있다면 무엇이 문제지?'

"하지만 말입니다. 그것이 그러니까… 무인도라는 점입니다. 저기 대륙 최남단에 위치하는 곳으로 아무도 살지 않고 있습니다. 페리 남작라는 귀족의 소유지로 최근까지 살고 있었죠. 여기 보시면 다 써 있습니다. 한번 보시죠."

주인이 건넨 서류에는 페리 남작의 모든 것이 적혀 있었고, 그 집안의 내력까지 쓰여져 있었다. 좋은 말로 넓은 소유지지 사실상 그곳은 감옥이나 마찬가지였다. 더군다나 무인도에 가족끼리만 살게 하는 것이 얼마나 비참한 일이었는지… 거기 가서 죽으라는 말과 다름 없었다.

　본래 페리 남작이 귀양을 간 것은 아니었다. 페리 남작의 아비가 귀양을 간 것으로 대를 이은 귀양살이를 하고 있는 것이다. 거의 60이 넘어 곧 죽을 날만 기다릴 페리 남작의 귀양이 풀린 것은 십 년 전이었다.

　"좋군! 좋아! 크하하하하!"

　커다랗게 웃었다. 아주 통쾌했다. 페리 남작이란 작위와 경작지 모두 좋았다. 무척 좋았다.

　"크하하하하!"

　페리 남작은 자식이 없고, 그의 친척 일가도 이미 연락이 끊긴 지 오래다. 부모도 일찍 사망했다. 페리 남작의 작위를 산다 해도 누구도 그것을 알 수 없었다. 페리 남작의 이름을 그대로 사용하지 않고 그의 아들로 등록시켜 놓으면 더 감쪽 같을 수 있었다.

　또 팔고자 하는 땅은 대륙에서 너무 먼 곳이라 옛날부터 아무도 살지 않는 무인도였다. 간혹 가다 나라에서 귀양이나 보낼 정도로 별 필요 없는 곳이라 여기고 있었다. 운이 좋은 것은 국왕 젝슨은 60살이 넘도록 태어나 줄곧 갇혀 있던 페리 남작이 불쌍해서인지 그 무인도를 페리 남작의 소유로 만들었다는 것이다. 영주권까지 더해서 말이다.

　대륙에서 멀리 떨어진 커다란 땅, 우리 오크 족이 그곳에 정착하여 산다면 아무도 그곳에 신경을 쓰지 않을 것이다. 더군다나 멀리 떨어진 섬이 아닌가? 후에 성벽이며 간단한 방어 시설만 만들어놓아도 웬만한 공격은 막을 수 있는 요새가 될 수 있다.

　"크하하하하!"

　처음엔 그곳이 왜 무인도이고 또 별 필요 없는 땅으로 인식되어졌는지 이해가 가지 않았다. 그러나 조금만 생각하면 별다른 문제가 아니었다. 한마디로 그곳은 성지가 아니었다. 세계는 둥글지 않고 네모나다는 세계관이 그러한 인식에 큰 보탬을 했다.

무인도는 대륙에서 너무 멀리 떨어져 있었다. 그리고 크리오틴이며 파스틴이라는 남대륙 양국의 종교를 잘 알지 못하지만 적어도 그 무인도는 양국의 종교, 역사와는 전혀 관련이 없었다. 성지로서도, 사람이 살 땅으로도 너무 적합하지 않은 곳이었다.

"예에? 왜 그러십니까, 귀족님?"

"아… 아무것도 아니다. 그래, 이 땅을 내가 산다면 언제쯤 이 페리 남작과 연락이 될 수 있겠나? 최대한 빨리 되면 좋겠는데."

"그것이라면 걱정 안 하셔도 됩니다, 귀족님. 바로 요 성곽 변두리에 페리 남작이 작은 집을 짓고 살고 있죠. 그곳으로 찾아가시면 됩니다. 10년 동안 아무도 그 땅을 사지 않았는데… 또 남작이란 칭호도… 별 소용이 없을 텐데요. 그래도 괜찮겠습니까?"

주인은 정말 궁금하다는 듯한 표정을 지었다. 걱정하기보다는 왜 그런 곳을 사는지, 무슨 이유가 있지 않을까 하는 표정이었다.

'하층민 주제에 귀족에게 그런 질문 따위를 하다니!'

"이놈! 지금 나에게 시비를 거는 것이냐?"

"아… 제가 언제요… 아, 아닙니다, 죄송합니다. 그럼… 지금이라도 페리 남작에게 갈까요?"

주인은 예리했다. 단번에 화제를 바꾸는 저 기술이야말로 화술의 극치가 아닌가.

"귀족님이 왜 그 땅을 사시려는지 잘 모르겠으나 그 땅은 무척 쌉니다. 웬만한 땅의 10분의 1 가격도 되지 않죠. 아마 100분의 '1까지도 떨어뜨릴 수 있을 것입니다. 헤헤헤."

정보 제공소 주인을 따라 성안의 외곽에 위치한 허름한 집으로 다가 갔다. 평민들이 사는 집보다는 좋은 집이었지만 그래도 명색이 귀족이 살기에는 너무 허름한 곳이었다.

우리가 그 집으로 들어가자 페리 남작은 무척 반겼다. 페리 남작은 나와 주인을 쳐다보다가 주인이 '이분이 남작님의 작위와 영주권, 그리고 땅을 사기 위해 왔습니다' 라고 말하자 곧바로 나에게 구십 도 인사를 하며 말했다.

"참으로 고맙습니다."

"아니다. 고마워할 것 없다. 나는 단지 거래를 하기 위해 온 것이다."

거래는 손쉬웠다. 페리 남작은 다른 이들처럼 욕심이 있는 게 아니라 편안한 노후 생활을 바랄 뿐이었다. 그도 그럴 것이, 벌써 60이 넘어가는 할아버지이니 말이다.

'나도 언젠가 이 남작처럼 늙겠지……'

금액은 가지고 있던 금화 75개를 주는 것으로 정했고, 나머지 5개는 주인에게 수수료로 전해주었다. 이후 정보 제공소 주인은 나를 남작의 아들 '하레인 페리' 로 왕궁에 등록하고, 남작으로부터 영주권과 영지 소유권, 그리고 남작 칭호를 이어받는 것까지 전담하기로 했다.

페리 남작은 처음 만났을 때부터 헤어질 때까지 감사하다며 연신 허리를 숙였다. 아무리 낮은 귀족이라도 귀족인데 저렇게 허리를 숙이는 게 보기 싫었지만 나는 이런 대접을 받아도 되는 인물이기에 그때마다 고개를 끄덕여 주었다.

"그럼, 다음에 또 오십시오! 귀족님… 아니… 하레인 페리 남작님."

"그래, 다음에도 또 부탁한다."

예전에 내가 인간 모습으로 변했을 때 썼던 이름이 '디 세트 하레인'이던가? 그러나 지금부터 나는 '하레인 페리'다. 비록 낮은 작위이지만, 나는 이 인간 사회와 별 상관이 없기에 그리 상관은 하지 않았다.

모든 거래가 끝났다. 페리 남작으로부터 받은 토지 문서, 영주권 문서를 쓰다듬으며 쳐다보았다. 비록 낡은 종이지만 왠지 모르게 무척 뿌듯했다. 무언가 이룬 것 같은, 지금이라도 당장 오크들만의 나라를 세울 수 있을 것 같은 기분까지 들었다.

뿌듯한 마음으로 길을 걷자니 지나가는 사람들까지 모두 흥겨워 보였다. 막 주점을 지나치려는 찰나 주점에서 나오는 냄새가 나를 유혹했다. 요즘 들어 통 맛있는 음식을 먹지 못했으니 당연한 결과였다.

"어서 옵쇼! 아, 귀족님이시군요."

똑같은 반응. 별로 나쁘지 않다. 당연히 나에게 인사를 해야지. 나는 이제부터 엄연히 귀족! 하레인 페리 남작이니까. 지난번까지는 가짜 귀족이었다만 이번에는 진짜 귀족이다.

주점 안은 몇 년 전과 같은 분위기였다. 팔씨름을 하는 용병 사내들과 응원하는 주점 아가씨들, 그리고 술에 취해 고래고래 소리를 지르는 사람과 말리는 사람. 좋게 말해 활기 찬 공간이었고, 느낀 대로 말하자면 개판 오 분 전이었다.

귀족만 상대하는 고급 음식점도 있을 것이다.

그리로 갈까 하고 일어나려 하는데 귀여운 소녀가 곁으로 다가왔다

"귀족님, 주문하세요."

"음… 여기서 잘하는 것이 무엇이지?"

"뭐… 저 뚱땡이 아줌마가 할 줄 아는 거라곤 맛없는 스테이크밖에

없죠. 선택도 할 수 없어요. 그거 하나밖에 없으니까요. 그리고 술도 있어요. 술도 하실 거죠, 귀족님?'

'술이라… 흠, 한 잔쯤은 해도 되겠지.'

"그래! 한 잔 가져다 다오. 아무거나 부탁한다. 그 스테이크도 부탁하고."

"네에~"

소녀는 주문을 받자 환하게 웃으며 주방으로 향했다. 시간이 얼마 지나지 않아 김이 모락모락 피어나는 스테이크와 분홍색 잔에 든 맑은 술을 가져왔다. 스테이크는 소녀가 말했던 바와 다르게 맛이 일품이었다. 거기다 이곳의 전통 술까지 더하니 고기 맛은 특품이 되었다.

술이 한 잔 두 잔 넘어가면서 소녀에게 술을 계속해서 주문했고, 어느새 빈 술잔들이 탁자 위에 나뒹굴었다.

시간은 계속해서 흘러갔다. 흘러간 시간만큼 계속해서 술을 시키자 소녀는 귀찮다는 듯이 아예 커다란 술통을 가져왔다.

내가 이렇게 술을 잘 마실 줄이야. 멈출 수가 없었다. 먹으면 먹을 수록 몽롱해지는 게 기분이 무척 좋아지는 걸 어쩌란 말인가.

"와아! 한 통 더 추가다! 애들아, 여기 귀족님이 한 통 더 추가하셨다."

내가 술을 마셨는지, 술이 나를 먹었는지 알 수 없도록 비워내고 한 통을 추가시키자 주점 안의 사람들이 몰려들었다

"정말 대단하군. 내가 태어나서 이렇게 술을 잘 마시는 사람은 처음 봤어. 그런데… 보아하니 귀족 같은데 이런 싸구려 술까지 마시는 건가? 흐음, 아무튼 정말 대단해."

"그러게 말이야. 벌써 두 통째라니까. 거 누구지? 칸타라고 알지? 지

난번에 술 마시기 대회에서 우승했던 놈. 그놈이 한 통 반을 마시고 뻗어버렸는데… 아! 벌써 저 귀족 두 통을 비워냈어!'

주위에서 뭐라고 중얼거리는 소리가 들려왔다. 나를 욕하는지, 나를 칭찬하는지, 나를 존경하는 소리인지 별 상관이 없다. 그저 기분이 좋을 뿐이다. 웃고 싶어서 웃어댔고, 주위의 사람들은 '한 통 더! 한 통 더!' 하며 응원을 했다. 더 마시면 기분이 더 좋아지겠지. 정말 좋군……

"으아… 깨질 것 같군… 물… 물……"

잠에서 깨자마자, 목이 타 들어가는 것 같은 심한 갈증이 나를 공격했다.

"드디어 일어나셨네요, 귀족님? 그렇게 어제 그렇게 막 마시는 게 어딨어요?"

어제 주문을 받았던 소녀였다. 엷게 진 쌍꺼풀에 기다란 검은색 생머리가 꼭 동양인을 연상케 하는 모습이었다.

'그나저나 어제는 어떻게 된 것일까? 기억이… 나지 않는군. 그러니까… 제길! 술을 처마시고 있던 것밖에 기억이 나지 않아.'

"여기요, 귀족님. 물이에요. 그런데 참 신기해요. 귀족님은 어떻게 귀족이면서도 이런 주점을 찾으셨죠? 그리고 술 네 통을 비워 버릴 수가 있었죠? 정말 귀족님의 말대로 사람 아니죠?"

"내가 사람이 아니라고 했나?"

'제길, 기억이 없으니… 원… 내가 뭐라고 했지?'

"후훗! 귀족님이 그러셨잖아요. 어제 얼마나 웃겼는데요. 주점 안의 사람들이 귀족님 이야길 들으면서 정말 배꼽 빠지는 줄 알았다고요.

그중에 정말 배꼽 빠진 사람까지 있어요. 헤헤… 장난이고요. 어제 귀족님이 '나는 오크의 신 샤코로움이다. 모두 죽여 버리기 전에 조용히 안 있어?!' 하고 말하셨잖아요."

소녀가 나의 어투를 따라하며 말했다. 굵게 목소리를 내는 소녀의 모습이 귀여운 건 사실이었지만, 그것이 배꼽이 빠지도록 재미있는 이야기라니. 나는 정말 오크의 신이다. 쩝… 그나저나 다음부턴 술을 안 마셔야겠군. 기억이 끊겨 버리다니.

"엄청 재미있었어요. 사람들이 '거짓말~' 하면서 귀족님에게 말하자 귀족님은 전투를 했던 이야기까지 했잖아요. 그 예전에… 뭐라더라? 용병들에게 듣기론… 헤루누… 전투? 에… 모르겠다. 아무튼요. 예전에 오크들에게 전멸당한 기사단의 이야기였어요. 정말 재미있었다고요."

"그… 그랬나?"

"그런데요, 갑자기 귀족님께서 '하… 하지만 나는 인간이 되고 싶다. 집에 돌아가고 싶어' 하면서 울기 시작하더니 그대로 탁자에서 잠들어 버리고, 또 밤에는 토까지 하는 통에 제가 이렇게 잠을 못 잤다고요. 보세요, 제 눈. 충혈됐잖아요."

'뭐, 뭐라고? 내가 '인간이 되고 싶다. 집에 돌아가고 싶다' 며 울었다고? 말도 안 되는군. 나는 인간이 되기 싫다. 집에도 돌아가기 싫다고. 지금의 생활에 무척 만족하면서 살고 있어. 만족… 하면서 살고 있지.'

나는 그대로 일어나 금액을 지불한 후 밖으로 나왔다. 소녀에게는 미안하지만 솔직히 소녀의 입에서 어떤 말이 나올지 두려웠다.

'정말 내가 인간이 되고 싶다고, 집에 가고 싶다고 울었을까? 쳇! 그

만 생각하자.'

더 이상 수도에서 볼일이 없었다. 레드팍스도 한 번쯤은 보고 싶었지만 그런 사소한 일 때문에 시간을 낭비한다는 것은 무척 손해 보는 일이다. 성 밖으로 나와 왔던 길을 되돌아가려 했다. 하지만 그곳과 데칸 산맥 쪽은 무슨 일 때문인지 일반인은 물론 귀족까지 통행 금지가 되어 있었다. 일 주일 간 말이다. 할 수 없이 수도 뒤편의 그린 산맥 쪽으로 되돌아갈 수밖에 없었다.

그린 산맥은 다른 산맥과 다를 바 없었다. 밤이 되면 어김없이 여기저기서 울어대는 곤충 소리와 환한 달빛이 비쳤다. 더군다나 산길에 왕궁에서 만들어놓은 나무 표지판까지 있었기에 가는 길은 수월했다. 나무 표지판에는 '위험! 산길에서 벗어나지 마시오' 라고 쓰여 있었다.

'이것 역시 평범하군. 산길을 조심하라니. 내가 어린애인가?'

하지만 평범하다는 생각을 깨뜨린 건 5일이 지난 후였다. 산맥을 타기 시작한 지 5일이 지났건만 어디로 가야 할지를 알 수 없었다. 올라온 것이 있어 내려가기는 싫었고, 또 올라가자니 길을 잃은 지금 어디로 올라가야 할지 몰랐다.

길을 잃었을 때 최선의 방법은 가장 높은 곳으로 올라가 주위 광경을 보면서 갈 곳을 정하는 것이다. 하지만 이 산맥은 이 세계에서 둘째 가라면 서운할 정도로 높은 것으로 유명한 곳이었고, 여기저기 화산 활동으로 인해 불규칙한 지형은 더욱더 나를 혼란스럽게 만들었다.

그래도 다행인 것은 이곳에 열매와 동물이 아주 많다는 것이다. 오크 형제들을 모두 데리고 이곳에 정착해도 좋을 만큼 말이다. 큰 산맥이니만큼 많은 오크 족들이 존재할 테지만, 아직까지는 보지 못했다.

벌써 7일째다. 일주일이 지나가는군. 이젠 막막하다 못해 갑갑하기까지 하고, 이 산을 파괴해 버리고 싶기도 하다.

'제기랄! 이놈의 산은 뭐가 이렇게 복잡하냐!'

6일째 되던 날, 이 산에서 내려가리라 마음을 잡은 적이 있었다. 아무리 오르고 또 올라도 길을 잃어버린 이상 계속 헤매기만 할 뿐임을 깨달은 때문이었다. 애초에 이 산맥에 들었을 때, 조금이라도 빨리 도착하려는 마음에 길에서 벗어난 것이 잘못이었다. 이제 와서 마법으로 텔레포트하려고 해도 이곳이 어딘 줄 알아야 할 것이 아닌가?

어느새 7일째 되는 날이 지나가려 밤이 찾아왔고, 이 밤만 지나면 8일째가 된다. 설마 여기에서 죽기야 하겠는가만은 정말이지 산맥은 이리 꼬이고 저리 꼬여 있어 마치 미로 같았다. 하지만 계속해서 내려간다면 조만간 마을에 도착할 수 있을 것 같았다.

세찬 바람이 불어오자 나는 잘 곳을 찾아야겠다고 생각했다. 한참 주위를 두리번거리면서 돌아다녔지만 잘 곳을 찾을 수 없었다. 이만 포기해야겠다는 생각에 커다란 나무 곁으로 다가가자 갑자기 밑으로 쑥 빠지는 느낌이 들었다. 나무 밑에 커다란 구멍이 숨겨져 있을 줄이야. 나무 밑 구멍 속으로 계속해서 빠져 들어가다가 '탁!' 하며 땅에 부딪혔다.

"여긴 어디지?"

우크! 딸과 삶을 얻다

아무것도 보이지 않는 어둠이었다. 눈을 감은 것이나 눈을 떴을 때나 보이는 것은 마찬가지였다.

"Light!"

라이트 마법을 운용하자 손에서 밝은 빛이 나와 주위를 밝혔다. 주위는 동굴 같은 흙벽이었고, 바닥에는 커다란 돌멩이들이 눈에 띄었다. 내가 떨어진 이곳은 양쪽으로 길이 쭉 뻗어 있었고, 양쪽 끝에서는 강렬한 마법의 기운이 느껴졌다.

'무슨 기운일까?'

호기심이 드는 것은 당연한 일이었다.

"@$#@$#@$."

양쪽 끝에서 발자국 소리와 함께 커다란 음성이 주위를 울렸다. 목소리의 주인공들이 양쪽 끝으로 다가오면서 그들의 모습을 드러냈다.

그들은 드워프였다. 나는 그들이 드워프란 걸 확인하자마자 즉시 통역 마법을 운용했다.

"침입자다! 인간이다!"

대충 10명이 넘는 인원의 드워프들이 몰려왔다. 그들은 나를 둘러싸고선 이마를 찍어버릴 듯 도끼를 쳐들었다. 커다란 배틀엑스의 날이 유난히 날카로워 보였다. 만약을 위해서 오른손과 왼손에 불의 기운을 담아 바로 날려 버릴 준비를 했다.

"인간! 너, 어떻게 들어왔지?"

늙은 드워프 하나가 화를 내며 말했다. 그 드워프는 방금 전에 무엇을 했는지 옷은 무척이나 더러웠고, 흰 수염에 덕지덕지 진흙이 붙어 있었다. 분명히 화를 내야 하는 건 내 쪽이었다. 땅 위에 구멍을 내서 이렇게 괜한 사람을 떨어뜨린 것이다.

"화를 낼 쪽은 내 쪽인데 네가 왜 화를 내느냐!"

'이번에도 드워프의 만남은 이렇게 시작되는군.'

"뭐라고?"

"저 위쪽에 구멍을 파놨기에 내가 이렇게 떨어진 것 아니냐!"

내가 버럭 화를 내자 둘러싸고 있던 드워프들이 배틀엑스를 쳐들었다.

'흥! 약한 놈들 주제에 뭉쳐 있으면 대단한 줄 아는가 보군.'

저들이 먼저 공격한다면 당하는 쪽은 이쪽이기에 내가 먼저 공격을 하기 위해 불의 기운을 손가락 끝까지 이동시켰다. 너무 불의 기운을 생각한 나머지 손끝에 허리에 매어져 있는 주머니가 닿자 주머니의 끈은 그대로 끊어져 밑으로 뚝 떨어졌다. 반쯤 열린 주머니에서 루샤로의 녹색 광이 주위로 퍼져 나갔다. 떨어진 주머니를 줍고 일어설 때였다.

"뭣들 하는 게냐! 어서 손님을 모시지 않고!"

멀리서 어둠 안개를 뚫고 나온 드워프 하나의 외침이었다. 그 드워프가 나타나자 드워프들은 새로운 드워프에게 허리를 굽혔고, 나는 불의 기운을 다시 몸속으로 거둬들었다.

"하지만 수장님, 이 인간은 침입자입니다."

"어서 모셔라!"

난 그렇게 드워프들의 마을 안으로 들어갈 수 있었다. 내가 떨어진 곳은 입구로 침입자를 막는 역할을 하는 곳이었다. 드워프들을 따라 안으로 들어간 곳에서 본 새로운 광경에 입이 절로 벌어졌다. 지하에 이렇게 거대한 마을이 있을 줄은 상상도 하지 못했다. 지하의 새로운 도시는 드워프들의 기술력으로 지어진 건물들로 이루어져 있어 실용성뿐만 아니라 디자인까지 대단했다. 또 한가운데에 있는 분수대며 여기저기 이어져 있는 훌륭한 도로망은 입을 절로 벌어지게 만들었다.

지붕은 꼭 이슬람 사원과 같은 아치형이었고 창끝처럼 뾰족한 오지아치며 둥글둥글한 말발굽형 아치 모양이 대부분이었다. 또 아치형만 있는 것도 아니고 고딕형까지 간혹 가다 보였다. 그러나 뭔가가 다른 고딕형이었다. 드워프 마을의 분위기는 차분했다. 마을 외곽의 흙벽과 어울리는 갈색 톤의 아치 지붕들이 보는 사람으로 하여금 놀람을 금치 못하게 하였다.

"대단하군."

드워프들은 칭찬을 좋아한다. 지난번 드워프들과의 첫 만남에서 이미 증명된 바다. 내가 혼잣말로 중얼거리는 말을 듣자 드워프들의 입가에 짙은 미소가 드리워졌다.

드워프 수장의 집은 다른 곳보다 커다랬다. 안으로 들어가자 드워프 장로는 나를 자신의 반대 편 의자로 안내한 후 다른 드워프들을 모두 물러나게 했다.

"미안하네"

'상당히 예의를 아는 드워프군.'

"아니다. 그런데 이곳에서 어떻게 나가야 하는 건가?"

"그것보다 먼저… 그 주머니를 보았으면 하네."

수장이 가리킨 주머니는 루샤로가 들어 있는 주머니였다. 예전에 드워프 마을에서 몰래 가져온 것이었는데 무척 아름다워 언제나 지니고 다녔던 것이다.

그때 드워프 수장이 했던 말로는 이 루샤로가 드워프 수장만이 가질 수 있는 물건이라는 것이다. 그것도 여러 드워프 종족 중 선택받은 수장만이! 또, 죽을 때의 영혼으로 만든다는 점이 이 루샤로의 아름다운 녹색 광을 만드는 거라 했다.

난 선뜻 루샤로를 내놓지 못했다. 걱정이 일었기 때문이다. 내가 몰래 가져온 것이 걸렸을까 하는 그런 걱정. 하지만 무척 오래된 이야기인데. 벌써 3년이 지났다고. 그리고 또 이곳은 그곳에서 멀리 떨어진 그린 산맥이 아닌가?

조심스레 주머니를 탁자 위에 올려놓았다. 끈을 풀자 녹색 광의 루샤로가 드러났다. 드워프 수장은 한동안 말을 하지 못하고 '오… 오…' 하며 입만 벌린 채 눈만 껌뻑거렸다. 무척 놀란 모양이었다.

'놀랍기야 하겠지. 드워프들의 신성물! 그 루샤로를 내가 가지고 있으니까.'

"어, 어떻게… 정말로 루샤로인가?"

수장은 눈앞의 루샤로를 보고도 믿지 못하겠다는 듯 루샤로를 조심스레 들어 이리저리 훑어보았다. 하지만 어쩌겠는가. 그것은 진짜 루샤로인걸. 하하하!

10분이 지나도록 장로는 말없이 루샤로만을 쳐다보았다. 루샤로의 은은한 녹색 광에 나 역시 빠져 있어 시간 가는 줄도 몰랐다. 어느 정도 시간이 지나자 장로가 결심했다는 듯 진지한 어투로 말했다.

"인간… 네 이름은 무엇이지?"

'훗! 드디어 내 인간 이름을 써먹을 때가 왔군.'

"하레인 페리라고 한다."

"그래, 하레인 페리. 이 루샤로를 나에게 주는 것이 어떤가?"

'무척 진지한 어투군. 앗! 뭐라고? 그 루샤로를 달라고? 미쳤는가! 내가 그것을 얻기 위해 예전에 벌인 전투를 생각하면……. 우리 형제들이 얼마나 많이 희생됐는데 겨우 너까짓 놈에게 주다니!'

"놀라는 것도 무리가 아니지. 거저 달라는 것이 아니다. 교환을 하자는 거다. 인간, 솔직히 이것은 네게 필요가 없지 않은가?"

'흐음… 교환이라…….'

"무엇과 교환하고 싶은가? 수장."

"네가 원하는 것은 무엇이든 줄 수가 있다. 황금을 원하는가? 보석을 원하는가? 말만 하라. 이 방에 가득 찰 만큼 줄 수가 있다. 네가 이것을 어떻게 얻었는지는 묻지 않겠다. 하지만 네가 우리에게 주기 싫다고 한다면 어쩔 수 없는 것! 알아둬라. 이것은 원래 우리 종족의 것이기에……."

'협박인가? 거의 협박이 반이군. 버릇없는 것들. 훗! 하지만 의외인걸. 이 루샤로가 그렇게 대단한 가치를 지닌 거였다니. 황금과 보석을 이 방 가득히 줄 수 있다고? 좋아, 좋아.'

난 은은한 미소를 지었다. 그렇지만 왠지 마음이 일지 않았다. 마을

양 끝에서 느껴지는 두 개의 커다란 마법 기운 때문이었다.

'대단한 마법사가 숨어 있는 것인가?'

"그건 그렇고, 양 옆에서 느껴지는 마법의 기운은 무엇이지?"

내가 질문하자 수장은 놀랍다는 표정을 지으며 답했다

"오… 마법의 기운이 느껴지는가? 대단하군, 인간. 우리 땅의 종족은 마법을 쓰지 않기 때문에 잘 모르지만, 양 옆에서 느껴지는 기운은 루샤로의 기운이지. 밖의 이민족들은 이 기운을 마법의 기운으로 착각하기도 하더군."

"그래? 그것이 무엇인가?"

"황금이나 보석보다 양 옆의 기운에 더욱더 신경이 쓰이나 보군. 자, 따라와라."

수장은 자리에서 일어나 문을 열고 나갔다. 솔직히 황금과 보석을 좋아하지 않는 사람이 어디 있겠는가? 그러나 양 옆에서 느껴지는 거대한 기운을 느껴보니 막상 황금과 보석에 대한 집념은 사라지고 말았다.

거대한 기운은 마을의 동과 서 양쪽이었다. 첫 번째 간 곳은 동쪽으로 마을 끝의 동굴이었다. 지하에 동굴이 있다는 것도 신기한 일이지만 들어갈 때마다 점차 증가하는 심장의 박동과, 반대로 마음은 차분해지고 있었다.

'육체는 마법의 기운으로 긴장하고 정신은 안정된다……'

가득한 습기로 턱턱 숨이 막혀오는 동굴은 무척 길었다. 높이와 폭도 좁아 앞선 장로의 등으로 인해 앞을 보지 못했다. 거대한 기운이 가까워졌다, 바로 코앞이었다.

"다 왔네, 하레인 페리. 바로 이것이다."

수장이 가리킨 곳에는 한 자루의 거대한 도끼가 있었다. 드워프들이 쓰는 배틀엑스처럼 양날도끼도 아니었고, 오크들이 쓰는 작은 핸드 엑스도 아니었다. 할버드처럼 기다란 창끝에 거대한 도끼날이 박혀 있었고, 손잡이 끝에는 무엇이든 꿰뚫어 버릴 듯한 날카로운 송곳이 박혀 있었다. 그것이 전부가 아니었다. 황궁의 가장 비싼 보석도! 만발하는 꽃잎들보다도 화려한 것이 이것이었다.

루샤로의 녹색 광은 이 무기에서 뿜어져 나오고 있었고, 날카로운 날과 송곳이 아닌 곳은 황금으로 만들어져 있었다. 간혹 가다 박혀 있는 커다란 다이아몬드 역시 저절로 침을 꿀꺽 삼키게 만들었다.

"대… 대… 대단하군! 정말 대단해!"

나의 외침을 듣고 수장이 말했다

"그런가? 훗! 이것은 600년 전인가? 그때 특이한 형제가 만들었다더군. 루샤로를 이용해서 말일세. 이렇게 긴 무기는 필요가 없는데 왜 만들었는지… 사용된 루샤로만 생각하면 아까워 분통이 터질 일이지."

'필요가 없다고? 이것… 이 화려하고 멋진 무기! 이 세상에 어느 무엇이 이것보다 화려하고 멋질 수 있을까. 가지고 싶다. 이것을 휘두른다면 엄청나겠지? 더군다나 예전 드워프 수장에게 들기론 루샤로를 이용해서 만든다면 보검이 된다고 하지 않았나.'

"수장, 저것과 루샤로를 교환하자."

"정말인가?"

'아, 맞아. 잊어버릴 뻔했군. 급한 것은 내가 아니라 이 드워프지. 아직 저 서쪽에도 거대한 기운 하나가 남겨져 있다. 이것도 이렇게 화려한데 그것은 얼마나 대단할까.'

"그렇다. 그러나 이것만 원하는 게 아니다. 우선은 이것을 가지고 서쪽 끝으로도 한번 가보자."

"……."

서쪽 끝에 있는 동굴은 동쪽의 동굴보다 가기가 편했다. 우선 숨을 턱턱 막히게 하는 공기의 부족 현상과 괜히 사람의 신경을 건드리는 습기가 없었다. 동쪽 동굴이 무척 좁고 바닥에는 굵은 돌멩이들로 가득차 있었다지만 이곳은 그 반대였다.

길이 이렇게 잘 만들어진 걸 보니 뭔가 대단한 게 있는 모양이다. 거기다 저기 수장 손에 들려 있는 저 무기의 기운만큼이나 강력한 기운이 느껴지는 게 심상치 않았다. 기대에 부푼 마음으로 한 걸음 한 걸음을 옮겼다.

거대한 기운이 느껴지는 곳까지 열 걸음… 아홉 걸음… 여덟 걸음… 한 걸음… 됐다!

"여기네, 하레인 페리."

이것이라고? 난 보자마자 실망할 수밖에 없었다. 분명히 거대한 기운이 흘러나오는 무기이지만 서쪽 동굴의 무기 같은 화려함은 전혀 없었다. 오히려 곧 버릴 단검을 사는 것이 이것보다 더 나을 것 같았다.

눈앞에 있는 것은 건드리기만 해도 부서질 듯 낡아 보이는 단검이었다. 루샤로의 녹색 광조차 나타나지 않았다.

평범한 단검. 어느 대륙에서나 볼 수 있는 단검. 더욱이 만지는 것조차 불안한 이 단검을 어디에 쓰겠는가.

'그런데 왜 이 단검에서 거대한 기운이 나오는 거지?'

"왜 그런가? 실망인가? 하기야 여기 이것보다는 무척 수수하지."

'수수하다고? 좋게 말해 수수한 거지. 이게 지금 무기라고 내 눈앞에 선보인 거냐. 상대방을 공격하기도 전에 부서져 버리고 말겠다.'

수장은 허리를 굽혀 한가운데 놓여 있는 단검을 들었다. 가까이서 보니 단검의 모습은 더욱더 허름했다. 덕지덕지 붙어 있는 이끼며 녹까지 붙어 있는 단검을 수장은 보물을 만지듯 매만지다가 갑자기 저 앞에 보이는 단단한 바위를 향해 던졌다. 쌩— 하는 소리와 함께 날아가는 단검을 보면서 나는 바위에 부딪쳐 부서질 단검을 상상했다.

그러나 상상은 어긋났다. 단검이 부서지기는커녕 단검의 손 자루까지 바위 깊숙이 박혀 버린 것이다.

"홋! 하레인 페리, 놀랐는가? 거기다 저기 저 바위가 어떤 바위인 줄 아는가? 세치르겐이라는 암석으로 그 강도는 상상을 초월하지. 사람들은 흔히들 저걸 미스릴이라고 하더군. 그 미스릴을 가볍게 뚫어버리는 게 바로 저 단검의 위력이다."

난 깊이 박힌 단검 곁으로 다가갔다. 세치르겐 암석에 깊이 박혀 있는 단검의 손잡이를 잡고 뒤로 빼보았다. 박힐 때와 마찬가지로 빠지는 것도 진흙에 박힌 도끼를 빼는 느낌처럼 손쉬웠다. 그래도 실감은 나지 않았다. 단검이 너무 허름하였기에… 어떻게 이런 단검이 이 암석을 꿰뚫어 버릴 수가 있는지… 하기야 이런 위력이 있으니 커다란 기운이 집중되어 있는 거겠지?

"어떤가? 하레인 페리. 이 단검과 저 도끼를 네가 가지고 있는 루샤로와 바꾸는 것이. 그 루샤로는 본래 우리 종족의 것. 우리에게 돌아오는 것은 당연한 일이다. 그리고 손해라 생각지 마라. 이 무기 두 개는 루샤로 한 개로 만든 것이니 루샤로로서의 가치는 동일하다. 더욱이 이 무기를 만든 괴상한 형제가 평생에 걸쳐 만든 이 무기들은 내가 장담컨대 어디서든 찾아볼 수 없을 것이다. 화려함과 수수함의 조화를 생각한… 허허허! 이 땅의 종족은 이렇게 대단하다."

수장의 말이 끝난 뒤에도 나는 곰곰이 생각했다. 수장의 방을 가득 채울 보석과 황금을 얻어야 하는가, 아니면 엄청난 기운이 집중되어 있는 이 무기를 얻어야 하는가. 생각에 잠긴 끝에 내린 결론은 하나였다. 무기를 얻자는 것이다.

황금과 보석이 아까운 건 사실이다. 무척 아깝다. 하지만 이런 무기는… 어디서도 다시 보지 못한다. 또 이 무기들만 있으면 아무리 대단한 기사들이라 할지라도 두렵지 않을 것이다. 이 무기가 스치기만 해도 갑옷은 파괴되고 심장은 도려내질 테니까. 생명이 우선이다. 욕심 또한 금물이다. 죽고 나서 황금과 보석이 무슨 소용 있겠는가.

'역시… 난 대단한 놈이야……. 물질보다 생명을 우선으로 하는 이 마음. 후훗.'

"흐음… 그렇게 하지, 수장."

드워프 수장은 우선 할버드에 가까운 큰 도끼를 건넸다. 들어보니 묵직한 게 무게가 많이 나갔다. 대단한 힘의 소유자인 나도 이렇게 묵직한데 다른 사람들이 들기에는 어떨까? 생각에 빠져 있을 때쯤 수장은 다시 단검을 건넸다. 커다란 도끼는 양손 무기였기에 단검을 들 수가 없었다. 단검 집이 있어 허리에 매고 다닌다면 좋을 텐데.

"수장, 단검 집은 없나?"

수장은 나의 말에 당연하다는 듯 다시 허리를 굽혔다. 단검에 신경을 쓰지 않아 미처 보지 못했지만 바닥에 단검만큼이나 허름하게 생긴 단검 집이 놓여져 있었다. 검은색의 단검 집은 단검과 무척 어울렸고, 우연인지 나의 옷 색깔과 일치하였다.

"왜 단검을 단검 집에 넣지 않고 있었지?"

"하레인 페리, 단검을 단검 집에 한번 넣어보게."

장로의 말이 끝나자마자 나는 궁금증을 이기지 못하고 그대로 단검을 단검 집에 넣었다.

갑자기 단검에서 느껴졌던 거대한 기운이 본래부터 없었던 것처럼 어디론가 사라져 버렸다.

"그렇다, 하레인 페리. 그 단검 집은 본래 단검과 한쌍으로 단검을 넣으면 특유의 기운을 감출 수 있지. 표정을 보니 아직 이해를 못한 모양이군."

'쪽집게야.'

"자네가 들고 있는 그 도끼를 보게. 그 도끼와 이 단검의 기운이 비슷했지? 양 끝에 이 무기들을 놓음으로써 마을을 좀 더 안정시키고자 한 것이네. 거대한 기운으로써 다른 몬스터의 침입도 막고자 한 것이고. 예를 들면 오크라든지……."

"웃기는군, 수장. 오크는 몬스터가 아니다."

"하레인 페리, 너야말로 웃기는군. 오크는 인간들이 가장 싫어하는 몬스터일 텐데?"

"아니다."

"뭐, 아니든 그렇든 무슨 상관이겠는가. 중요한 건 이제 그 무기들이 네것이라는 거다. 보시다시피 난 이 샌드매간 대지의 민족의 수장이다."

'샌드매간? 이 드워프 족의 이름인가? 그런데 그게 어떻다고?'

"네가 루샤로를 들고 있다는 것은 우리 대지의 민족에게 인정을 받았다는 말이기에 너를 우리 마을에 발을 들여놓게 한 것이다. 우리 대지의 민족에게 인정을 받은 너에게서 루샤로를 가져간다는 것은 조금 마음에 걸리는 일이다. 하지만 나는 루샤로가 필요하다. 너도 알다시피 이 루샤로는 선택받은 수장의 영혼으로만 만들 수가 있는 법. 그러나 나는 선택을 받지 못했다. 이 죄를 우리 형제들에게 어떻게 갚을까 하는 고민에 잠겨 있을 때 네가 온 것이다. 대충 알았는가, 하레인 페리?"

"그래, 알았다."

난 기운을 감춰 버린 단검을 뿌듯한 마음으로 바라보다가 허리에 차면서 말했다. 허리 깊숙이 보이지 않는 곳에 단검 집을 숨겨놓았다. 하지만 필요할 때 언제라도 간편히 꺼낼 수 있기에 걱정은 하지 않았다.

길다란 할버드 형 도끼를 오른손에 들고는 걸었다. 걸을 때마다 들썩이는 도끼의 날에서 푸른 광채가 맴돌았다. 자루에 박혀 있는 커다란 다이아몬드만 하더라도 엄청난 값이 나갈 것이다.

수장의 집에 들어선 뒤 나와 수장은 다시 의자에 앉았다. 나는 할버드 형 도끼를 탁자에 기대어놓은 다음 허리에 묶어놓았던 주머니를 수장의 앞으로 내밀었다. 수장은 나에게서 주머니를 건네받고 곧 울음이라도 터뜨릴 것 같은 표정을 지었다.

'벌써 눈에 눈물이 맺혀 있군.'

"수장, 나는 이만 갔으면 한다. 이곳에서 빠져나가는 길은 어디지?"

"나를 따라오면 된다."

"아! 그리고 이 산맥에서 빠져나가는 길은 어디인가? 수도의 북쪽으로 가야 하는데."

난 수장의 설명을 들으면서 뒤를 따라가야 했다.

나가는 길은 의외로 간단했다. 마을의 남단에 도착하자 커다란 사다리 하나가 놓여 있었다. 수장의 설명대로라면 이 사다리를 타고 나가 커다란 바위가 보이는 쪽으로 걸으면 인간의 길이 보인다고 했다.

"그럼, 난 이만 간다."

사다리를 타고 한참을 올라가니 태양의 강렬한 빛이 나를 반겼다.

내가 올라가자마자 한 일은 등 뒤에 매어진 핸드 엑스를 버리는 일이었다. 이미 허리춤에는 강력한 단검과 긴 도끼가 있었다.

나는 단검을 '살'이라 부르기로 하고 등 뒤에 매어진 화려한 할버드형 도끼는 '멸'이라 부르기로 하였다. 멸! 살! 얼마나 좋은 단어인가. 나의 앞을 막는 자에겐 이 이름 그대로 죽음을 줄 수밖에 없다.

난 태양의 빛에 눈을 찡그려야 했다. 작게 떠진 눈으로 커다란 바위를 찾기 위해 주위를 두리번거렸다. 저 서북 쪽에 바위가 있어 그곳으로 가보니 수장이 말한 대로 인간들이 닦아놓은 길이 있었다.

길 안내 표지판까지 있어 가는 길은 무척 편했다. 이따금씩 등에 메어져 있는 '멸'을 꺼내 들고선 그 '멸'에 박혀 있는 보석이나 멸의 녹색 광을 바라보는 것만으로도 뿌듯했다.

주위가 밤처럼 어두워졌을 때 '멸'은 야광 불빛처럼 은은한 빛을 주위로 뿌렸다. 본래 밤길은 작은 벌레들의 천국이기 마련이었다. 그러나 날개 달린 작은 곤충과 모기나 날파리 같은 벌레들이 평소 때와는 다르게 접근을 하지 못하고 있었다. 모두 다 이 녹색 광 때문인 듯했다.

단검 '살'의 위력은 드워프 마을에서 충분히 느껴보았다. 미스릴이란 암석을 그대로 꿰뚫어 버리는 위력. 그렇다면 이 '멸'의 위력은 어떨까?

나는 그런 생각으로 양손 무기인 멸을 들고 가까운 바위를 내려칠 요량으로 높게 쳐들었다. 손에는 '멸'의 무게를 이길 수 있을 만큼의 힘만 주었다. 그대로 날을 수직으로 세우고 바위를 내려쳤다. 날에서 발하는 녹색 광이 한줄기의 획을 그었다.

쓰윽 하는 느낌과 함께 푹 들어가는 게 이게 정말 바위일까 하는 생각이 들 정도였다. 심지어 바위 밑의 땅 깊숙이까지 박혀 버렸다.

"하하하! 하하하! 하하하!"

참을 수 없었다. 단검 '살'의 위력뿐만 아니라 이렇게 화려하고 멋진 '멸'까지. 이 정도 위력이니 그 든든함을 어찌 말로 표현할 수 있을까?

밤에 발하는 '멸'의 녹색 광은 무척이나 아름다웠다. 그 강함에 어울리는 아름다움이 주위로 퍼져 나가며 숲 속의 동물들을 녹색의 아름다움에 취하게 만들었다.

아무리 사람이 닦은 길이라 해도 인적이 드물어서인지 폭이 좁아들어 있었다. 마차가 지나가기엔 무리인 커다란 바위들과 쓰러져 있는 나무들이 나의 행보를 가로막기도 했다. 그럴 때마다 나는 멸을 휘둘러 그것들을 베어버렸다. 물론 웃으면서 말이다.

하룻밤 동안 꼬박 걷자 멀리 불빛이 보이기 시작했다. 불빛이 가까워졌을 때 그것이 인간 마을이라는 걸 알아챌 수 있었다.

이제는 나도 피곤했고, 또 시간 역시 잠을 자야 할 때였기에 그 마을에서 하루 자기로 마음먹었다. 난 손에 들고 있던 '멸'을 등 뒤에 멘 다음 마을에 들어섰다.

마을은 지도상에도 나타나지 않는 무척 작은 마을이었다. 마을이라기보단 촌락으로, 가구는 20여 호도 되지 않아 보였다. 그래도 옹기종기 모여 있는 작은 건물과 마을을 감싸고 있는 푸른 나무가 한데 어우러져 있어 보기 좋았다.

내가 마을에 들어서자마자 맞은 건 마을 개들의 울부짖음이었다. 세 마리가 내 앞으로 뛰어와 무척 시끄럽게 짖어댔다. 그 개들을 차버리기 위해 발을 뒤로 뺐을 때 소리가 들렸다.

"누구십니까?"

제31장

요크! 환수 늑대왕은 내 것이다

제31장

오크! 원수 늑대왕은 내 것이다

　젊은 청년이었다. 그는 늙은이처럼 나에게 허리를 굽히며 조심스럽게 물어보았다.

　'나는? 아! 하레인 페리라고 하지. 물론 귀족이지.'

　"하레인 페리라고 한다."

　"아… 귀족님이시군요. 그런데 어찌 이렇게 누추한 마을에?"

　청년의 육체는 얼핏 보더라도 훌륭했다. 군더더기없는 천연 근육들이 몸에 붙는 흰 티를 통해 드러났다. 그런데 무슨 일인지 개들은 마을의 청년을 보고서도 짖어대고 있었다.

　청년은 나를 향해 살짝 웃고선 개 세 마리를 한 손에 움켜쥐고 건물 뒤편으로 사라졌다. 개들의 짖는 소리가 사라지자 곧 청년은 다시 내 곁으로 다가왔다.

　마을은 무척이나 조용했다. 시간이 멈춰 버린 것같이 숨소리 하나 없어 숨 막힐 지경일 정도였다.

"오늘은 여기서 묵으려고 한다."

청년은 나를 훑어보고 있다가 내 말을 듣고는 무척 기쁜 듯 커다란 웃음과 함께 마을 안쪽으로 나를 데리고 갔다. 마을 안도 바깥과 다를 바 없었다. 다른 것이라곤 마을 건물의 창문 틈으로 나를 흘깃 쳐다보는 사내들의 이상한 눈빛이었다.

"하레인 페리님, 이쪽으로 오십시오."

청년의 이상한 웃음이 계속 마음에 걸렸다. 왜 저런 웃음을 짓는 것일까?

나는 청년이 안내한 대로 마을에서 가장 커다란 집 안으로 들어갔다. 나무와 짚을 사용하여 만든 집의 겉모습은 시골의 전형적인 집이었다.

집 안에는 많은 사람들이 모여 있었다. 모두 사내들로, 삐그덕거리며 문을 여는 나를 쳐다보고 있었다. 숨소리까지 죽인 모습이 물건을 훔치다 들킨 도둑놈들 같았다. 집 안의 사내들은 나를 안내한 청년같이 우락부락한 모습으로 한 손에는 단검을 들고 있었다. 그런데 이상한 것은 단검에 피가 굳은 흔적이 남아 있다는 것이다.

"그놈은 누구냐! 케인트!"

호피로 뒤덮인 의자에 앉아 있는 한 사내가 내 뒤에 있는 청년을 보고 말했다. 의자에 앉아 있는 사내의 머리카락은 야수처럼 헝클어져 있었다. 깔끔한 턱 선, 크고 시원스런 눈과 코, 금빛 머리는 그가 미남이라는 것을 말해 주고 있었다. 그러나 손에서 가볍게 장난치며 나를 조롱하는 여러 개의 단검은 그의 미모와 어울리지 않았다.

'그런데 놈이라니? 지금 저놈이 나를 보고 놈이라고 했지?'

"말 조심해라! 감히 네가 나한테 놈이라니. 죽고 싶은 게냐?"

난 의자에 앉아 있는 사내에게 말했다.

"허! 저놈의 눈깔이 썩었나. 지금 누가 죽고 싶은지 모르겠군. 케인트, 어디서 저런 놈을 데려왔는지 참으로 잘했다. 생긴 거 보니 돈도 많이 가지고 있겠군. 하여튼 귀족 놈들 성깔은 알아줘야 한다니까."

"하하하하! 하하하!"

사내의 말이 끝나자 집 안의 수십 명의 사내들이 커다랗게 웃어댔다.

어처구니가 없었다. 마을이라고 생각해서 왔더니 산적들의 소굴이었다니.

"모두들 닥치지 못하는가? 모두 죽고 싶어 환장을 하는군. 크하하!"

별로 걱정은 되지 않았다. 지금 내 등 뒤에 무엇이 매어져 있는가? 바로 멸이다. 한 번 휘두르면 녹색 광획을 그리며 무엇이든 베어버리는 그런 무기란 말이다. 또 내 가슴속에는 무엇이 있는가? 무엇이든 태워 버리고 얼려 버리고 뒤엎어 버릴 수 있는 마법의 기운이 담겨져 있었다. 이런 내가 저런 산적들이 두려울까. 크하하하!

"케인트, 그놈 손 좀 봐줘라. 지금 상황이 어떻게 되어가는지 모르는가 보구나. 여기가 성인 줄로만 아는가 보다. 세상 험한지 모르는 귀족님이 뭘 알겠냐! 하하하."

'곧 자기가 죽을 목숨이라는 것을 모르는군.'

"예! 두목님."

나를 이곳까지 데려왔던 케인트는 야릇한 미소를 지었다. 허리춤에서 꺼낸 단검을 헛바닥으로 핥으며 다가왔다.

"이놈, 귀족아! 오늘이 너 죽을 날이다. 몇 대 맞은 다음에도 그 방

정맞은 입을 지껄이는지 한번 보기나 해보자."

케인트는 말이 끝남과 동시에 나의 복부를 향해 힘껏 발길질을 했다. 그러나 너무 느렸다. 모든 동작이 다 보이는 게 맞아주고 싶어도 그럴 수가 없었다. 난 날아오는 케인트의 발을 한 손으로 움켜쥐고는 힘껏 밀었다. 워낙 세게 밀어버린 탓인지 족히 4미터 이상은 날아가 버렸다.

케인트는 허공에서 허우적대다 뒤로 쾅! 하고 넘어졌다. 신음하며 고개를 든 케인트의 코에서 피가 흘러나오는 것을 본 집 안의 사내들은 조금 전보다 더 크게 웃어댔다.

"하하하, 케인트, 지금 너 뭐 하냐! 하하하, 코피가 나는군. 저런 엄마젖도 빨지 못하는 귀족 놈한테 지는 거냐? 하하하, 참으로 재미있네."

"뭐, 이 자식들아! 가만히 있어봐. 이 귀족 놈을 죽인 다음이 바로 네 차례다."

집 안의 사내들은 어느새 나와 케인트의 주위에 둥그런 원을 그리며 서 있었다. 의자에 앉아 있는 두목이 고개를 끄덕이면서 나와 케인트를 번갈아 쳐다보고 있었다.

지금이라도 Fire Arrow를 써 모두의 심장을 꿰뚫어 버릴 수도 있지만 왠지 이런 상황이 싫지만은 않았다. 재미있다고나 할까? 이 자식들이 어떻게 나오는지 지켜보는 것도 그런대로 흥미로울 거 같았다.

"야! 귀족! 뭐가 좋다고 웃냐? 오호라, 이제 죽을 거 같으니까 미친 척을 하려는 모양이군. 하나 이 케인트님에게는 통하지 않지. 자, 받아라!"

케인트는 주섬주섬 일어나 심장을 향해 단검을 찔러 들어왔다.

난 그런 케인트를 비웃으며 살짝 피해 케인트의 뒤통수를 주먹으로 세게 가격했다. 그대로 그 자리에 쓰러져 정신을 잃어버린 케인트의 등을 힘껏 발로 밟은 다음 주위를 둘러보았다.

모두들 의외라는 눈으로 쳐다보고 있었다. 그러다 금세 재미있다는 듯이 입가에 미소를 걸쳤다. 의자에 걸터앉아 팔로 턱을 괴고 앉아 있는 사내며, 단검을 매만지는 사내며 모두들 여유있는 모습이었다.

"흐음, 조금 하는 놈이군. 저 등 뒤에 매달린 커다란 도끼는 폼인가? 꺼내봐라, 귀족 놈아. 하하하, 누가 저놈처럼 배틀엑스를 사용할 줄 알지?"

산적 두목이 껄껄껄 웃으며 말했다.

"접니다, 두목님."

"그래, 저 멍청한 케인트 놈같이 당하면 죽을 줄 알아라. 저 귀족 놈이 조금 하는 놈 같구나."

"예! 알겠습니다, 두목님."

나의 몇만큼이나 커다란 도끼를 휘두르며 한 사내가 두목의 앞으로 나섰다. 이곳의 사내들 중 가장 커다란 키와 몸집을 가진 사내였다. 웃긴 것은 덩치만큼이나 얼굴 크기가 다른 사람들보다 세 배나 컸고 멍청하게만 보이는 툭 튀어나온 입술이 특징적이었다.

난 이놈의 얼굴 생김새가 무척 웃겨 커다랗게 웃고 말았다.

"하하하!"

"왜 웃는 거냐, 이놈!"

"하하하, 지금 몰라서 웃는 거냐? 네 얼굴 좀 봐라. 마침 저기 거울이 있군. 돼지하고 붕어를 합쳐 놓은 것 같네."

내 말을 듣던 그의 얼굴은 곧 폭발할 화산처럼 붉게 달아올랐다.

"저 귀족 놈 이제 완전히 죽은 목숨이네. 트롤을 이긴 적이 있는 저 콘을 놀리다니. 아마 저 귀족 놈 온몸이 수백 수천 조각으로 갈릴 거야."

여기저기서 웅성거림이 들려왔다. 아마도 나의 언어 능력에 감동한 모양이었다. 하지만 죽을 놈은 내가 아니라 내 앞에 있는 놈이겠지. 나는 트롤 20마리를 죽인 사람이다. 하하하!

나는 주변의 웅성거림을 무시하고는 트롤을 죽였다는 콘을 향해 말했다.

"하하하, 일 대 일 겨루기도 재미있네. 어서 덤비지 않고 뭣 하지? 돼지 붕어 새끼 놈."

"이 자식! 죽고 싶냐!"

콘은 참지 못하고 화산처럼 상기된 얼굴을 덜컹거리며 뛰어왔다. 양손으로 잡은 커다란 배틀엑스가 공중에서 솟구침과 동시에 콘의 기합 소리가 집 안을 울렸다. 커다란 베틀엑스가 나의 머리를 향해 찍어 내려올 때쯤 나는 허리에서 드워프 마을에서 가져온 단검 '샬'을 꺼내 베틀엑스를 막았다. 도끼 '멸'을 저런 하찮은 인간 놈한테 사용하기에는 아까웠기 때문이었다.

"뭐… 뭐… 지?"

콘은 정신이 나간 듯 잘려진 베틀엑스를 보면서 중얼거렸다. 나의 샬과 저놈의 배틀엑스의 날이 서로 부딪쳤을 때, 베틀엑스는 샬의 날에 의해 그대로 반으로 조각나 버렸다.

난 정신이 나간 콘의 배를 차버리면서 샬로 콘의 심장을 찔렀다. 과연 명검이었다. 예전에 사람의 몸을 찔렀을 때 느꼈던 뼈의 둔탁한 느낌은 전해지지 않았다. 그냥 쑥 들어가는 게 심장을 찌르는 데 아무런 부담이 없었다.

심장에서 살을 빼냈을 때 날에는 더러운 인간의 피 한 방울도 묻어 있지 않았다. 콘의 심장에서 흘러나오는 피가 반으로 잘려져 나간 배틀엑스의 날과 뒤섞였다. 그리고 곧 '쿵!' 하고 콘의 거대한 육체가 쓰러졌다.

"으악! 콘이 죽었다! 콘이 죽었어! 어떻게……!"

갑자기 장내가 시끄러워졌다.

나는 '이제 어떻게 할 셈이냐?' 하고 묻는 눈빛으로 두목을 쳐다보았다. 두목은 나의 단검에서 시선을 떼지 못하고 있었다. 하긴 그럴 테지. 배틀엑스의 날을 단번에 잘라 버리는 이런 명품을 알아채지 못한다면 그건 바보보다 못한 놈이겠지.

"저놈을 죽이자! 저 귀족 놈이 콘을 죽였어!"

어떤 한놈이 커다랗게 외치자 주위에서 나를 공격하기 위해 각각의 무기를 빼 들고 있었다

"이놈들! 모두 닥쳐!"

내가 한 외침이 아니다. 두목이었다. 두목은 모두를 조용히 시킨 후 천천히 걸어왔다.

그가 의자에 앉아 있을 땐 몰랐지만 일어서고 보니 몸에서 느껴지는 투지가 만만치 않았다. 걸을 때마다 사자의 거친 호흡이 일렁거렸고 바위만한 손에 들려 있는 대도는 휙휙거리며 바람 소리를 내고 있었다.

"모두들 닥치고 뒤로 가 있어라. 이놈은 네놈들 상대가 아니다! 일이 일어나기 전에 빨리 해치워야겠다."

두목은 슬그머니 다가오는 부하들을 향해 말했다. 부하들은 꽁지 내린 개처럼 뭐라 중얼거리며 뒤로 물러섰다.

"훗, 네놈이 이 썩어빠진 것들의 두목인가 보군."

"그렇다. 네놈은 누구인가? 귀족 중에 너 같은 놈은 들어본 적이 없는데?"

"난 하레인 페리다. 그러는 너는 누구지?"

"난 이 Red Squall(적색 돌풍)의 대장 태 오완이다. 그런데 나는 너 같은 놈을 본 적이 없다. 평범하다 못해 썩어빠진 것같이 보이는 그 단검은 엄청난 보검이지, 그렇지?"

태 오완은 나의 단검을 바리보면서 말했다.

"그렇다면?"

"당연히 내가 가져야지. 그걸 말이라고 하나? 지금 네 모습을 보면 귀족이지만… 믿기지가 않는군. 그런 보검이 존재한다는 것을. 말로만 들었지 실제로 있었을 줄이야."

"네가 가져갈 수 있을 것 같은가? 썩어빠진 두목 태 오완? 하하하!"

"무척 여유가 있는 모양이군. 처음에 너를 허약한 귀족 놈으로 오해한 것을 우선 사과한다. 콘의 심장을 찌를 때의 군더더기없는 깔끔한 동작. 그것은 수십 년을 전장에서 보낸 용병들이 자연스레 익히는 검술과 비슷했다. 하지만 네놈은 아직 30대에도 들어서지 않은 것 같군. 신기한 놈이다. 어쨌든 그 단검은 내가 가져야겠어. 또 그 등 뒤에 매어져 있는 커다란 도끼도 폼만은 아닌 것 같군, 은은한 녹색 광을 보니. 그럼 가지러 간다!"

태 오완의 손 틈에는 작은 단검이 하나씩 끼어 있었다. 한 손에 4개씩 총 8개의 단검을 쥐고 나에게 달려드는 태 오완의 날렵한 동작은 무척 의외였다.

갑자기 태 오완의 오른손이 가슴을 노리고 달려드는 통에 나는 뒷걸음질쳐 피할 수밖에 없었다. 하지만 이어서 날아온 왼손의 4개 단검이 나의 어깨를 스치고 지나가자 등골이 서늘해졌다.

"제기랄… 무척 빠르군."

"하하하! 이것도 받아보시지!"

이렇게 빠르게 달려든다면 마법을 운용할 시간은 없다.

'제길 내가 너무 자만했어. 진작에 마법을 운용해 전부 태워 죽였어야 했는데. 결국 내 실력으로만 싸워야 한다는 것인가? 기죽지 말자, 하크. 난 이놈보다 월등한 힘을 가진 오크란 말이다. 또 여기 보검이 들려 있고!'

태 오완이 달려오기 전에 내가 먼저 달려들었다. 하지만 상체를 구부리고 태 오완의 가슴 깊숙이 들어가려 했으나 태 오완은 가볍게 피한 후 단검 하나를 날렸다. 귓가를 스치고 지나가 벽에 박힌 단검이 웅하며 떨고 있었다.

"아깝군. 그대로 눈알을 파버릴 수도 있었는데 말이야."

태 오완은 침을 뱉으며 말했다.

그 틈을 놓치지 않고 난 태 오완의 목을 향해 뛰어들었다. 태 오완도 수비 자세를 취하고 있었다.

난 꾸준한 전투와 훈련으로 익혔던 본능으로 태 오완의 목을 노리고 점프했다. 공중에 뜬 상태 그대로 태 오완의 목을 그어버리려고 '살'을 휘둘렀다. 태 오완은 미처 피하지 못하고 손에 들려 있는 단검으로 나의 '살'을 막으려 했다.

하지만 살은 태 오완의 오른손에 들려 있는 단검 네 개를 수직으로 전부 베어버렸다. 그리고는 순식간에 무기를 잃어버려 빈틈이 생긴 태 오완의 턱을 향해 힘껏 주먹을 날렸다.

"크… 윽!"

"두목님!"

태 오완은 멀리 날아가 바닥에 쓰러졌다. 난 '살'을 급히 허리춤에 다시 꽂아놓고 등에 매어져 있는 '멸'을 꺼내 태 오완의 목을 겨누었다. 멸의 날카로운 날에서 뿜어져 나오는 녹색 광은 어서·이놈의 목을 베어버리라고 보채는 듯했다. 태 오완은 입에서 흘러나오는 피를 침과 함께 내뱉고선 자신의 목을 겨누고 있는 멸의 날과 나를 번갈아 쳐다 보았다.

"제기랄… 내가 진 건가? 어떻게? 레드 스퀄의 태 오완이?"

후! 다행이었다. 이번 싸움에서 이긴 건 전부 '살'의 덕택이었다. 살이 보검이 아니었다면? 태 오완의 단검의 날을 자르지 못했다면? 분명 저기 피를 흘리며 누워 있어야 하는 것은 태 오완이 아니라 나였을 것이다. 이제 이놈을 죽여 버릴까?

"하하하, 어떤가? 이제 죽어야겠지, 산적 놈아?"

나는 가볍게 웃으면서 태 오완을 쳐다보았다.

태 오완은 '큭' 하고 신음을 내뱉고선 시선을 외면했다. 주위에서 웅성거리고 있음을 이제야 알아챌 수 있었다. 모두들 두목이 나에게 졌다는 사실에 놀라워하고 있었다. 곧 이들이 달려들 거라 생각한 나는 곧 한 손으로 살을 잡아 태 오완의 목을 겨누고 나머지 한 손으로는 Fire Arrow를 운용했다.

"High Fire Arrow!"

오른손 위에 20여 개가 넘는 불화살이 생겨났다. 태 오완은 물론 장내의 산적들은 불화살에서 시선을 떼지 못했다.

"쳇, 마법인가? 대단하군. 역시 마법사였어. 그래서 이 태 오완이 진

거였지. 비겁한 놈! 승부에 마법을 쓰다니! 네놈은 그 빌어먹을 파이톤의 제자인가?'

태 오완의 목소리였다.

'파이톤이라… 이 나라의 왕정 마법사 말인가?'

"파이톤이라니? 난 그런 놈은 모른다. 그리고 나는 너와의 승부에서 마법은 쓰지 않았다."

"홍! 비겁한 놈, 그것을 내가 어떻게 믿지?"

화가 나는군. 나는 태 오완과 싸울 때 분명히 마법을 사용하지 않았다. 그리고 마법을 운용할 시간도 없었고. 설명해 줘도 이 자식은 모를 것이다.

"믿든 안 믿든 그것은 내 알 바 아니다. 그리고 설사 마법을 사용했다 하더라도 네놈이 단검 8개를 사용한 것과 똑같은 이치이다. 한마디로 넌 나보다 약한 존재다. 하찮은 변명 하지 마라."

"이… 이… 제기랄, 난 다 안다. 네놈은 분명 그 보검과 마법을 사용하지 않았다면 이 레드 스퀼의 태 오완을 이기지 못했을 것이다."

"맞아! 네놈은 분명 두목님을 이기지 못했을 거다!"

태 오완의 말에 이어 산적 모두가 집 안이 터져라 외쳤다.

그때 멀리서 애달픈 늑대의 울음소리가 울려 퍼졌다. 한 마리의 울음소리가 끝나자 밀려오는 파도처럼 곧 사방으로부터 늑대의 울음소리가 퍼졌다.

모두들 내 욕을 해대다가 늑대의 울음소리가 들리자 큰일이 났다는 듯 허둥대기 시작했다. 손을 좌우로 더듬으며 무기를 찾는 놈이 있는가 하면, 창밖을 흔들리는 눈동자로 불안하게 쳐다보는 놈이며 '환수가 왔다!' 라고 외치며 불안하게 주위를 두리번거리는 놈도 있었다.

"제길… 늑대 떼인가? 하필 이럴 때에…… 귀족, 나를 놓아주지 않는다면 후회하게 될 것이다!"

태 오완이 나를 올려다보며 말했다. 태 오완의 목에는 '멸'의 날카로운 날이 빛의 침을 뚝뚝 흘리며 번뜩이고 있다 보니 태 오완은 함부로 몸을 일으킬 생각을 전혀 하지 못하고 있었다.

"후회라… 무슨 후회지?"

"큭! 조만간 나는 물론 너까지 죽게 될 거다. 저기 환수가 왔다! 늑대의 왕 말이다!"

"환수? 늑대들의 왕? 처음 듣는 이야기이군."

"멍청한 귀족 같으니. 환수도 들어보지 못했나? 이제 늑대의 왕이 이곳에 쳐들어올 것이다. 엄청난 수의 늑대들을 이끌고… 제기랄, 환수가 이렇게 빨리 오다니. 내가 멍청한 놈이지. 저런 놈을 내 것으로 만들려 했으니."

'환수라… 그게 무엇이길래 태 오완이 저렇게 겁을 먹는 것일까? 왠지 불안하다. 늑대들 정도야 Fire Arrow의 밥일 뿐인데. 조만간 그 환수라는 놈이 오겠지.'

"재미있겠군."

"귀족! 아예 정신이 나갔는가 보군. 재미있어? 훗! 곧 알게 될 테지. 환수가 어떤 놈인지를……."

태 오완의 말이 채 끝나기도 전에 바깥의 늑대 울음소리는 더 가까워졌다. 때마침 불어오는 서늘한 바람이 창문에 부딪치는 소리와 합쳐지니 분위기는 더욱 축 가라앉았다. 산적들이 침을 삼키는 소리와 식은 땀방울이 흐르는 소리까지 들릴 정도로 조용했다.

분위기가 이렇게 이상하니 나조차도 긴장할 수밖에 없었다. 또다시 커다란 늑대의 울음소리가 들려왔다. 그 소리를 기점으로 사방에서 늑대들이 달려오는 소리가 들려오더니, 어둠에 묻혀 버린 먼지와 함께 모습을 드러냈다.

예전에 본 메뚜기 떼같이 엄청난 수의 늑대들이었다. 어디서 이렇게 많은 늑대들이 몰려들었는지 의문스러울 정도였다.

"뭐지, 이 늑대 떼들은?"

"이제야 사태의 심각성을 알았는가, 귀족? 아니, 하레인 페리!"

몇의 날을 손으로 살며시 밀며 태 오완이 일어났다. 태 오완은 벽에 박혀 있는 단검을 빼 들고선 창밖으로 고개를 내밀어 주위를 살펴보았다.

"이제 끝장이야! 빨리 이곳에서 떴어야 했는데. 이놈의 마을 촌장 때문에!"

주먹을 부르르 떨며 태 오완이 말했다.

"마을 촌장? 이곳은 너희들 레드 스컬의 마을이 아니던가?"

"역시 멍청한 놈이군. 우리 같은 떠돌이들에게 마을이 있다니. 이곳은 어젯밤 우리가 습격한 마을이다."

"그렇다면 마을 사람들은?"

"어차피 사람도 몇 명 있지 않았어. 한 30명 있던가? 전부 마을 안 동굴에 가둬놓았지."

'습격한 마을이라… 그런데 저기 밀려 들어오는 늑대 떼들은 어떻게 하지? 사방에서 밀려오니… 전부 해치울 수밖에 없는 건가?'

개미 떼보다 지독하게 달려들고 있는 늑대 떼들을 멍하니 쳐다보았다. 어느 정도 바라보고 있자니 언덕을 타고 올라오는 커다란 푸른빛이 보였다. 다른 늑대보다 네 배 정도 커다란 몸집으로 몸에서는 야광처럼 푸른빛을 발하고 있었다.

'저놈이 환수라는 늑대의 왕인가? 참으로 오늘은 별일이 다 일어나네. 심심하지는 않아서 좋군.'

"저놈이 환수. 늑대의 왕이다."

"말하지 않아도 알고 있다. 이제 어떻게 해야 하지?"

"둘 중 하나겠지. 미친개처럼 발광하다가 죽던지, 아니면 저놈들에게 먹히는 게 두려워서 들고 있는 검으로 자신의 심장을 찌르던지."

우선 지금 급한 일은 저놈들이 이 집을 습격하지 못하게 하는 것이다. 그렇다면 방법은 한 가지 Fire Wall이다. Fire Wall은 저번 세이몬 전투 때에도 충분히 인간 기사들을 막아주었었다.

'저깟 늑대들쯤이야.'

난 그렇게 생각하고 기운을 집중해 불의 기운을 모았다. 어느 정도 시간이 지나면서 아무것도 들리지 않았다. 그리고 온몸이 뜨거워졌을 때 외쳤다.

"Fire Wall!"

산적들이 모여 있는 집 주위의 땅 밑에서 불기둥이 솟구쳐 올랐다. 불기둥의 뜨거운 열기가 집 안인 이곳까지 들어왔고, 산적들은 갑자기 치솟은 불기둥에 놀라고 있었다.

"두목님! 이건 뭡니까?"

산적들의 외침에는 놀람이 가득 맺혀 있었다. 놀라기는 태 오완도 마찬가지였다.

"마… 마법? 이것은 네가 한 것이냐, 하레인 페리?"

"그렇다."

"정말 엄청나군. 이곳까지 이렇게 뜨겁다니. 가까이 가기만 해도 타 죽는 건 시간문제겠군. 흠… 충분히 늑대들이 이곳까지 도달하고도 남을 시간인데도 조용하군."

"저기에서 타 죽거나, 아니면 도망갔겠지."

"아무리 네가 마법사라고 해도 환수를 너무 우습게 보지 마라!"

그의 말이 맞았다. 불의 장벽을 뚫고 번뜩이는 날카로운 송곳니가 나타났다. 한순간 송곳니가 푸른빛을 발하더니 환수 늑대의 왕이 불꽃을 달고 나타났다.

늑대왕의 몸을 뒤덮고 있던 불은 곧 꺼졌다. 늑대왕의 몸에는 불에 그슬린 자국이나 작은 상처 하나 나 있지 않았다. 늑대왕이 크게 한 번 울부짖자 불의 장벽 뒤에서 늑대들의 울음소리가 연이었다.

"이제 우린 죽었다, 하레인 페리. 저놈이 와버렸어. 이런… 미칠! 내가 왜 이곳까지 왔는데! 저놈을 피해 겨우겨우 이곳까지 왔는데. 이렇게 허무하게 죽을 순 없어."

태 오완은 창밖에서 우리를 노려보고 있는 늑대왕을 향해 단검을 던졌다. 바람을 가르는 소리와 함께 늑대왕을 향해 날아가는 단검 8개는 무척 빠르고 힘찼다.

'태 오완의 단검 던지기 실력이 이 정도였다니. 저 늑대왕이란 놈도 저 단검을 맞고 죽어버리겠군.'

날아간 단검 8개는 그대로 늑대왕의 몸에 맞았다. 하지만 거울이 빛을 반사해 버리듯 단검은 늑대왕의 몸을 맞고 그대로 튕겨져 버렸다. 저렇게 빠르고 힘차게, 한 번에 8개 씩이나 날아간 단검이 허무하게 막혀 버리다니 놀라웠다.

"역시… 안 되는군."

"두목님! 어떻게 할까요? 명을 내리십시오."

어느새 40명 정도 되는 산적들이 활을 차고 나타났다. 태 오완이 손짓하자 산적들은 익숙한 동작으로 환수 늑대왕을 향해 활을 쏘아댔다. 하지만 늑대왕의 몸은 단단한 바위같이 화살을 튕기면서 천천히 문을 향해 다가왔다. 늑대왕이 한 걸음 한 걸음 내디딜 때마다 태 오완을 비롯한 모든 산적들은 한 발자국씩 뒷걸음을 쳤다.

'멍청한 놈들 같으니. 이렇게 사람 수가 많으면서 저런 늑대 따위 잡지 못하다니. 내가 잡아주겠다.'

쿵! 하는 소리와 함께 문이 파괴되었고 집 안으로 늑대왕이 들어왔다. 가까이서 보니 늑대왕에게서 발해지는 푸른빛은 이놈의 털 색깔이었다. 으르렁거리면서 송곳니 사이로 침을 질질 흘리면서 늑대왕이 나타나자 태 오완과 산적들은 훈련받은 병사처럼 탁자 뒤로 가 화살을 쏠 준비를 했다.

늑대왕과 나의 눈이 마주쳤다. 태 오완을 향하던 늑대왕이 방향을 바꾸어 내게로 다가오려 했다. 난 '멸'을 힘차게 들어 올리면서 불의 기운을 끌어올렸다. 저 늑대가 다가오기까지는 어느 정도 시간이 있었다.

"High Fire Force."

늑대왕이 코앞까지 느긋한 걸음으로 다가왔을 때 외쳤다.

녹색 광을 뿌리고 있던 멸의 날 주위로 불이 뿜어져 올라왔다. 늑대왕은 나의 고함 소리에 놀랐는지, 아니면 불에 놀랐는지 흠칫하더니 이내 다시 걸어왔다. 걸어오다가 몇 발자국 앞에서 멈추더니 입을 크게 벌리며 몸을 세웠다.

저 늑대의 키는 나보다 훨씬 컸다. 한참 고개를 들어 쳐다보아야 할 정도였다. 쿵! 하면서 다시 상체를 떨어뜨린 늑대는 잽싸게 발톱을 세우고 휘둘렀다.

미처 피할 수가 없었다. 태 오완의 잽싼 단검도 피하지 못했는데 환수라는 이 늑대왕의 공격을 어떻게 피하겠는가?

간신히 뒤로 물러났을 때, 나의 몸은 혼돈의 기운으로 뒤덮인 이미지라 아무런 상처도 없어 보였지만 사실상 방금의 공격으로 가슴에 깊은 상처를 얻어 무척 아픈 상태였다. 그러나 아프다고 머뭇거리지 않고 곧장 멸을 이 늑대왕의 목을 향해 휘둘렀다.

"죽어라, 이놈!"

늑대왕은 멸을 피하기 위해 몸을 뒤로 날렸다. 커다란 몸에 잽싸기까지 하다니. 확실히 산적들이 겁을 먹을 만했다. 난 틈을 주지 않기 위해 늑대왕의 허리 부분을 베어버리려 달려들었다. 하지만 오히려 늑대왕이 역습을 하는 바람에 나는 뒤로 넘어질 수밖에 없었다.

'어떻게 이놈은 이럴 수가 있지? High Fire Force의 힘을 전혀 무서워하지 않고 있다. 이 정도론 어림도 없다는 이야기인가? 제기랄… Extra를 써야겠는데… 아악!'

넘어진 나를 공격하기 위해 공중에 뜬 늑대왕의 이빨이 창문에서 새어 들어오는 달빛을 받아 번뜩였다.

천장이 보이지 않았다. 늑대왕의 그림자에 파묻혀 버린 나의 시야가 무엇을 볼 수 있겠는가. 점프를 한 늑대왕의 침이 얼굴에 떨어지자 나는 눈을 질끔 감았다.

"모두 쏴라!"

막 나를 덮치려고 할 때에 태 오완의 목소리가 들려왔다. 늑대왕은 나를 공격하려다 말고 고개를 돌려 화살이 날아오는 쪽을 쳐다보았다.

'휴, 살았구나!' 하며 한숨을 쉴 수 있는 시간이 없었다. 산적들이

쏘는 화살은 늑대왕 쪽으로만 가는 게 아니라 내게로도 왔기 때문에 황급히 화살을 막을 방법을 찾아야 했다. 마침 탁자가 보여 그쪽으로 몸을 날렸다.

"이런 미친놈들! 나까지 죽일 셈이냐!"

난 성이 나 산적들을 향해 소리쳤다. 산적들은 답하지 않았다. 어느새 그들에게 다가온 늑대왕의 발톱에 하나둘씩 목이며 허리가 뜯겨져나가고 있었다. 늑대왕의 푸른 털이 인간들의 빨간 피로 뒤덮이며 얼룩져졌다.

"아! 귀족 놈아! 지금 뭐 하는 거냐! 내가 도와줬으면 너도 도와줘야지! 뭘 보고만 있어?"

늑대왕이 태 오완의 부하들을 계속해서 죽여 나가자 그는 참지 못하고 소리쳤다. 아무래도 저 늑대 놈을 죽이기 위해선 Extra의 힘을 쓸수밖에 없을 거 같다. High 힘까지 무서워하지 않는 놈이라니. 정말 괴물이다. 제기랄!

난 그 자리에 털썩 주저앉았다. 태 오완이 뭐라 하든 상관이 없었다. 저놈의 부하가 죽는 것이 내게 무슨 상관인가? 어차피 늑대왕이 죽이지 않았어도 내가 죽일 놈들이었다. Extra의 힘을 모으기 위해 정신을 집중하자, 늑대왕 특유의 울음소리도, 죽어 나가는 인간들의 비명 소리도 들려오지 않았다.

"Extra Fire Force!"

Extra의 완전한 기운을 느끼자 거대한 기운이 발끝에서 머리끝까지 치고 올라왔다. 순식간에 나의 몸은 불로 뒤덮여 예전에 인간들이 말하던 '불의 악마 Fire Devil'의 모습으로 변했다.

확실히 나에겐 무리인 힘이었지만 예전에 운용할 때보다 한결 가뿐

한 기분이었다. 다리가 조금씩 후들거렸지만 참을 만했다.

환수 늑대왕이 산적들을 죽이다가 나를 쳐다보았다. 늑대왕은 으르 렁거리면서 날카로운 발톱을 더욱 세웠다.

"으아악! 뜨거워! 뜨거워 죽겠다!"

태 오완은 물론 산적들 모두 그렇게 외치면서 창밖으로 뛰쳐나갔다. 마침 내가 Extra의 힘을 운용하느라 이 집을 둘러싸고 있던 불의 장벽 이 깨졌다. 수백 마리의 늑대들을 향해 고함을 고래고래 지르는 태 오 완과 산적들의 목소리가 점점 멀어지고, 이제 이 집 안에는 나와 늑대 왕밖에 남지 않았다. 뜨거운 열기에 늑대왕은 선뜻 나서지 못했다.

당연한 일이었다. Extra의 힘을 어떻게 저깟 늑대가 이기겠는가?

그러나 늑대왕은 고통을 참는 듯 커다란 송곳니를 드러내며 한 발씩 한 발씩 내디뎠다. 어느 정도 시간이 지나자 늑대왕은 완전히 익숙해 졌는지 고통스런 표정조차 짓지 않았다.

난 더 이상 시간을 지체할 수가 없어 늑대왕에게로 몸을 날렸다. '멸'을 천장 높이로 쳐든 다음 늑대왕의 허리를 절단시키기 위해 내리 찍었다.

'멸'의 날이 공기를 가르면서 녹색 빛을 발했다. 하나 늑대왕의 몸 은 이미 나의 뒤로 돌아 그 날카로운 발톱으로 나의 다리를 할퀬다.

다리의 상처가 무척 고통스러워 무릎을 구부리고 늑대왕의 행동을 지켜보았다. 늑대왕은 Extra의 힘이 운용되고 있는 나의 몸에 직접 접 촉을 한 때문에 불이 옮겨 붙어 있었다. 그러나 늑대왕은 상관없다는 듯 커다란 외침을 내지르며 공중으로 몸을 솟구쳐 올렸다.

눈앞이 캄캄했다. 어떻게 되어가는지 모르겠다. 시야가 늑대왕의 몸 에 막혀 온통 암흑밖에 보이지 않았다. 밖에서 들려오는 수많은 늑대들의 울음소리가 하나의 교향곡과 같이 울려 퍼졌고, 내 위에 올라탄 늑대왕의 눈과 나의 눈이 서로 마주쳤다.

살기. 늑대왕의 눈에는 엄청난 살기가 담겨져 있었다. 난 아무것도 생각나지 않았다. 늑대왕의 입이 서서히 열리더니 지옥의 입구처럼 공포가 밀려왔다. 늑대왕의 날카로운 송곳니 네 개가 늑대왕의 호흡 소리에 감싸였다. 숨소리에 맞춰 들썩이는 늑대왕의 몸에서 인간의 피비린내가 짙게 풍겨왔다.

늑대왕의 이빨이 나의 심장을 향해 조금씩 다가올 때였다. 나는 눈을 질끈 감고 허리춤에 잡히는 것을 그대로 빼 들어 내 몸에 올라탄 늑대왕을 향해 찔러 들어갔다. 푹 하는 소리와 함께 늑대왕의 괴성이 들리면서 심한 몸부림이 느껴졌다. 그로 인해 나는 늑대왕의 몸에 매달려 약한 들꽃같이 하늘거려야 했다.

몸부림이 심해지자 늑대왕의 몸에 박았던 것이 빠졌다. 손에 붙잡힌 것은 바로 단검 '살'이었다. 늑대왕의 몸에 박을 때의 느낌은 딱딱한 바위를 억지로 후비는 듯한 느낌이었다. 늑대왕이 얼마나 강인한 육체를 지녔는지 알 수 있는 단적인 증거였다.

지금과 같은 전투가 또 있을까? 나는 온몸에서 느껴지는 고통에 입술을 질끈 깨물었다. 두 시간 이상이나 지속된 늑대왕과의 전투에서 피를 너무 많이 흘린 터라 정신이 조금씩 몽롱해지기 시작했다. 하지만 나뿐만 아니라 침인지 피인지 구분이 가지 못할 액체를 흘리고 있는 저 늑대왕도 마찬가지일 것이다.

내 몸은 이미 오크로 돌아와 있는 상태였다. 환각 마법을 사용하면서 Extra를 함께 운용하는 것은 벅찼기 때문이었다.

나는 가쁜 숨을 몰아쉬며 노려보는 늑대왕을 같이 노려보았다. 내 주위로는 어느새 수많은 늑대들이 몰려들어 우리들의 전투를 관람하듯 앉아 있었다. 늑대왕의 온몸도 상처투성이였다. 집의 나무 바닥은 우리 둘의 피로 붉게 물들어 본래 빨간 것이었다고 착각할 정도였다.

Extra의 운용 시간이 2시간이 넘어서 그런지 정신이 점점 몽롱해지고 있었다. 어쩔 수 없이 도박을 할 수밖에 없는 상황이다. 저 늑대 놈이 이렇게 셀 줄이야. 나의 생명을 위협할 정도일 줄이야 어떻게 알았겠는가.

난 온몸에 남아 있는 불의 기운을 극한까지 끌어올려 Extra Fire Line을 운용했다. 늑대왕과 내가 서로를 견제하며 움직이지 않고 있을 때 이미 운용의 법칙을 외우고 있어서 가능한 일이었다.

손가락 10개에서 뻗어 나가는 10개의 불의 줄기가 방 안의 공기를 태우며 늑대왕을 습격해 갔다. 이게 안 먹히면 방법은 한 가지뿐이다! 10개의 불의 줄기가 회오리치며 늑대왕의 심장, 다리, 목에 다가갈 때 한순간 늑대왕의 몸에서 파란빛이 나타났다. 파란빛은 안개처럼 파란 오로라를 뿜으며 10개의 Fire Line을 막고 있었다.

'마지막이다! 이게 통하면 네가 죽는 것이고, 아니면 내가 죽는 거겠지!'

나는 살을 힘껏 늑대왕을 향해 던졌다. 쾌속으로 날아간 '살'은 그대로 늑대왕의 목 부분에 박혔다. 늑대왕의 피는 다른 존재들과 마찬가지로 빨간색이었다. 늑대왕이 이리저리 몸부림을 치며 괴로워하고 있는 모습을 보면서 품으로 뛰어 들어갔다.

늑대왕은 내가 오든 말든 상관하지 않고 괴성을 질러대며 몸을 비틀어대고 있었다. 난 멸을 들어 늑대왕의 심장 부분을 베어 들어갔다. 철을 긁는 듯한 감촉이 전해지면서 늑대왕의 괴성은 점점 커져 갔다. 그러다 이윽고 늑대왕의 커다란 육체가 쿵! 하는 소리와 함께 붉게 물든 바닥에 쓰러졌다.

늑대왕은 심장 부분이 베이고도 아직 죽지 않았다. 자신이 흘린 피에 코를 박고 누워 있는 늑대왕의 주위로 늑대들이 움직였다. 수십 수백 마리의 늑대들은 나를 무시한 채 늑대왕의 온몸을 핥아대었다.

수십 수백 마리의 늑대들을 죽이기 위해선 나도 엄청난 힘을 소비할 것이다. 싸우지 않고 도망갈 수 있는 시간은 지금밖에 없다. 바닥에 침을 한번 뱉은 후 부서진 문을 발로 차면서 밖으로 나왔다.

죽은 산적들의 시체가 간간이 시야에 들어왔다. 하지만 태 오완의 시체는 보이지 않았다. 그 잽싼 몸놀림과 단검 실력이라면 이미 어디론가 도망쳤을 것이 분명했다. 집 밖으로 나오니 전투에서 조금씩 느껴오던 몽롱함이 더욱더 진해졌다. 난 정신을 잃지 않기 위해 머리를 부여잡고, 다리를 끌면서 마을을 벗어났다.

눈을 뜨자 태양의 날카로운 빛이 나의 눈을 찌르고 들어왔다. 여기저기 쑤시지 않는 곳이 없었고, 벌어진 상처의 쓰라림은 생각 외로 컸다. 난 이미 움직임이 정해진 기계처럼 짧게 Healing을 운용하였다. Healing으로 인해 커다란 상처들은 급속히 아물어갔다.

"제길… 그놈은 늑대가 아닐 거야, 필시."

아무리 늑대왕이라고 해도 오크의 신인 나에게 생명의 위협을 줄 만큼 상처를 주었다는 것이 계속 마음에 걸렸다.

난 멸로 땅을 짚고 일어섰다. 가슴에 넣어두었던 영주권과 토지 문서를 꺼내보았다. 이미 전투로 인해서 빨간 잉크를 엎지른 듯 되어 있었으나, 그래도 붉은 바탕 속에서 문자를 알아볼 수는 있었다.

"다행이군."

난 다시 주저앉았다. 지금 일어나 오크의 모습으로 가는 것보다는 인간의 모습으로 걸어가는 게 더 편할 것이라 생각한 때문이었다. 괜히 오크의 모습으로 걸어가다가 인간에게 발견된다면 귀찮게 살생을 한번 더 해야 한다. 자칫 불의의 일격을 당한다면 그보다 더 큰 불운은 없을 것이다.

등에서 느껴지는 부드러운 풀잎의 감촉을 느끼며 눈을 감았다. 대자연의 기운을 느끼면서 숨을 커다랗게 내쉬었고, 자연의 기운을 받아들이기 위해 정신을 가다듬었다.

그렇게 세 시간 정도가 지나자 충분히 Illusion 마법을 쓸 수 있을 정도의 마나가 회복되었다. 곧장 인간의 이미지를 덮어쓰고 길을 따라 천천히 걸어갔다.

이상하게도 계속 무언가가 뒤따라오는 느낌이었다. 난 찜찜한 기분을 억누르며 발걸음을 재촉했다. 저녁이 되자 난 나를 따라오는 것이 확실히 있다고 장담할 수 있었다. 낮에 느끼지 못했던 커다란 기운이 나의 뒤를 졸졸 따라오는 것이었다. 이 기운은 바로 그놈의 것이었다.

늑대들의 왕! 환수!

"이 자식! 그때 목숨을 끊어버렸어야 했는데. 좋다! 지금 나와라. 네 목숨을 끊어주마!"

말은 이렇게 하면서도 그리 자신은 없었다. 그토록 치열한 접전을 했었는데, 잘못하면 내가 죽을 수도 있는 일이었다.

'도망갈까? 도망가는 일이라면 Fast Step을 쓴다면… 도망갈 수가 있지 않을까? 아니, 저놈은 늑대다. 분명 더 빠를 수도 있다. 젠장할.

그래, 붙어보자!'

늦대왕의 고개가 검은 수풀 사이에서 슬며시 나타났다. 어제와는 다르게 송곳니를 세우고 있지 않았다. 분위기도 달라 보였다. 전투 의욕이 없는 것같이 나의 눈치를 슬쩍슬쩍 보다가 천천히 내게 다가왔다. 난 멸을 두 손으로 움켜잡고 이놈의 목을 칠 준비를 했다.

'이번에는 완전히 목숨을 끊어주마.'

늦대왕이 한 걸음씩 옮길 때마다 늦대왕의 발에 붙은 모래들이 흩날렸다. 이윽고 내 앞에 다다른 늦대왕은 나를 쳐다보다가 고개를 푹 숙였다. 도저히 멸로 내려칠 수가 없었다.

'이미 전투 의욕을 상실한 것이 분명한데 왜 계속 따라오는 거지?'

개처럼 깽깽거리는 소리를 내며 엎드린 늦대왕을 보고 어떻게 해야 할지 쉽사리 결정을 내릴 수가 없었다. 마땅히 할 짓도 없어서 몸을 돌려 가던 길을 계속 가려 하자 늦대왕의 깽깽거리는 소리는 더욱더 커졌다.

왜 그러는지 나는 이해를 할 수가 없었다. 그렇게 난 늦대왕을 무시하고 걸어가면서도 언제 뒤를 덮칠지 모른다는 두려움에 멸을 움켜잡고 있었다.

하루가 지나고 이틀이 지나도 늦대왕은 일정한 거리를 유지한 채 계속 나의 뒤를 따라오고 있었다. 내가 멈추어 섰을 때는 내 곁으로 슬며시 다가와 덩치에 어울리지 않는 깽깽거리는 소리를 냈다. 삼 일째가 지나던 날, 난 이놈의 의도를 확실히 알 수가 있었다.

눈이 마주치면 고개를 푹 숙이고, 내 앞에서 깽깽 소리를 낸다는 것은 순종의 의미였던 것이다. 난 이놈이 과연 순종을 하고 있는지 확인하기 위해 늦대왕의 곁에 다가갔다. 물론 만일의 사태에 대비해 살을 왼손에 쥐고 있는 것도 잊지 않았다.

엎드린 늑대왕의 머리에 살며시 손을 올렸다. 늑대왕은 아무런 행동을 하지 않았다. 반항을 하지도 않았거니와 으르렁거리지도 않았다. 이번에는 조금 더 대담한 행동을 하기로 했다. 왼손의 쥐어져 있는 살을 더 세게 움켜잡고, 오른손으로 늑대왕의 뒤통수를 강하게 가격했다.

퍽 소리가 날 정도로 강하게 때렸건만 늑대왕은 힐끔 쳐다만 볼 뿐이었다.

'순종이다. 내게 순종하고 있는 것이 확실하다. 그런데 왜 내게 순종을 하는 걸까? 자신을 꺾은 강자에 대한 순종일까? 아니면… 무엇일까?'

보통의 늑대들보다 서너 배가 큰 늑대왕의 몸을 훑어보다가, 이놈을 타고 간다면 어떨까 하고 생각했다. 덩치가 덩치니만큼 힘이 좋아 충분히 가능할 것 같았다.

부드러운 늑대왕의 털을 쓰다듬다가 발에 힘을 주어 늑대왕의 등에 올라탔다. 푹신하면서 부드러운 게 최고급 호피를 덮어씌워 놓은 것 같았다.

내가 올라타자 늑대왕은 마음을 읽었다는 듯이 앞으로 나아가기 시작했다. 늑대왕의 안정된 걸음으로 등쪽은 심하게 흔들리지 않아 타는 데 아무런 불편도 없었다.

'늑대이니 빠르기도 하겠지?'

말을 빠르게 달리게 하기 위해선 엉덩이를 때린다. 하지만 이 늑대왕은 엄연히 늑대의 왕이고 환수였다.

이 늑대왕을 달리게 하기 위해서는 어떻게 해야 할지 곰곰이 생각해 보다가 말처럼 엉덩이를 살짝 때렸다. 하지만 늑대왕은 꼬리를 휘저어

나의 의도를 무시했다.

'엉덩이가 아닌가? 그럼… 무엇이지? 허벅지?'

허리를 때려도 늑대왕은 천천히 걸어가기만 했다. 심지어 멈추는 방법까지 몰랐다

'늑대왕을 달리게 하고, 멈추게 하고, 걸어가게 하는 방법이 무엇일까?'

도통 생각이 나지 않자 포기한 채 늑대왕의 등에 엎드려서는 굼벵이처럼 느리게 스쳐 지나가는 주위 풍경을 바라보았다.

하늘 높이 치솟은 청녹수들은 거만하기까지 했고, 유유히 흘러가는 냇물은 무척 유연했다. 주위 자연을 바라보니 마음이 점점 평온해졌다. 잠이 가져다 주는 몽롱함에 젖어 눈을 깜박거리면서, 늑대왕의 몸에서 들려오는 심장 박동 소리에 귀를 기울였다. 밀려오는 잠에 연신 하품이 났다.

내 모습이 보인다. 내 옆에는 늙은 노인 하나가 나의 손짓을 따라 시선을 옮기고 있었다. 클레이스에게 자연의 법칙을 설명하기 위해 Image 마법을 운용하고 있는 것으로 보였다.

클레이스가 고개를 끄덕일 때마다 나는 다른 Image를 계속 띄웠다. 바람이 스쳐 지나가고 공간이 흔들리면서 장면이 바뀐다.

나는 울고 있다. 클레이스를 가슴에 안고서 그의 메마른 입술을 바라보고 있었다.

클레이스의 눈은 한없이 깊었다. 클레이스도 나처럼 울고 있었다. 클레이스의 미소가 짙게 퍼지면서 뭔가 거대한 기운이 나의 몸을 엄습해 왔다. 클레이스의 마법 지식이었던 것이다. 난 클레이스의 모든 것

을 받아들이면서 고개를 떨구는 클레이스를 바라보았다. 생명을 잃은 클레이스의 몸이 순식간에 식어버렸다.

나는 울면서 클레이스를 안았다. 그리고 계속해서 울었다.

부드러운 털이 귀에 닿으면서 무척 간지러웠다. 귀를 긁으면서 눈을 뜨고는 깜짝 놀랐다. 늑대왕의 몸에 엎드린 채였던 것이다.

"아! 깜빡 잠을 자고 있었군. 눈물인가?"

눈가에 맺힌 촉촉한 보석을 닦았다. 오랜만에 꿈에서 클레이스를 보았다. 클레이스는 나에게 마법 지식을 전해주었고 나는 클레이스에게 자연의 법칙에 대해 설명해 주었다.

손에 의해서, 눈가에서 손으로 옮겨진 보석을 손등에 부비면서 다시 생각에 잠겼다. Image 마법. 클레이스를 가르칠 때도, 클레이스에게 마법을 배울 때도 우리들은 그 Image 마법을 운용했었다. 어쩌면 앞으로만 걸어가는 늑대왕에게 나의 의지를 전해줄 수 있다는 생각이 번뜩였다.

"Image Transmission(이미지 전송)."

난 계속해서 흘러나오는 눈물을 닦으며 이미지 마법을 운용했다. 늑대왕의 등에 타고 있는 나와 나를 태우고 앞을 향해 전력 질주하는 늑대왕의 모습을 닮은 이미지를 떠올렸다.

그리고 늑대왕에게 그 이미지를 전송하자, 늑대왕은 약속이나 했던 것처럼 갑자기 앞으로 내달렸다. 아마 늑대왕에게 전송한 이미지가 그의 뇌로 흘러 들어가 나의 의지를 알아차린 모양이었다.

갑자기 달린 터라 미처 대비가 되어 있지 못해 자칫 뒤로 넘어질 뻔했다. 반사 신경으로 간신히 늑대왕의 등에 바싹 엎드렸다. 늑대왕의 속도는 무척 빨라 내 몸의 잔털과 늑대왕의 털들이 바람에 엉켜 일렁였다.

스치는 바람이 눈을 찌르고 몸에 부딪혔다. 늑대왕의 목을 꽉 부여잡지 않는다면 분명 뒤로 떨어질 것이다. 늑대왕의 속도는 훌륭하다는 준마들보다도 월등히 빨랐다. 그 빠름을 체험한 난 만족하여 미소를 띠고는 천천히 걸어가는 이미지를 늑대왕에게 다시 전송했다.

늑대왕의 다리에 차인 작은 돌멩이들이 벼랑을 타고 떨어졌다. 터벅거리는 걸음 소리와 흔들리는 등의 움직임에 나는 뿌듯한 감정을 속일 수가 없었다. 이런 환수. 늑대들의 왕이 내 것이라니! 이번에는 정말로 나를 막을 자가 없을 것이다!

"하하하! 크르르르……."

제**32**장

요크! 떠나자! 희망의 땅으로

제32장

오크! 떠나자! 희망의 땅으로

"재칼, 거의 다 왔다. 조금 스피드를 낮춰도 돼."

재칼을 향해 말했다. 처음 나의 의지를 이미지로 전송할 때와는 달리 3일이 지난 지금, 재칼은 나의 말을 잘 알아들었다. 하지만 복잡한 명령은 시행하지 못해 그때마다 이미지를 전송해 주어야 했다. 이 늑대는 정말 대단하다. 가끔씩 쉬면서 밥을 먹기도 했지만 그래도 3일 밤낮을 쉬지도 않고 달리다니. 벌써 하라만도 마을 근처에 도착한 상태였다.

재칼의 푸른 털이 어스름한 달빛에 하늘거렸다. 난 재칼의 푸른 털을 어루만지다가 경사에 누군가 앉아 있는 것을 보았다.

"누구지?"

경사에 앉아 있는 것은 우리 하라만도의 아이 오크였다. 환수 재칼을 타고 가는 나의 모습을 발견한 아이 오크는 이내 소리를 지르며 마을 안으로 도망쳤다.

"왜 그러지?"

곧 그 이유를 알 수 있었다. 마을 근처에 다가갈수록 많은 형제들과 아이들을 볼 수 있었지만 그들은 안으로 도망가기에 바빴다. 언제나 '샤코로옴'이라고 외치던 나의 형제들이었지만 지금만은 내게서 도망치고 있었다.

잎들이 무성해 그 무게를 이기지 못하고 휘어진 나뭇가지 사이로 하라만도 마을이 보였다. 휘어진 가지를 가진 나무는 우리 하라만도 마을의 입구를 상징하는 것이었다.

막 입구를 지나쳐 안으로 들어가려는 순간, 양 옆에서 오크 형제들 수십 명이 나타났다. 철갑 전사들로 지명받은 형제들은 철갑을 두른 상태였고, 그렇지 못한 전사들은 자신들의 핸드 엑스를 움켜잡고 있었다. 그런 그들의 공통점은 모두들 몸을 부들부들 떨고 있다는 것이었다.

"아니, 당신은…… 샤코로옴님 아니십니까?"

바위 주먹의 샤아오였다. 샤아오의 주먹은 전투를 할 때처럼 거대했다.

"그렇습니다. 저입니다, 샤아오여."

내가 그렇게 대답하자 형제들은 모두 황공스럽다는 표정과 함께 뒤로 물러났다. 그리고선 언제 적대감을 품었냐는 듯 마을을 향해 '샤코로옴님이 오셨다' 하고 소리치기 시작했다.

"그런데 샤아오여, 형제들이 왜 몰려 있습니까?"

선뜻 내게 다가오지 못하고 있는 샤아오를 향해 말했다. 샤아오는 재칼을 노려보다가 크르르르 소리를 내며 다가왔다. 다가오면서도 재칼과의 눈싸움에서 지지 않도록 노력하는 것 같았다. 내 곁에 다가오자 샤아오는 고개를 들었다.

"샤코로움이시여, 제가 묻고 싶은 말씀입니다. 이 늑대는 무엇입니까?"

샤아오가 환수 재칼을 가리키며 말했다.

재칼은 눈을 부릅뜨며 샤아오를 노려보았다. 팔뚝만한 송곳니를 드러내자 샤아오는 한 걸음 한 걸음 뒤로 물러났다.

아마도 이것은 샤아오와 환수 재칼의 심리전일 것이다. 나는 샤아오의 다음 행동을 지켜보았다. 샤아오는 그가 지닌 용기에 걸맞게 다시 주먹을 쥐고 환수를 노려보면서 앞으로 발을 내디뎠다. 나는 샤아오와 재칼의 대결을 이만 그치게 하기 위해 입을 열었다.

"샤아오여, 이 늑대는 늑대들의 왕이라 불리우는 환수입니다. 이제는 제 형제인 재칼이라고 합니다. 샤아오여, 그대도 이 재칼 형제를 형제 대하듯 해주십시오."

내가 그렇게 말하자 주위가 술렁거렸다.

"자, 형제들이여. 이 늑대는 우리들의 형제입니다. 아시겠습니까?"

그렇지만 형제들 사이에서 선뜻 긍정의 대답이 나오지 않았다. 재칼을 두려워하고 있는 것이 확실했다. 재칼의 몸에서 뿜어져 나오는 기운은 밤이 되면 더욱더 거대해지니 본능적으로 형제들이 재칼을 두려워하는 것이 당연했다.

하기야 재칼은 나와 필적하는 힘을 가진 늑대들의 왕이 아닌가. 겨우 이김으로써 이렇게 순종적으로 바뀌어 내 부하가 되었지만……

"아시겠습니까, 형제들이여?"

"예… 샤코로움이시여."

형제들은 어쩔 수 없다는 듯 대답했다.

난 그런 형제들을 향해 웃으며 마을 안으로 들어갔다. 형제들은 길을 만들 듯 좌우로 비켜서며 재칼의 눈치를 살폈다. 재칼도 송곳니를 드러내며 으르렁거려 자신의 힘을 과시하는 듯했다.

"형제들이여, 모두들 들어가십시오."

재칼에서 뛰어내리고는 형제들에게 말했다. 형제들은 그제야 마음이 놓이는 듯 핸드 엑스를 등과 허리에 걸쳐 메고 각각의 움막으로 사라졌다. 샤아오만이 내 뒤를 따르고 있었다.

"샤아오여, 해야 할 이야기가 있습니다. 이리 오십시오."

"예."

난 재칼을 밖에 세워두고 샤아오와 함께 움막 안으로 들어갔다. 역시 오랜만에 온 나의 움막이라 그런지 선뜻 포근함이 다가왔다. 짙은 흙 냄새가 풍기는 모포에 주저앉아 샤아오를 향해 앉으라고 손짓을 하였다.

"샤아오여, 우리들은 이제 이곳에서 떠나야 합니다."

"예?"

샤아오는 뜻밖의 일에 놀라 반사적으로 외쳤다.

"전 우리 하라만도 형제들만의 땅, 그곳을 향해 가려 합니다. 그곳에는 우리들을 위협하는 것은 아무것도 없습니다. 우리들만의 땅입니다."

"우리 하라만도 형제들만의 땅… 말씀입니까?"

"그렇습니다, 샤아오여."

난 고개를 끄덕이면서 허리에 매어놓은 멸을 다시 가다듬었다. 샤아

오는 멸을 흘깃 쳐다보다가 대답했다

"우리들만의 땅. 그럼 샤코로움이시여, 우리들은 이제 그곳을 향해 떠나야 합니까?"

샤아오도 마을 이전에 대해 찬성을 하는 것 같았다. 이곳에 계속 남는다면 우리 형제들은 굶어 죽을 것이 분명했다. 이 세상에서 가장 고통스럽게 죽는 것이 무엇인가 하는 질문에 화형이라고 대답하는 사람도 있을 것이다. 하지만 굶어 죽는 것, 그것보다 더 비참하고 잔인한 죽음은 없을 것이다.

"이제 떠나야겠습니다. 조만간 다시 알려드릴 테니 샤아오께선 우리 형제들에게 먼저 이야기해 주십시오. 우리 하라만도 형제들만의 땅을 향해 떠나야 하겠다고."

"예!"

샤아오의 눈에서 흰색의 강한 빛이 튀어나오는 것 같은 착각이 일었다. 난 눈을 부비고 다시 샤아오를 쳐다보았다.

샤아오는 뭔가 자신만의 생각에 빠진 듯했다. 샤아오의 주먹은 그 어떤 때보다 커 보였다. 샤아오가 갑자기 땅을 세게 내려치는 바람에 깜짝 놀랐다.

"그럼, 샤코로움이시여, 저는 이만 가겠습니다."

"그래요. 잘 가십시오, 형제여."

난 샤아오가 떠나간 뒷자리를 바라보다가 모포 위에 누웠다.

가만히 있으려니 움막 천 밑으로 재칼의 다리가 보였다. 내가 재칼을 향해 생각대로 이미지를 전송하자 재칼은 움막 안으로 들어와 누웠다. 재칼은 이내 커다란 숨소리와 함께 잠이 들었다.

잠이 든 재칼을 보고 있자니 마을 아이들이 생각났다.

'천진난만한 마을 아이들도 잠을 잘 때면 저렇게 조용했지. 내가 우리 형제들을 전부 데리고 남쪽 섬으로 떠난다면 마을 아이들과는 이별을 하는 것인가? 이별은 싫다. 그동안 정이 얼마나 들었는데. 이곳에서 우리 오크 족이 떠난다면 마을 사람들은 어떻게 되는 것일까? 분명 Fire Devil의 마을. 악마의 마을이라 불리는 이곳의 마을 사람들은 전쟁이 끝난 후 반란죄로 전부 잡혀가 사형을 당하겠지. 마을 사람들이 잡혀가는 것은 아무렇지 않지만 아이들만은… 그래, 전부 데려가자. 전부 다 같이 남쪽 섬에서 사는 거야. 준비는 전부 되어 있다. 농사의 지식은 마을 장로들과 몇 안 되는 중년인들이 알 것이다. 군사와 농부는 우리 형제들이 하고 또 필요한 생필수품들은 드워프들에게 제련, 제철 기술을 배우고 있는 광산의 형제들에게 맡기면 될 것이다. 가만… 그리고 보니 내일은 광산의 형제들에게 가야겠군. 그런데 어떻게 이 많은 형제들을 데리고 이동하지? 우리 오크 형제들만 대충 잡아도 1,000명과 마을 사람들 200명 정도. 그리고 광산의 형제들도 분명 500명은 넘어갈 것이다. 약 2,000명의 대이동. 그것을 이룰 수 있을까? 흐음… 잘 생각해 봐야겠군.'

2년 전에는 가끔씩 광산에 올라가 보기도 했지만 식량난을 겪은 후부터는 이곳에 올라오지 않았다. 그래도 기르츠가 보낸 형제들을 통해 소식을 듣기는 했다.

2년이 지난 지금, 이 광산 마을은 참으로 많이 변해 있었다. 맨 처음 내가 마을에 들렀을 때 나를 맞은 건 쾅쾅거리며 쇠를 내려치는 소리였다.

마을 중앙에는 우리 형제들의 덩치에 맞는 모루(단조나 판금 작업 때

공작 재료를 얹어놓고 해머로 두드려 가공하는 대)와 풀무(쇠를 달구거나 쇳물을 녹여 땜질 등을 하는 데, 부엌의 불을 지피는 데 이용되는 기구)가 여러 개 보였다.

형제들은 쇠를 단조하기 위해 해머를 들고 모루 위의 쇠를 내려치기에 바빴다.

'과연 이것이 우리 형제들의 모습이 맞는가?'

난 이렇게 진지한 형제들의 모습을 전투 이외의 곳에서 본 적이 없었다. 오히려 전투 때보다 더 진지한 모습이었다. 모두들 광산과 대장간의 일에 익숙해진 몸놀림이었다. 장인 정신이 물씬 배어 나오는 동작에 나는 감탄을 금할 수가 없었다.

여기저기서 올라오는 연기와 탕탕거리는 소리가 인상적이었다. 쇠를 달구는 뜨거운 열기가 이곳까지 느껴지는 것 같았다. 처음에는 3명이었던 드워프들도 어느새 30명 이상으로 늘어나 있었다. 드워프들은 주위를 돌아다니며 형제들에게 뭐라뭐라 소리치고 있었다.

이번엔 고개를 뒤로 돌렸다. 뒤에는 커다란 수레에 철광석을 실어 나르는 형제들의 모습이 눈에 들어왔다. 모두들 땀을 뻘뻘 흘리면서도 열심이었다. 난 눈물이 나올 뻔했다.

그렇게 감상에 젖어 있다가 재칼에서 내렸다. 형제들이 재칼을 보고 놀라지 않게 하기 위해서였다. 재칼을 뒤에 앉혀놓고 다시 주위를 둘러보았다. 이곳이 오크의 마을인지 드워프의 작업장인지 혼란스러운 감정이 없지 않았다.

"형제들이여."

난 작업을 하고 있는 형제들을 향해 외쳤다. 형제들은 내 소리를 듣지 못한 듯 계속 해머로 내려치고 철광석을 옮기며 드워프의 말에 고개를 끄덕이고 있었다. 다시 한 번 크게 외치자 내 쪽으로 모두들 고개를 돌렸다.

"앗! 저분은……? 샤코로움님이 아니신가! 샤코로움님께서 오셨다!"

"샤… 샤코로움님이시다!"

'그래그래, 내가 왔다 형제들이여.'

형제들은 해머와 연장을 내려놓고 모두 뛰어왔다.

'저 형제는?'

기르츠 옆에서 뛰어오는 형제는 이히리였다. 그동안 이히리가 어디 갔는가 했더니 이 광산에서 작업을 배우고 있었던 모양이다. 이히리를 보자 샤아오와 기르츠, 그리고 이히리와 함께 삼국지의 한 부분을 모방했던 전투가 희미하게 떠올랐다.

'그래, 그때 인간들을 전부 불태워 버렸었지. 지옥의 한 장면이었지.'

"이히리 형제여, 정말 오래간만입니다."

"저를 기억하시는군요, 샤코로움이시여."

이히리는 우리 오크들만의 인사. 입을 크게 벌린 후 말했다. 이히리의 손은 검은 그을음으로 뒤덮여 있었다. 자세히 보니 광산의 형제들 손에는 모두들 검은 그을음과 검붉은 흙이 묻어 있었다.

"샤코로움이시여, 정말 잘 오셨습니다. 헉! 그런데… 저것은?"

기르츠였다. 기르츠의 몸에선 장인의 기운이 물씬 뿜어져 나왔다. 기르츠가 가리킨 것은 역시 재칼이었다. 낮이라서 재칼의 강한 기운이 뿜어져 나오지 않았고, 또 샤코로움이라는 나의 존재가 눈앞에 있기에 광산의 형제들은 재칼을 뒤늦게 알아챈 것이다.

기르츠가 가리키는 곳을 쳐다본 모두가 놀라 뒷걸음질을 쳤다. 산 밑의 마을 형제들과 같은 반응이었다.

"괜찮습니다, 형제들이여. 이 늑대는 우리들의 형제입니다."

"헉! 혹시… 환수?"

'누구지? 누가 환수의 존재를 알지?

형제들의 뒤에서 흘러나온 소리에 귀를 귀울였다. 거칠고 낮은 톤의 목소리였다. 누군가 했더니 우리 형제들에게 제련 기술을 가르치는 드워프의 수장이었다.

'이름이… 런… 런… 뭐더라? 그래! 런디프. 대화를 하기 위해선 통역 마법을 운용해야겠지?

런디프는 형제들을 밀어젖히며 앞으로 나섰다. 멀찍이 떨어진 곳에서 환수 재칼의 모습을 훑어보더니 들고 있던 배틀엑스를 떨어뜨렸다.

"설마… 정말 환수인가, 하크?"

오랜만에 본래의 내 이름을 들어보는군.

'그렇다. 내 부하이다. 하하하.'

나는 가볍게 고개를 끄덕였다.

"헉! 설마! 하크, 네 등 뒤에 메어 있는 것은?"

런디프의 시선이 머물고 있는 것은 '멸' 이었다.

'역시 런디프도 드워프의 수장이라 루샤로의 기운을 알아차릴 수 있는 모양이군.'

환수임을 확신할 때의 질문처럼 다시 고개를 끄덕였다. 런디프는 믿기지 않는 듯 내 주위를 두리번거렸다. 런디프가 드워프들을 몇 명 더 불렀다. 그들 역시도 믿기지가 않는지 기분 나쁘게 나를 쳐다보았다.

"뭔가? 왜 그렇게 계속 쳐다보는 건가?"

"믿기지가 않아서 그런다. 어떻게 너 같은 오크가 환수와 루샤로로 만든 무기를 가지고 있는 것이지?"

'너 같은 오크라니… 이 드워프는 언제나 우리 오크들을 깔보는 군.'

등 뒤에 메어 있는 멸을 꺼내 들어 커다란 원을 그리며 휘둘렀다. 낮임에도 불구하고 주위의 눈을 부시게 하는 밝은 녹색 빛이 한 폭의 수채화를 그리듯 움직였다.

"훗! 이 늑대왕은 내게 복종한 것이고, 멸은 다른 드워프 수장에게 얻은 것이다."

"복종을 하다니? 설마… 설마… 네가 이 환수를 이긴 것인가? 그럴 리가 없는데."

"그렇다면?"

"그럴 일은 절대 없다. 또 멸을 다른 형제에게 얻다니? 어떤 멍청한 형제가 너 같은 오크에게 루샤로로 만든 무기를 줄 수가 있는 것이지? 너는 지금 거짓말을 하고 있는 거냐?"

"믿기 싫으면 말아라."

이렇게 꼬리에 꼬리를 문 의혹이 늘어지다간 대화가 언제 끝날지 모를 것이란 생각에 런디프를 무시한 채 기르츠를 바라보았다.

뒤에서 런디프가 뭐라고 계속 말을 걸었지만 신경 쓰지 않았다. 재칼은 내가 이동하자 조용히 거리를 유지하면서 나를 따라왔다. 드워프들과 우리 형제들은 재칼이 이동하는 것을 보고 움찔했다.

"기르츠여, 제가 이곳에 온 것은 아주 중대한 일을 알려드리기 위해서입니다. 여기서 대화하기는 좀 그러니 다른 장소가 없겠습니까?"

"왜 없겠습니까? 따라 들어오시죠, 샤코로움이시여."

"이히리 형제도 같이 갑시다."

기르츠가 안내를 하자 형제들이 비켜섰다. 기르츠의 안내를 받아 마을 안으로 들어가는 도중에도 런디프가 뒤에 따라붙어 '어떻게 얻었는가? 환수를 어떻게 이겼는가?'를 외쳐 댔다.

기르츠가 안내한 움막은 오크의 움막이라고 할 수 없는 예술적인 건물이었다. 비록 수수하기는 했지만 오크 형제들의 모습이며, 산 동물의 모습을 새겨놓은 것이 무척 정교했다. 건물 안도 여러 장식품으로 가득했다.

재칼에게는 잠시 기다리라는 이미지를 보낸 후 안으로 들어갔다.

"대단하군요. 기르츠, 이히리 형제여. 어떻게 이런 건물을 지었습니까?"

나는 진심으로 감탄하면서 주위를 둘러보며 말했다. 기르츠와 이히리, 그리고 런디프는 주위를 다시 한 번 쳐다보았다.

런디프는 대수롭지 않다는 듯 말했다

"전부 우리 땅의 민족들의 가르침 때문이지. 내가 특별히 인심을 써서 철을 다루는 기술뿐만 아니라 흙과 나무를 다루는 법도 가르쳤지. 하하하! 내가 누구인가? 땅의 민족의 수장 아닌가?"

'혼자 말하고 혼자 좋아하다니. 드워프란 종족은 알 수가 없는 종족이군. 그런데 흙과 나무를 다루는 기술까지 가르쳤다라……. 3년이라는 짧은 기간에 이토록 훌륭한 건물을 지을 수 있다니… 정말 대단해!'

"그렇습니다, 샤코로움이시여. 드워프들에게 배웠습니다. 웬만한 무기들도 이제는 만들 수가 있습니다."

이히리가 벽에 세워져 있는 거대한 도끼를 쳐다보면서 말했다.

"정말 잘 되었습니다. 이제 이곳을 떠나도 되겠군요. 다름이 아니라 제가 이곳에 온 건……."

난 이히리와 기르츠에게 이곳을 떠나야 된다고 말하려 했다. 하지만 그때 런디프의 거친 음성이 방 안을 가득 메웠다. 런디프의 기다란 수염은 그가 입을 열 때마다 흔들렸다.

"하크! 우선 내 말을 들어라. 그럼 내가 나가주지."

"그래, 무슨 말인데 그러는가, 런디프?"

"알면서 왜 그러지? 첫 번째는 어떻게 환수의 주인이 되었는가 하는 것이고, 두 번째는 어떻게 멸을 얻었는가 하는 것이다."

'흠! 런디프의 질문에 대답하기 위해선 내가 그들의 루샤로를 지녔었다고 말해야 하니… 거짓말을 해야겠군.'

"그래, 대답해 주지. 나는 개인적인 일로 다른 곳을 여행했다. 우연히 드워프 마을에 들어갈 수가 있었는데, 가보니 늑대들과 싸우고 있더군. 나는 런디프, 너의 훌륭한 실력이 생각나서 재능이 뛰어난 땅의 민족들이 죽으면 안 되겠다고 생각하여 늑대들과의 전투에 끼어들었다. 그중 가장 크고 파란 늑대를 상대했는데 그 늑대를 이기니 모든 늑대가 물러나고, 그 파란 늑대는 나를 따라왔다. 나를 따라온 늑대가 저 환수이다. 또 그 드워프 수장은 멸족의 위기에서 구해줬다고 말하며 이 무기를 내게 주었다."

런디프는 내 말을 조용히 듣더니 바닥을 쳐다보며 생각에 잠겼다. 런디프는 살며시 고개를 끄덕이며 다시 말했다

"그래. 어느 정도는 이해를 하겠지만 네가 환수를 이겼다는 것은 믿질 못하겠다. 네가 어떻게 환수의 주인이 되었는지… 아무튼 너는 환

수를 잘 모르는가 보군.”

“그렇다. 환수가 무엇이길래 이렇게 소란인 거냐?”

“어떻게 너에게 복종을 했는지는 모르겠다만 저기 밖에 앉아 너를 지키고 있는 것은 분명히 환수이다. 말 그대로 저 늑대는 늑대들의 왕이다. 모든 늑대들은 저 환수에게 복종하고 있지. 저 환수가 어떤 늑대에게 죽을 것을 원한다면 그 늑대는 죽을 수밖에 없는 것이고 살 것을 원한다면 살 수밖에 없는 것이다.”

“그렇다면 환수의 주인은 무엇인가?”

“이런! 정말 네가 어떻게 환수의 주인이 되었는지 모르겠다. 짧게 이야기해 주지. 너는 저 늑대들의 왕의 주인이다. 즉 이 세계의 모든 늑대를 부릴 수 있다는 것이고, 모든 늑대는 너의 부하이다.”

‘모든 늑대들이 나의 부하라니? 환수 늑대왕 재칼이 그렇게 대단한 존재였던가? 모든 늑대들이 나의 부하라… 정말 대단해!’

“모든 늑대가 나의 부하?”

“그렇다, 하크. 모든 늑대는 저 늑대들의 왕의 지배를 받는다. 너는 저 늑대왕의 주인이다.”

나와 런디프의 대화는 계속되었다. 이히리와 기르츠도 런디프의 말을 듣고 무척 대단하다는 표정을 짓고 있었다. 런디프와의 대화는 달이 하늘의 중앙에 뜰 때까지 계속되었다. 환수에 대한 이야기로 시작하여 멸에 대한 이야기를 거쳐 지금까지의 이 광산 마을에 대한 상황으로 이야기는 끝이 났다.

런디프에게 듣자니 환수란 정말 대단한 동물이었다. 환수란 각 동물들의 왕으로 그것의 존재를 아는 자는 극히 드물다고 했다. 그렇다고 모든 동물들에게 왕이 있는 것은 아니다. 특정 동물들에게만 왕이 있는데 어떤 동물들에게 왕이 있는지는 그 누구도 모른다고 한다.

런디프도 늑대왕이 있다는 것은 몰랐다고 했다. 런디프가 늑대왕을 알아차리게 된 것은 늑대왕의 푸른빛이 감도는 털과 늑대임에도 불구하고 다른 늑대들보다 월등히 커다란 몸집 때문이었다.

환수에게는 그들만의 빛이 감도는데 늑대왕의 빛은 푸른색이었던 모양이다. 환수란 것은 엄청난 힘을 가지고 있어 웬만한 병력으론 상대를 못한다는 것이다. 또 환수가 본질적 힘을 발휘한다면 그 누구도 막지 못한다는 것이다.

'하지만 내가 막지 않았는가?

런디프는 끝까지 내가 환수를 이겼다는 것에 대해 믿질 못해했다. 런디프는 대화가 끝난 지금은 밖으로 나간 상태였다. 아마 나가서까지도 내가 환수를 이겼다는 것을 믿지 못하고 어떻게 복종시켰나에 대해 끊임없이 생각할 것이다.

환수는 그를 이긴 자에게 복종한다고 한다. 나의 공격을 받고 쓰러진 재칼은 그때부터 나를 주인으로 삼았나 보다. 환수의 존재를 아는 사람은 주인이 되길 바라고 모험을 한다고들 하지만, 그중 환수를 만나는 사람은 극히 드물고, 또 환수를 만난다 해도 이긴 존재는 없었다고 한다. 또 환수에게 덤비다가 도망친 존재는 환수가 끝까지 추격해서 없앤다고 하는데 태 오완도 그 경우 중 하나였다.

환수의 주인, 즉 어떤 특정한 동물을 마음대로 지배할 수 있는 존재이다. 런디프의 말에 따르자면 내가 늑대 환수의 주인으로 모든 늑대를 부릴 수 있고 환수는 주인을 끝까지 지키고 보호한다고 한다. 환수의 주인이 죽으면 환수도 따라서 자살을 하게 되는데 그렇게 되면 다시 특정 동물을 지배할 환수가 태어나는지 아닌지는 런디프도 모른다고 했다.

마지막으로 런디프가 덧붙인 말은 자신이라 해도 환수에 대해서는 자세히 알지 못한다고 했다. 그리고 또 환수에 대해 자세히 아는 사람도 없을 것이라 했다. 그렇게 환수가 대단한 만큼 발견하기조차 쉽지 않은 것임에는 틀림없었다.

"크르르르, 내가 환수의 주인? 늑대의 주인?"

환수의 주인도 대단한 것이지만 이 광산도 대단한 것 같다. 불과 5년이라는 짧은 기간 동안에 300명이 넘는 형제 중 약 100명 이상의 우리 형제들이 인간 대장장이 못잖은 기술을 가지게 되었다. 물론 가끔씩 실수를 하지만 어디라고 실수없는 존재가 있겠는가? 또 50명의 형제들은 나무를 완벽히 다루고, 50명의 형제들은 돌을 완벽히 다루게 되었다. 그리고 나머지 100명은 광산의 성질을 완전히 꿰고 있어 금이며, 철이며, 많은 금속 광석들을 캘 수 있게 되었다.

그 자존심 높은 드워프가 얼핏 흘리는 말로 이렇게 말했다.

"흠… 생각 외로 잘하더군. 우리 형제들처럼."

자존심 강한 드워프 중 수장이 이렇게 말했다는 것은 정말 대단한 일이었다. 우리 형제들은 뛰어난 하라만도 오크 족이다. 이 정도는… 당연하다.

런디프는 맨 처음 드워프 형제 2명과 같이 왔었다. 하지만 곧 갑자기 불어나는 우리 오크 족 형제들 때문에 더 많은 드워프들을 데리고 왔다는 것이다. 뭐 약속은 끝까지 지키는 신의의 민족이라나? 그렇게 우리 형제들은 드워프들에게 금속, 나무, 돌을 다루는 법을 5년 만에 익히게 된 것이다. 배울 것은 다 배웠고 이제는 그 배운 것을 응용하고 몸에 익히는 것만이 남아 있다고 했다.

"샤코로움이시여, 무슨 생각에 빠져 계십니까?"

난 생각에 빠져 있다 갑자기 들려오는 소리에 고개를 들었다. 기르츠와 이히리는 런디프가 나간 다음부터 쭉 생각에 빠져 있는 나를 계속 기다리고 있었다.

"아닙니다. 그럼 제가 이곳에 온 이유를 말하겠습니다."

긴장하고 있는 이히리와 기르츠의 표정을 보며 말했다.

"죄송하지만, 이 광산의 형제 모두들 저희와 같이 이곳에서 떠나야겠습니다."

"예… 옛?"

"우리 하라만도 형제들만의 땅을 찾았습니다."

턱을 쓰다듬으며 말했다. 기르츠와 이히리는 땅을 찾았다는 말에 나와 서로의 얼굴을 번갈아 쳐다보고 있었다.

"우리 형제들만의 땅?"

"그렇습니다. 우리 형제들만의 땅입니다."

"그렇지만… 우리들은 지금 드워프들에게 광산의 일을 배우고 있지 않습니까?"

이히리가 조심스레 물었다.

"그렇습니다. 하지만 형제들은 전부 배웠습니다. 이제 남은 것은 그것들을 몸에 익히고 더욱더 많은 실습을 하고 또 응용하는 일입니다. 제가 찾은 땅에도 광산은 있을 것입니다. 그곳에서 계속하서도 좋을 것입니다. 이제 우리 형제들만의 세상이 오는 것입니다."

기르츠와 이히리는 무척 쉽게 긍정했다. 그들도 내가 말한 우리 형제들만의 세상이 기대되는 눈치였다.

기르츠와 이히리와의 대화가 끝난 후 밖으로 나오자 가만히 누워서 움막을 지키고 있던 재칼이 나를 보자마자 슬그머니 일어났다.

재칼의 등에 손을 올린 후 발에 힘을 주어 등에 올라타는 나를 본 기르츠는 '샤코로움이시여' 하고 중얼거렸고, 주위에 몰려든 형제들은 엎드렸다.

"기르츠여, 조만간 제가 다시 찾아오겠습니다."

재칼은 당당하게 발을 내디디며 땅을 울렸고 하늘을 흔들었다.

재칼이 산을 타고 내려가는 속도는 상상을 초월했다. 순식간에 우리 하라만도 마을에 도착한 나는 움막으로 들어갔다.

이후부터는 움막 안에서 가만히 앉아 이제 어떻게 이동해야 하는가에 대해 생각했다. 그런데 그중 어떤 형제의 얼굴이 움막 입구의 천을 걷으며 나타났다. 츠오였다.

'저 자식은 왜 왔지?'

"샤코로움이시여."

"츠오 형제이시군요."

난 억지로 웃으면서 대답했다. 츠오도 환하게 웃었지만 왠지 그 웃음 뒤에는 뭔가가 있는 것만 같았다. 츠오의 모습은 조금 바뀌어져 있었다. 안 본 지 며칠 밖에 되지 않았지만 츠오의 잔털은 길게 자라 있어서 그런지 왠지 강해 보이는 느낌이었다.

"샤코로움이시여, 샤아오 형제에게 들었습니다. 우리 하라만도 형제들의 땅을 향해 떠나야 한다고요?"

"그렇습니다."

이놈이 또 뭐라고 시비를 걸지 예상이 가는 질문이었다.

"과연 인간들과 다른 종족들이 우리들을 가만히 내버려 둘까요?"

과연. 이 말이 나올 줄 알았다. 이것에 대해 생각해 봤지만 마땅한 대책이 없었다. 그냥 항구까지 밀고 나가는 방법밖에 없었다. 최남단 항구까지 가서 그곳에서 배를 빼앗아 인부를 고용해 가는 게 좋을 듯 싶다.

이 크리샨이란 나라에서 생각하기에도 우리 오크들이 그 버림받은 섬으로 간다는 것은 참으로 잘된 일일 것이다.

버림받은 섬. 그곳은 우리 오크들에게는 '버림받은 섬'이 아닌 '축복받은 섬'으로 다가올 것이다. 인간의 발길이 없던 섬. 천연 자연의 모습을 그대로 갖추고 있는 섬일 것이다. 굳이 농사를 짓지 않더라도 그곳의 열매들만으로 생활할 수 있을 것이다.

"……."

"샤코로움이시여?"

"예, 츠오여."

"대답해 주십시오."

"흠… 인간들은 지금 전쟁 중입니다. 우리들에게 전투를 걸어오지 않을 것입니다."

츠오는 내 말을 듣더니 이상한 미소를 지었다.

'저 미소가 가장 싫다. 나를 비웃는 듯한, 자신이 모든 걸 알고 있는 듯한 미소.'

"하지만 샤코로움님, 가만히 생각해 보십시오. 우리들은 인간의 적입니다. 그런 우리들이 수백 파얌이나 움직인다는 것은 인간들에게는 무척 신경 쓰일 일입니다. 또 설사 인간들이 신경을 쓰지 않는다 하더라도 샤코로움님이 말씀하신 그 섬에는 대체 어떻게 갈 생각이십니까?

물 위를 걸어서 갈 생각이십니까?"

'제기랄… 물론 나도 다 알고 있는 일이다. 하지만 이 자식에게 들으니 정말 기분이 나쁘다. 이러다가 정말 언제 내 앞의 이 츠오를 죽여버리지 않을까 걱정까지 든다.'

"츠오여, 뭘 그리 걱정하십니까? 인간들은 지금 전쟁 중이라고 하지 않았습니까? 우리들에게 신경을 쓸 처지가 못 됩니다. 그리고 섬에는 배를 타고 갈 것입니다. 최남단에 커다란 항구 도시가 있다고 합니다. 그곳에서 배를 탈 수가 있습니다."

"하지만 우리가 그 배를 타기 위해선 그 항구 도시를 공격할 수밖에 없을 텐데 인간들이 가만히 있겠습니까?"

'가만, 뭔가 이상하군. 뭔가가 이상해. 츠오는 지금 인간들이 우리들을 공격할까 봐 두려워하고 있다. 우리 오크 형제들은 이놈의 츠오처럼 인간들의 공격을 절대 두려워하지 않는다. 오히려 전투를 반긴다. 하지만 이놈은… 정말 알 수가 없는 놈이군……'

"정말 이상하군요, 츠오여. 왜 그렇게 걱정하십니까? 인간들에게 공격당할까 두려워하고 계십니까? 우리 형제들은 그렇지가 않은데… 오히려 전투를 반겨야 하지 않습니까? 생각해 보십시오. 영광의 전투가 우리를 기다리고 있습니다. 흥분이 되지 않습니까?"

츠오에게 따지듯이 물었다. 츠오의 얼굴을 보니 무척 당황하는 기색이 드러났다.

"하… 하지만……"

"하지만 어쨌다는 말씀이십니까?"

"저… 저는 샤코로움님께서 예전에 말씀하신 생명을 귀중히 여겨야 한다는 말씀을 언제나 깊이 생각하고 있습니다."

"아닙니다, 츠오여. 우리들 하라만도의 긍지는 바로 전투입니다. 생명을 귀중히 여겨야 하는 것은 사실이지만, 츠오 형제의 말대로라면 우리는 언제나 도망쳐야 한다는 말씀이십니까? 비겁한 겁쟁이처럼 말입니까? 아닙니다. 우리는 자랑스럽고 용맹한 하라만도입니다."

"하지만……."

"츠오여, 그대는 자랑스럽고 용맹한 하라만도 형제가 아닌 것입니까? 그렇습니까? 우리들에게는 선택의 여지가 없습니다. 츠오 형제의 말처럼 우리가 비겁하고 용기없게 이곳에 남는다면 우리는 굶어 죽을 수밖에 없습니다. 츠오 형제께선 식량난을 해결할 방법이 있습니까?'

츠오는 얼굴을 찡그리며 땅으로 고개를 떨궜다. 츠오에게서 이런 표정을 보는 건 처음이었다. 언제나 그 재수없는 얼굴을 당당히 쳐들고 이상한 웃음만 지었었는데 이런 표정을 만들 수 있다는 게 신기할 정도였다.

"하지만… 예, 샤크로움이시여. 그럼 저는 이만 가겠습니다."

츠오는 그렇게 말한 후 몸을 돌려 밖으로 나갔다. 츠오의 축 처진 뒷모습에 무척 통쾌해하며 흥분할 수밖에 없었다. 처음이었다. 말로써 저 재수없는 놈을 이긴 것이 말이다. 물론 힘으로 해도 저놈은 나의 상대가 될 수 없을 것이다.

"크르르르……."

'오늘 저녁은 편안히 발 뻗고 잘 수 있겠군.'

"오크여, 그게 무슨 말인가? 마을을 떠나다니?"

마을 장로가 무척 놀랐는지 가슴을 부여잡으며 말했다.

"그렇소, 장로여. 우리들의 땅을 향해 가려 하오. 이 마을 사람도 다 같이 갔으면 하는데… 장로는 어떻게 생각하오? 그 땅은 축복받은 땅이오."

아마 장로로서도 선택의 여지가 없을 것이다. 이곳에 남아 있다가는 반란죄로 죽을 수밖에 없으니… 더욱이 우리들을 맞이하는 곳은 축복의 땅이 아닌가?

"당연히 갈 것이오. 마을 사람들도 당연히 갈 것이오. 오크여, 우리들과 하라만도 오크 족은 피를 나누지도 않았고, 같은 종족도 아니지만 모두 다 같은 형제요. 그렇지 않소?"

"그렇소."

"우리들을 맞이할 곳은 희망이 가득한 곳이겠구려. 마을 아이들이 무척 좋아하겠구먼. 허허."

장로는 대수롭지 않다는 듯 웃었다. 장로의 주름진 웃음에서 짙은 향토적 색채가 어른거렸다. 장로의 웃음은 이미 멀어진 나의 고향이 생각나게 만들었다. 포근한 웃음을 마음속에 깊이 새겨 넣으며 장로의 집 밖으로 나왔다. 이미 내가 왔다는 소식을 들은 모양인지 많은 마을 아이들이 모여 있었다

"오크 아저씨!"

"이제 우리는 희망의 땅으로 갈 거야."

아이들은 내가 무슨 말을 하는지 이해하지 못하고 있었다. 모두들 얼굴을 갸웃거리다가 이내 한꺼번에 웃음을 터뜨리며 내 품에 안겼다.

주위의 산들이 우리를 굽어보고 있었다. 별로 남지 않은 산 동물들

도 무슨 일인가 풀 속에 숨어서 지켜보고 있었다. 철갑 전사로 지명받은 형제들은 모두 태양 빛에 반짝거리는 은빛 갑옷을 입고 맨 앞줄에 섰다. 그 뒤로 수십 수백 파얌의 형제들과 마을 사람들이 서 있었다.

마을 사람들 모두 들뜬 모양인지 무척 시끌벅적했다. 가운데에는 아동기를 지나지 못한 오크 아이들과 여자 오크들이 있었다. 마지막 줄에는 식량을 수송할 형제들이 수레를 이끌고 있었고, 뒤늦게 광산에서 내려온 형제들이 자신들의 해머와 핸드 엑스, 그리고 광산 일에 필요한 여러 가지 작업 도구를 다시 다듬고 있었다.

"하크, 가는 것인가?"

드워프 수장 런디프는 바위 위에 서 있는 내 곁으로 다가와 말했다

"그렇다, 런디프. 이제 우리들은 우리들만의 땅을 향해 갈 것이다."

"잘되길 바란다, 하크. 너는 특이한 오크다."

"나도 안다."

런디프는 씨익 웃으면서 바위에서 내려갔고 형제들로 이뤄진 숲 사이로 사라졌다.

"오크 아저씨! 이제 우리 가는 거예요?"

런디프가 사라진 숲에서 다시 한 여자 아이가 나왔다. 맑은 눈과 하늘빛 머리를 가진 귀여운 소녀 세린이었다. 세린은 작은 가방을 알을 품듯 가슴에 껴안고 있었다. 아마 그것은 세린이 가장 아끼는 장난감들이 담긴 가방일 것이다.

나는 세린의 머리를 쓰다듬으면서 말했다.

"그래, 세린. 우리들은 희망의 땅으로 가는 거란다. 모두 다 같이 말이야. 이 힘든 세상과는 전혀 다른 곳일 거야."

"전혀 다르다고요? 저는 별로 힘들지 않은데. 오크 아저씨만 있음 안 힘들어요. 헤헤. 앗! 엄마가 부르네요?"

세린이 웃는 모습은 어떠한 꽃보다 예쁘고, 어떠한 성녀보다도 고귀했다.

어머니가 부르자 세린은 그쪽으로 달려갔고 다시 우리 오크 형제들 틈으로 사라졌다. 세린이 지나간 뒤로 향기로운 꽃 향기가 짙게 퍼졌다.

"이제 가는 것입니까, 샤코로움이시여?"

샤아오와 기르츠, 그리고 이히리가 서로 입을 맞춘 듯이 동시에 물어보았다. 세 명의 형제는 자신들도 의외라는 듯 서로 보다가 '크르르' 하고 웃어댔다.

"그렇습니다, 형제들이여. 이제 우리들만의 나라! 우리들만의 땅을 향해 떠나는 것입니다. 어느 누구도 우리를 막을 수 없을 것입니다. 아! 마침 노을이 우리를 반기는군요. 저기를 보십시오. 노을입니다."

나는 타고 있는 주홍빛 하늘을 가리키며 말했다.

노랗고 빨간 물감을 엎질러 놓은 그림판이었다. 멀리 보이는 산등성이가 노을의 그늘에 가려졌다. 이미 주홍빛으로 물들어 버린 구름과 구름 사이로 지는 태양의 빛이 몸을 감싸 안았다. 강물이 흐르듯 유연한 물결의 움직임이 하늘에서 보여진다.

지금이라도 하늘에서 커다란 울림과 함께 나를 부르는 목소리가 들려올 것 같다. 온 세상을… 노을의 품 안에 넣으려 커다란 팔로 온 세상을 껴안았다.

노을은 저녁의 시작을 알린다. 저녁은 하루 일과가 끝나는 시간이다. 일이 끝난다는 것은 새로운 시간을 의미하는 것으로 황금의 시간이며 시작의 시간이며 재생의 시간이다.

이제 우리들에게 남은 것은 저 노을의 시작처럼 새로운 시작을 위해 앞으로 전진하는 일뿐이다. 축복받은 그 땅으로…….

"형제들이여! 자, 모두 갑시다."

힘차고 경쾌한 발걸음 소리가 골짜기 사이로 울려 퍼져 갔다. 소리는 산등성이를 타고 바람에 몸을 실어 저 희망의 섬을 향해 날아갔다.

〈제1부 완결〉